Le Livre de Poche Jeunesse

SKELETON KEY

Anthony Horowitz

SKELETON KEY

ALEX RIDER
TOME 3

Traduit de l'anglais par Annick Le Goyat

Silhouette de couverture dessinée par Phil Schramm.
Reproduite avec l'autorisation de Walker Books (Londres).

Cet ouvrage a paru en langue anglaise
chez Walker Books (Londres)
sous le titre :
SKELETON KEY

1

Dans le noir

La nuit tomba d'un coup sur Skeleton Key.

Le soleil flotta brièvement au-dessus de l'horizon avant de sombrer. Aussitôt les nuages s'amassèrent, d'abord roses, puis mauves, argent, verts et enfin noirs, comme si toutes les couleurs du monde étaient aspirées dans ce vaste magma en fusion. Un oiseau solitaire, une frégate, survola les mangroves[1], et son plumage se fondit dans la symphonie multicolore du ciel. L'air était étouffant. La pluie était à l'affût. L'orage approchait.

---

1. Les mangroves sont des vastes marécages situés sur le littoral des régions tropicales. Il y pousse des forêts amphibies, notamment de palétuviers aux racines aériennes.

Le monomoteur du Cessna Skyhawk SP effectua deux tours d'approche avant d'amorcer son atterrissage. Dans cette région du monde, ce genre d'avion passait inaperçu. C'était la raison pour laquelle on l'avait choisi. Si un petit curieux avait voulu vérifier le numéro peint sous l'aile, il aurait appris que le Cessna appartenait à une agence de photos établie en Jamaïque. Mais l'agence n'existait pas, et il faisait bien trop sombre pour prendre des photos.

L'avion transportait trois hommes. Les deux passagers avaient le teint mat et portaient un jean délavé avec une chemise ample à col ouvert. Le pilote avait de longs cheveux noirs, des yeux noirs et une fine cicatrice sur le côté du visage. Il ne connaissait ses passagers que depuis quelques heures. Ceux-ci avaient dit s'appeler Carlo et Marc, mais il doutait que ce fût leurs vrais noms. Il savait qu'ils venaient de très loin, quelque part en Europe de l'Est, et qu'ils avaient fait plusieurs étapes avant d'entreprendre ce vol. Il savait que c'était le dernier de leur périple. Il savait ce qu'ils transportaient. En fait, il en savait beaucoup trop.

Il jeta un coup d'œil aux cadrans du tableau de bord. L'écran de l'ordinateur l'avertissait de l'approche de l'orage. Cela ne l'inquiétait pas. Les nuages bas et la pluie offraient la meilleure des protections. Les autorités étaient toujours moins vigilantes pendant les tempêtes. Pourtant le pilote était nerveux. Il avait très souvent atterri à Cuba, mais jamais à Skeleton Key. Et, ce soir, il aurait préféré se poser n'importe où plutôt qu'ici.

Skeleton Key. L'île du Squelette.

Elle était là, devant lui, avec ses quarante kilomètres de long et ses six kilomètres de large. Tout autour, la mer qui jusque-là avait étincelé d'un bleu extraordinaire, s'était assombrie d'un coup, comme si l'on avait éteint un interrupteur. À l'ouest, on apercevait les lumières scintillantes de Puerto Madre, la deuxième ville de l'île. L'aéroport principal se trouvait plus au nord, près de la capitale, Santiago. Mais ce n'était pas leur destination. Le pilote vira à droite, au-dessus des marais et des forêts de palétuviers qui cernaient le vieil aérodrome désaffecté à l'extrémité sud de l'île.

Le Cessna était équipé d'un intensificateur thermique, semblable à ceux utilisés par les satellites espions américains. Le pilote le mit en fonction et regarda l'écran. Quelques oiseaux surgirent, sous forme de minuscules points rouges. D'autres points lumineux clignotaient au niveau des marais. Des crocodiles, ou peut-être des lamantins. Un autre point rouge scintillait à proximité de la piste d'atterrissage. Le pilote se retourna pour avertir le dénommé Carlo, mais celui-ci était déjà penché par-dessus son épaule et scrutait l'écran.

Il hocha la tête. Un seul homme les attendait,

comme convenu. Quiconque se serait caché à huit cents mètres alentour aurait été repéré. La voie était libre. Ils pouvaient se poser en toute sécurité.

Le pilote observa la piste. C'était une bande de terre cahoteuse le long de la côte, taillée au milieu de la forêt et parallèle à la mer. Dans l'obscurité elle aurait été invisible sans les deux rangées de balises lumineuses alignées au ras du sol.

Le Cessna descendit rapidement. Au tout dernier moment, il fut ballotté par une bourrasque soudaine qui semblait vouloir tester le sang-froid du pilote. Celui-ci ne tressaillit même pas. Quelques secondes plus tard, les roues touchèrent le sol et le Cessna rebondit à plusieurs reprises avant de rouler librement entre les balises. Les palétuviers – ces arbustes denses qui poussent dans les marais – léchaient presque le bord de la piste. Un simple écart, et une roue pouvait s'y accrocher. C'était l'accident assuré.

Le pilote actionna plusieurs manettes. Le moteur se tut, l'hélice ralentit et s'immobilisa. Par la vitre, il aperçut une Jeep garée près d'un des bâtiments. C'est là qu'attendait l'homme – le petit point rouge sur l'écran. Le pilote se tourna vers ses passagers.

— Il est là.

Le plus âgé des deux opina de la tête. « Carlo » avait environ trente ans, des cheveux noirs et frisés. Il n'était pas rasé. Une barbe naissante couleur cendre lui grisait la mâchoire. Il se tourna vers son compagnon.

— Marco ? Tu es prêt ?

Marco aurait pu être le frère cadet de Carlo. Il avait à peine vingt ans et, malgré ses efforts pour le cacher, il avait peur. La lueur verte du moniteur se reflétait sur son visage ruisselant de sueur. Il tendit la main derrière lui et sortit un pistolet automatique Glock 10 mm de fabrication allemande. Il en vérifia le chargeur et le glissa dans la ceinture de son pantalon, sous sa chemise.

— Je suis prêt.

— Il est seul et nous sommes deux, ajouta Carlo pour le rassurer (ou pour se rassurer lui-même). Et nous sommes armés. Il ne peut rien faire.

— Alors allons-y.

— Tenez-vous prêt à décoller, dit Carlo au pilote. À notre retour, je vous ferai ce signe. (Il leva la main et arrondit l'index et le pouce pour former un O.) Ce sera le signal que l'affaire est réglée. À ce moment-là, mettez le moteur en marche. Je ne tiens pas à rester ici une seconde de plus que nécessaire.

Ils descendirent du Cessna. La fine couche de gravillons qui tapissait la piste crissa sous leurs grosses chaussures quand ils firent le tour de l'avion pour ouvrir la porte de la soute. La chaleur était moite, l'air lourd, étouffant. L'île semblait retenir sa respiration. Carlo et Marc se penchèrent à l'intérieur de la soute, où se trouvait une grosse caisse en fer. Ils la tirèrent avec difficulté et la posèrent à terre.

Marc leva les yeux. Malgré les lumières aveuglantes de la piste d'atterrissage, il parvint à distinguer la silhouette solitaire, dressée comme une statue à côté de la Jeep. L'homme n'avait pas bougé depuis que l'avion avait atterri.

— Pourquoi il ne vient pas ?

Carlo cracha par terre mais ne répondit rien.

La caisse était munie d'une poignée de chaque côté. Ils la soulevèrent et la transportèrent avec peine jusqu'à la Jeep. Là, essoufflés et en sueur, ils la déposèrent devant l'homme qui les attendait.

Carlo se redressa et frotta ses paumes sur son jean.

— Bonsoir, général, dit-il en anglais.

Ce n'était pas sa langue maternelle, ni celle du général, mais la seule qu'ils avaient en commun.

— Bonsoir. (Le général ne voulait pas s'embarrasser de noms qui, de toute façon, seraient faux.) Pas d'ennuis ?

— Aucun, général.

— Vous l'avez ?

— Un kilo d'uranium enrichi. De quoi fabriquer une bombe assez puissante pour détruire une grande ville. J'aimerais bien savoir laquelle vous avez en tête.

Le général Alexei Sarov fit un pas en avant et les lumières de la piste l'éclairèrent. Ce n'était pas un homme de haute taille, mais il émanait de lui une force et une autorité impressionnantes. Ses années passées dans l'armée lui collaient à la peau. Cela se sentait dans ses cheveux gris acier coupés très court, son regard bleu pâle scrutateur, son visage impénétrable, son attitude. Il était parfaitement calme, détendu, et vigilant tout à la fois. Le général Alexei Sarov avait soixante-deux ans, mais en paraissait vingt de moins. Il portait un costume sombre, une chemise blanche, et une étroite cravate bleu foncé. Dans la chaleur humide du soir, ses vêtements auraient pu être froissés, il aurait dû transpirer, pourtant il paraissait sortir d'une pièce climatisée.

Il s'accroupit devant la caisse et sortit de sa poche un petit instrument qui ressemblait à un allume-cigare de voiture muni d'un cadran. Il trouva une alvéole sur le flanc de la caisse, y introduisit l'objet, examina rapidement le cadran, puis hocha la tête. Satisfait.

— Vous avez le reste de l'argent ? demanda Carlo.

— Naturellement.

Le général se releva et s'approcha de la Jeep. Carlo et Marco se crispèrent. C'était le moment où le général risquait de sortir une arme. Mais, quand il se retourna, il tenait simplement un attaché-case en cuir noir. Il en déverrouilla les serrures et l'ouvrit. Des liasses de cinquante billets de cent dollars étaient soigneusement alignées. Cent liasses en tout. Soit cinq cent mille dollars. Plus d'argent que Carlo n'en avait jamais vu de toute sa vie.

Mais pas assez.

— Il y a un problème, dit Carlo.

— Vraiment ? répondit le général, pas du tout étonné.

Marco sentit la sueur former une rigole le long de son cou. Un moustique bourdonnait dans son oreille mais il résista à l'envie de l'écraser. Le moment qu'il redoutait était venu. Il se tenait quelques pas en retrait, les mains le long du corps. Lentement, il les remonta derrière son dos vers l'automatique caché dans sa ceinture, et jeta un coup d'œil aux bâtiments délabrés. L'un d'eux avait autrefois été une tour de contrôle. L'autre ressemblait à un entrepôt de douane. Ils étaient vides. Les façades de briques tombaient en ruine, les fenêtres étaient cassées. Quelqu'un pouvait-il se cacher à l'intérieur ? Non. Impossible. L'intensificateur thermique l'aurait détecté. Ils étaient seuls.

— Le coût de l'uranium, reprit Carlo avec un haussement d'épaules. Notre ami de Miami vous présente ses excuses. Mais de nouveaux systèmes de sécurité ont été mis en place partout dans le monde. La contrebande, surtout pour ce genre de marchandise, est devenue beaucoup plus difficile. Il y a des frais supplémentaires.

— Combien ?

— 250 000 dollars.

— C'est très regrettable.

— Surtout pour vous, général. C'est vous qui payez.

Sarov réfléchit, puis reprit :

— Nous avions un accord.

— Notre ami de Miami compte sur votre compréhension.

Un long silence s'installa. Les doigts de Marco se refermèrent doucement sur la crosse de l'automatique. C'est alors que Sarov acquiesça d'un signe de tête.

— Il me faut un peu de temps pour réunir cette somme, dit-il.

— Vous pourrez la faire virer sur le même compte, dit Carlo. Mais je vous avertis, général. Si l'argent n'est pas là dans trois jours, les services secrets américains seront informés de notre petite transaction... et du colis que vous venez de recevoir. Vous pensez sans doute être en sécurité sur cette île, mais je vous assure que vous ne le serez plus.

— Vous me menacez, constata Sarov d'une voix calme et glaciale.

— Ça n'a rien de personnel, dit Carlo.

Marc déplia rapidement un sac en toile légère qu'il avait apporté et y transféra l'argent. L'attaché-case pouvait dissimuler un émetteur radio, voire une petite bombe. Mieux valait l'abandonner.

— Au revoir, général, dit Carlo.

— Au revoir, répondit Sarov en souriant. Et... bon vol.

Les deux hommes s'éloignèrent. Marco sentait les liasses de billets battre contre sa jambe à travers le sac.

— Ce type est un imbécile, murmura-t-il. Un vieil homme. De quoi avions-nous peur ?

— Filons d'ici, répondit Carlo, en songeant aux dernières paroles du général.

Bon vol. N'avait-il pas souri en disant cela ?

Il fit le signal convenu au pilote. Aussitôt le moteur du Cessna se mit à vrombir.

Le général Sarov ne les avait pas quittés des yeux. Il n'avait pas bougé. Tout à coup, sa main plongea dans sa poche de veste. Ses doigts se refermèrent sur l'émetteur radio. Il s'était interrogé sur la nécessité de tuer les deux hommes et leur pilote. Il aurait préféré ne pas le faire, même si c'était une sorte de police d'assurance. Mais leurs exigences avaient emporté sa décision. Il était à prévoir qu'ils se montreraient gourmands. Avec des individus de ce genre, c'était presque inévitable.

Marco et Carlo reprirent leur place dans l'avion et sanglèrent leur ceinture. Le pilote entama aussitôt la manœuvre pour le décollage. L'avion effectua lentement un demi-tour pour rejoindre le bout de la piste et se mettre face au vent. Carlo regretta de n'avoir pas

16

demandé au pilote de faire son demi-tour sitôt après l'atterrissage. Cela leur aurait épargné quelques précieuses secondes. Il était très impatient de décoller. Au loin, le tonnerre gronda.

— *Bon vol.*

Aucune émotion n'avait percé dans la voix du général. Peut-être était-il sincère. Pourtant Carlo ne pouvait s'empêcher de penser qu'il aurait prononcé une sentence de mort avec exactement la même intonation.

Près de lui, Marco comptait déjà l'argent. Ses mains caressaient les liasses de billets. Il jeta un regard du côté des bâtiments délabrés de l'aérodrome et de la Jeep. Sarov allait-il tenter quelque chose ? De quels moyens logistiques disposait-il sur l'île ? Rien ne bougeait. Le général était toujours là, immobile. Et il n'y avait personne d'autre en vue. Alors que l'avion tournait pour prendre position au bout de la piste, les balises lumineuses s'éteignirent subitement.

Le pilote poussa un juron.

Marc cessa de compter les billets. Carlo comprit tout de suite ce qui se passait.

— Il a éteint les projecteurs, dit-il. Il veut nous garder ici. Vous pouvez quand même décoller ?

Le Cessna se trouvait en bout de piste. Le pilote scruta l'obscurité. Seule une lueur glauque, surnaturelle, palpitait dans le ciel.

Il hocha la tête.

— Ça ne va pas être facile, mais...

Soudain, les projecteurs se rallumèrent. L'avion étincela, comme une flèche pointée en direction de la liberté... et d'un bonus de 250 000 dollars.

Le pilote se détendit.

— La tempête a dû provoquer une panne de courant.

— Faites-nous décoller, marmonna Carlo. Plus tôt on sera en l'air, mieux je me sentirai.

— À vos ordres, dit le pilote.

Il abaissa la manette des gaz et le Cessna prit rapidement de la vitesse. Les projecteurs de la piste étincelaient, guidant sa trajectoire. Carlo se cala sur son siège. Marco continua de regarder par la fenêtre.

Tout à coup, quelques secondes à peine avant de quitter le sol, l'avion fit une embardée. Tout bascula comme si une main géante et invisible l'avait saisi pour le faire pirouetter. Le Cessna, lancé à deux cents kilomètres à l'heure, fut stoppé en quelques secondes. La brutale décélération projeta les trois hommes en avant. Sans leurs ceintures, ils seraient passés au travers du pare-brise – du moins ce qui en restait. Au même moment retentit une série de bruits assourdissants. Quelque chose fouettait le fuselage. L'une des ailes s'était inclinée et l'hélice, arrachée, avait giclé dans la nuit. Enfin l'avion s'immobilisa, puis se coucha sur le flanc.

Pendant un instant, personne ne bougea dans le cockpit. Le moteur hoqueta et se tut. Marco se redressa sur son siège et hurla.

— Que s'est-il passé ?

Il s'était mordu la langue et du sang coulait sur son menton. Le sac était ouvert et tous les billets s'étaient répandus sur ses genoux.

— Je ne comprends pas...

Le pilote était trop étourdi pour parler.

— Vous êtes sorti de la piste ! hurla Carlo, le visage tordu par la colère et la peur.

— Non !

— Regardez !

Marc montrait quelque chose d'un doigt tremblant. La trappe d'ouverture, sous l'avion, s'était disjointe, et de l'eau commençait à s'infiltrer sous leurs pieds.

Un autre roulement de tonnerre éclata, plus proche.

— C'est lui qui a fait ça ! s'exclama le pilote.

— Quoi ? demanda Carlo.

— Il a déplacé la piste !

L'astuce était simple. Pendant que l'avion virait pour se mettre en position, Sarov avait éteint les balises en utilisant l'émetteur radio caché dans sa poche. Pendant un instant, le pilote avait été désorienté, perdu dans l'obscurité. Puis les lumières étaient revenues et il avait terminé sa rotation. Mais ce que le pilote ignorait, c'était qu'une seconde double rangée de projecteurs avait été allumée, balisant une autre trajectoire qui pointait la direction des marais.

— Il nous a aiguillés sur les mangroves.

Cette fois, Carlo comprit. Dès l'instant où les roues de l'avion avaient touché l'eau, son sort était scellé. L'appareil était enlisé et avait basculé en avant. Maintenant il s'enfonçait lentement dans le marais. Les palétuviers, qui avaient déchiqueté l'avion, l'emprisonnaient.

— Qu'est-ce qu'on va faire ? demanda Marco d'une voix frêle, presque enfantine. On va couler...

— Il faut sortir de là ! dit Carlo.

Il avait été blessé dans la collision et leva douloureusement un bras pour défaire sa ceinture de sécurité.

— On n'aurait jamais dû chercher à le rouler ! se lamenta Marco. Tu savais pourtant qui il était. On t'avait prévenu...

— Tais-toi ! grogna Carlo en sortant le revolver du holster qu'il portait sous sa chemise. On va se tirer de ce bourbier et lui faire la peau. Ensuite on trouvera un moyen de quitter cette saleté d'île.

— Il y a quelque chose..., commença le pilote.

En effet, quelque chose avait bougé à l'extérieur.

— Quoi ? murmura Marco.

— Chut ! dit Carlo.

Il s'était à moitié levé et son corps emplissait l'espace exigu du cockpit. Brusquement, l'avion s'enfonça un peu plus dans le marais. Carlo perdit l'équilibre mais parvint à se retenir. Il se pencha par-dessus le pilote comme pour l'enjamber et passer à travers le pare-brise fracassé.

Une chose énorme surgit, obstruant le peu de clarté qui venait du ciel. Carlo poussa un cri quand la chose bondit sur lui à l'intérieur de l'avion. Il y eut un éclair blanc et un horrible rugissement. Ses deux compagnons hurlèrent.

Le général Sarov observait la scène. Il ne pleuvait pas encore mais l'air était gorgé d'humidité. Un éclair zébra le ciel, presque au ralenti, et illumina le paysage. Alors Sarov vit le Cessna à moitié englouti dans le marais, couché sur le flanc. Une demi-douzaine de crocodiles grouillaient autour. Le plus gros d'entre eux avait enfoncé sa tête dans le cockpit. Seule sa queue était visible. Elle frétillait. De joie, sans doute.

Sarov se baissa pour soulever la caisse. Il avait fallu deux hommes pour la lui apporter, mais entre ses mains elle semblait ne rien peser. Il la chargea dans la Jeep, puis recula d'un pas. Il s'autorisa le rare privilège d'un sourire et le savoura brièvement. Demain, quand les crocodiles auraient terminé leur festin, il enverrait ses hommes de main – les *macheteros* – récupérer les dollars. Non que l'argent eût pour lui une quelconque importance. Il était désormais propriétaire d'un kilo d'uranium enrichi. Ainsi que l'avait remarqué Carlo, c'était suffisant pour détruire une grande ville.

Mais Sarov n'avait pas l'intention de détruire une ville.

Sa cible était le monde entier.

2

Balle de match

Alex rattrapa le ballon sur le haut du torse, le fit rebondir devant lui et shoota droit dans le filet. But ! C'est alors qu'il remarqua l'homme, sur le bord du terrain, accompagné d'un gros chien blanc.

C'était une chaude et lumineuse après-midi de mai, avec une température de fin de printemps ou de début d'été. Ils disputaient un match d'entraînement mais Alex prenait le jeu au sérieux. Le prof de gym, M. Wiseman, l'avait sélectionné dans la première équipe, qui allait bientôt affronter les autres écoles de l'Ouest londonien. Malheureusement le collège Brookland ne disposait pas de son propre terrain, et celui-là était ouvert à n'importe qui. Même aux chiens.

Alex reconnut l'homme au premier regard et son cœur fit un bond. La colère le saisit. Comment osait-il venir ici, au beau milieu d'un match ? On ne le laisserait donc jamais tranquille ? L'homme s'appelait Crawley. Avec ses cheveux filasse, son teint marbré et ses vêtements démodés, il avait l'air d'un jeune officier de l'armée, ou d'un professeur de collège privé de second ordre. Mais en réalité Crawley appartenait au MI 6[1]. Il n'était pas à proprement parler un espion, mais il faisait intimement partie du monde du renseignement. Crawley dirigeait un service de l'une des administrations les plus secrètes du pays. Il s'occupait de la paperasse, organisait les contacts, réglait les préparatifs. Lorsqu'un agent passait l'arme à gauche, avec un couteau planté dans le dos ou une balle dans la poitrine, on pouvait être sûr que c'était Crawley qui avait signé son ordre de mission.

Alors qu'Alex regagnait en courant le milieu du terrain, Crawley alla s'asseoir sur un banc en tirant son chien derrière lui. Le chien n'avait visiblement pas envie d'avancer. Ni d'être là. Crawley était toujours assis sur le banc quand, dix minutes plus tard, un coup de sifflet annonça la fin du match. Alex hésita un instant. Puis il ramassa son sweat-shirt et le rejoignit.

Crawley feignit l'étonnement.

---

1. Il s'agit des services secrets britanniques.

— Alex ! Quelle bonne surprise ! Je ne t'ai pas vu depuis... eh bien, depuis ton retour de France.

Quatre semaines seulement s'étaient écoulées depuis que le MI 6 avait envoyé Alex enquêter dans un pensionnat super chic du sud-est de la France[1]. Entré sous une fausse identité comme élève à Pointe Blanche, il s'était retrouvé prisonnier de son direc- teur fou, le Dr Grief. On l'avait pourchassé sur les pentes enneigées de la montagne, mitraillé, et presque disséqué vivant dans une classe de biologie ! Alex n'avait jamais désiré devenir espion, et toute cette affaire l'avait convaincu qu'il avait raison. Craw- ley était la dernière personne qu'il souhaitait rencon- trer.

L'homme du MI 6 arborait un sourire éblouissant.

— Alors, comme ça, tu es dans l'équipe de ton collège ? Et c'est ici que tu joues ? Je suis étonné de ne pas t'y avoir vu plus tôt. Je viens souvent me pro- mener ici avec Barker.

— Barker ?

— Mon chien, répondit Crawley en tendant la main pour le caresser. C'est un dalmatien.

— Je croyais que les dalmatiens avaient des taches noires.

— Pas celui-ci. (Crawley marqua un temps d'hési- tation, puis reprit :) En fait, Alex, c'est une chance

---

1. Voir *Pointe Blanche*, le deuxième épisode des aventures d'Alex Rider.

de t'avoir croisé par hasard aujourd'hui. J'aimerais avoir une petite conversation avec toi. Tu es d'accord ?

Alex secoua la tête.

— Oubliez-moi, monsieur Crawley. Je vous l'ai déjà dit. Le MI 6 ne m'intéresse pas. Je suis un collégien, pas un espion.

— Bien entendu ! acquiesça Crawley. Mais ce dont je veux te parler n'a rien à voir avec... heu... le service. Pas du tout. (Il semblait presque embarrassé.) En réalité je voulais te demander si... si ça te plairait d'avoir une place à Wimbledon, au premier rang ?

Sa question prit Alex totalement au dépourvu.

— Wimbledon ? Vous voulez dire... le tennis ?

— Mais oui, sourit Crawley. Le tournoi international. Je fais partie du comité d'organisation.

— Et vous m'offrez un billet ?

— Exactement.

— Qu'est-ce que ça cache ?

— Rien du tout, Alex. Enfin, pas précisément. Laisse-moi t'expliquer.

Alex avait conscience que ses camarades s'apprêtaient à quitter le stade. Le collège était à dix minutes à pied. Ils prendraient une douche, se changeraient et rentreraient chez eux. La journée était pratiquement terminée.

— Il y a une semaine, poursuivit Crawley, nous

avons eu un cambriolage. La sécurité du club est toujours très vigilante mais quelqu'un a réussi à escalader le mur d'enceinte et à forcer une fenêtre du pavillon du Millénaire.

— Le pavillon du Millénaire ?

— C'est le bâtiment où se trouvent les vestiaires des joueurs. Il y a aussi un gymnase, un restaurant, quelques salons, etc. Nous avons un circuit fermé de caméras de surveillance, mais le cambrioleur a désactivé le système, ainsi que l'alarme. Du travail de professionnel. Jamais nous n'aurions remarqué l'effraction si un des gardiens de nuit n'avait aperçu l'homme filer. C'était un Chinois d'une vingtaine d'années.

— Le gardien ?

— Non, le cambrioleur. Habillé en noir de la tête aux pieds, avec un sac à dos. Le gardien a alerté la police, qui a fouillé partout. Le pavillon, les courts, les cafés... Absolument tout. Ça a pris trois jours. Dieu merci, il n'y a pas de groupuscules terroristes à Londres en ce moment, mais on court toujours le risque qu'un fou tente de poser une bombe. La brigade antiterroriste est venue. Des chiens policiers. Rien ! Le mystérieux Chinois s'est envolé et, apparemment, n'a rien laissé derrière lui. C'est bien cela le plus bizarre. Il n'a rien laissé, et n'a rien pris. Si le gardien ne l'avait pas aperçu, jamais nous n'aurions pu nous douter de son passage. Qu'en penses-tu ?

Alex haussa les épaules.

— Le gardien l'a peut-être dérangé avant qu'il puisse mettre son projet à exécution.

— Non. Il partait quand le gardien l'a surpris.

— Le gardien a peut-être rêvé ?

— Nous avons vérifié les vidéos. Les bandes ont un chronocode et nous avons découvert qu'il y avait eu une interruption de deux heures. Entre minuit et deux heures du matin.

— Alors, quelle est votre conclusion, monsieur Crawley ? Et pourquoi me racontez-vous ça ?

Crawley poussa un soupir et étira ses jambes. Il portait des chaussures Hush Puppies avachies et éculées. Le chien s'était endormi.

— Ma conclusion est que quelqu'un projette un sabotage à Wimbledon pendant le tournoi.

Alex s'apprêtait à l'interrompre mais Crawley leva la main pour le faire taire et poursuivit :

— Je sais que ça paraît ridicule et je t'avoue que les autres membres du comité ne me croient pas. Mais ils n'ont pas mon instinct, ni mon expérience. Réfléchis, Alex. Une opération aussi bien orchestrée et exécutée a forcément une raison. Or il n'y a aucun mobile apparent. Donc, quelque chose cloche.

— Pourquoi voudrait-on saboter Wimbledon ?

— Je ne sais pas. Mais n'oublie pas que le tournoi est une entreprise commerciale colossale. Il y a des millions de livres en jeu. Les seules primes versées aux joueurs représentent huit millions et demi. Sans compter les droits télévisés, les droits publicitaires, le parrainage des entreprises, et j'en passe. Des célébrités viennent du monde entier, des stars de cinéma aux présidents. Les billets d'entrée pour la finale sont revendus au marché noir pour des sommes astronomiques ! Ce n'est pas seulement du sport. C'est un événement mondial et, si quoi que ce soit arrivait... je n'ose même pas y penser.

Bien au contraire, Crawley y avait visiblement pensé. Il paraissait exténué. L'anxiété se lisait dans ses yeux.

— Et vous voulez que j'aille y jeter un œil, sourit Alex après avoir réfléchi une minute. Je n'ai jamais été à Wimbledon. Je n'ai vu les matchs qu'à la télé. J'adorerais avoir un ticket pour le court central. Pourtant je ne vois pas comment je pourrais être utile en y passant une journée.

— Tu as tout à fait raison, Alex. D'ailleurs, ce n'est pas à une journée que je pensais.

— À quoi, alors ?

— Eh bien... je me demandais si tu accepterais de devenir ramasseur de balles.

— Vous plaisantez !

— Pourquoi pas ? Tu pourras rester sur place pendant toute la quinzaine. Tu passeras des moments formidables et tu seras au cœur de l'action. Tu verras de beaux matchs et moi je me sentirai un peu plus détendu en te sachant là-bas. Si quelque chose se trame, il y a de fortes chances pour que tu t'en aperçoives. Tu me préviendras et je prendrai les mesures nécessaires.

De toute évidence, Crawley avait réussi à se convaincre lui-même, à défaut d'Alex.

— Tu sais, Alex, tu ne cours aucun danger. Après tout, c'est Wimbledon. Il y aura beaucoup d'autres garçons et filles de ton âge. Qu'en penses-tu ?

— Vous n'avez pas assez de gardes ?

— Si, bien sûr. Nous avons tout un service de sécurité. Mais ils sont facilement repérables, et donc faciles à éviter. Toi, tu seras invisible. C'est tout l'avantage.

Soudain, la voix du prof de gym retentit.

— Alex !

M. Wiseman l'attendait. Tous les autres joueurs de l'équipe étaient partis, à l'exception de deux ou trois garçons qui se faisaient des passes de ballon sur le terrain.

— J'arrive dans une minute, monsieur ! répondit Alex.

Le professeur eut un temps d'hésitation. Il trouvait un peu bizarre de voir un de ses élèves bavarder avec cet homme en blazer démodé et cravate rayée. Mais il s'agissait d'Alex Rider, et chacun au collège savait qu'il avait une vie un peu bizarre. Il s'était absenté longuement, à deux reprises, sans explication satisfaisante, et la deuxième fois, à son retour, le bâtiment des classes de sciences avait été ravagé par un mystérieux incendie. M. Wiseman décida de ne pas insister. Alex était capable de se débrouiller seul et rentrerait plus tard. Du moins il l'espérait.

— Ne traîne pas ! cria le professeur en s'éloignant.

Alex se retrouva seul avec Crawley et réfléchit à sa proposition. Une partie de lui se méfiait de Crawley. Son apparition soudaine dans le stade, au milieu du match, était-elle vraiment une coïncidence ? Peu probable. Dans le monde du renseignement, où tout était calculé et planifié, il n'y avait pas de coïncidences. C'était d'ailleurs une des raisons pour lesquelles Alex détestait le MI 6. On s'était déjà servi de lui deux fois, sans réellement se soucier des risques qu'il encourait. Crawley faisait partie de ce monde, et Alex avait aussi peu de sympathie pour lui que pour ce qu'il représentait.

Cependant cette affaire était peut-être plus banale qu'il ne l'imaginait. Après tout, Crawley ne lui demandait pas d'infiltrer une ambassade étrangère ni de se faire parachuter sur l'Irak ou quelque autre région isolée et dangereuse. On lui offrait deux semaines à Wimbledon. Rien de bien compliqué. Une occasion d'assister à des matchs de tennis et, avec un peu de chance, de repérer quelqu'un cherchant à mettre la main sur la coupe en argent. Une tâche a priori plutôt tranquille.

— D'accord, monsieur Crawley. Je ne vois pas de...

— Formidable, Alex. Je vais régler les modalités. Viens, Barker !

Barker, qui venait juste de se réveiller, fixa sur Alex ses yeux roses injectés de sang. Un avertissement ? Le chien savait-il quelque chose qu'il ignorait ?

Crawley tira sur la laisse et, avant qu'il ait pu trahir les secrets de son maître, Barker fut entraîné à sa suite.

Six semaines plus tard, Alex était sur le court central, revêtu de la tenue vert et mauve du tournoi. Ce qui serait probablement le dernier match des qualifications allait reprendre. L'un des deux joueurs – assis à quelques pas d'Alex – disputerait le tour suivant, avec l'espoir d'aller plus loin et de remporter la prime d'un demi-million de livres sterling[1] qui récompensait le vainqueur du tournoi. L'autre joueur rentrerait chez lui par le prochain bus. C'était seulement maintenant, alors qu'il était agenouillé près du filet, qu'Alex comprenait la magie de Wimbledon et la raison pour laquelle le tournoi avait gagné sa place

---

1. Approximativement 762 245 euros (5 millions de francs).

parmi les grands événements mondiaux. C'était une compétition exceptionnelle.

L'immense stade était bondé et les gradins s'élevaient si haut que les spectateurs semblaient se fondre dans le ciel. On ne pouvait distinguer leurs visages, mais leur excitation fut perceptible dès que les joueurs regagnèrent leur place sur le court, dont la pelouse parfaitement tondue brillait sous le soleil. Il y eut un fracas d'applaudissements, dont l'écho monta très haut, suivi d'un silence soudain. Les photographes étaient à l'affût, pareils à des vautours, derrière leurs énormes téléobjectifs tandis que, dessous, dans des bunkers couverts de bâches vertes, les caméras de télévision pivotaient pour filmer le premier service. Les joueurs se faisaient face. Leur vie entière les avait conduits à cet instant et leur avenir professionnel allait se décider dans les prochaines minutes. L'ambiance était typiquement britannique. Le gazon, les fraises, les chapeaux de paille. Pourtant c'était un sanglant combat de gladiateurs.

— Silence, mesdames et messieurs...

La batterie de haut-parleurs renvoya la voix de l'arbitre et le joueur ajusta son service. Jacques Lefèvre était un Français de vingt-deux ans, novice sur le tournoi. Personne ne s'était attendu à le voir arriver à ce stade de la compétition. Il jouait contre un Allemand, Jamie Blitz, l'un des favoris de l'année. Pourtant Blitz perdait. Deux sets à zéro, et cinq-deux dans le troisième. Alex observa Blitz se préparer à recevoir le service de son adversaire, en équilibre sur la pointe des pieds. Lefèvre frappa la balle, qui fila comme une fusée juste au centre, sur la ligne. Un ace.

— Quinze, zéro...

Alex se trouvait assez près pour lire la défaite dans les yeux de l'Allemand. C'était toute la cruauté du tennis. Sa dimension psychologique. Si le mental défaillait, on pouvait tout perdre. C'était ce qui arrivait à Blitz. Alex le devinait à sa démarche, à sa transpiration. Le joueur se dirigea vers l'autre côté du terrain pour recevoir le service suivant, le corps pesant, engourdi, comme s'il utilisait toutes ses forces pour rester simplement debout. Alex traversa le court à toute vitesse, ramassa une balle, et eut tout juste le temps de la faire rouler vers un autre ramasseur. Pourtant ce serait sûrement inutile... Le match allait vraisemblablement se conclure très vite.

Comme prévu, Lefèvre réussit un ace final, et se jeta à genoux en levant les bras d'un geste triomphant. Une attitude vue des centaines de fois sur les courts de Wimbledon. Le public se leva docilement pour applaudir. Cependant le match n'avait pas été bon. Blitz aurait logiquement dû gagner et la partie n'aurait pas dû se terminer en trois sets secs. L'Allemand n'était pas en forme et le jeune Français en avait profité.

Alex ramassa la dernière balle et l'envoya rouler

vers le coin gauche du court. Puis il se releva, au garde-à-vous, quand les joueurs se serrèrent la main avant d'aller serrer celle de l'arbitre. Blitz revint vers son banc et commença à ranger ses affaires dans son sac. Alex étudia son visage. L'Allemand avait l'air éberlué, comme s'il avait du mal à croire à sa défaite. Enfin il prit son sac et se dirigea vers la sortie avec un dernier salut au public. Lefèvre signait encore des autographes pour les spectateurs du premier rang. Blitz était déjà oublié.

Une demi-heure plus tard. Alex était assis à une table du Complexe, c'est-à-dire l'ensemble des salles situées sous le bureau des arbitres, à l'angle du court n° 1, où les deux cents garçons et filles qui travaillaient pendant le tournoi prenaient leurs repas, se changeaient et se reposaient. Il buvait un verre avec trois autres ramasseurs, deux garçons et une fille. Au cours de la quinzaine, il s'était lié d'amitié avec la fille. Tellement lié qu'elle l'avait invité chez ses parents, dans leur maison de Cornouaille, après Wimbledon. Elle avait les cheveux noirs, des yeux bleus et des taches de rousseur. C'était aussi une excellente sprinteuse. Elle allait dans une école religieuse et son père était journaliste économique, pourtant il n'y avait chez elle rien du sérieux auquel on aurait pu s'attendre. Elle adorait les jeux de mots, surtout les plus grossiers, et son rire éclatant devait s'entendre jusqu'au court n° 19. Elle s'appelait Sabina Pleasure.

— C'était vraiment un mauvais match, dit Alex. Je ne sais pas ce qui n'allait pas chez Blitz. La moitié du temps, on avait l'impression qu'il était somnambule.

— Dommage pour le match. Mais j'aime bien Lefèvre. Il est mignon. Et il est à peine plus vieux que moi.

— De sept ans, lui rappela Alex.

— De nos jours, ce n'est rien. Demain, je serai sur le Central et je le verrai de près. Je vais avoir du mal à me concentrer sur le jeu.

Alex sourit. Il aimait vraiment bien Sabina, malgré son apparente fixation sur les garçons plus âgés. Il était heureux d'avoir accepté la proposition de Crawley.

— Fais en sorte de ramasser les bonnes balles, se moqua Alex.

Soudain, une voix retentit dans le brouhaha de la cafétéria.

— Alex !

Un petit homme à l'air sévère venait de sortir d'un bureau adjacent. C'était Wally Walfor, ancien sergent de la RAF[1], responsable des ramasseurs de balles.

Après quatre semaines d'entraînement sous ses

---

1. Royal Air Force : armée de l'air britannique.

ordres, Alex avait conclu que Walfor n'était pas le monstre qu'il feignait d'être.

— Oui, monsieur ?

— J'ai besoin de quelqu'un pour tenir la permanence pendant mon absence. Ça ne t'ennuie pas ?

— Non, monsieur. D'accord.

Alex vida son verre et se leva. Il fut ravi de constater que Sabina était contrariée de le voir partir.

La permanence consistait à monter la garde devant le bureau du juge arbitre pour le cas où l'on aurait besoin de lui sur l'un des courts, ou ailleurs. Alex adorait rester assis au soleil à observer la foule. Il rapporta son plateau et s'apprêtait à quitter la caféteria lorsque quelque chose attira son attention et l'arrêta net.

Un garde du service de sécurité parlait au téléphone, dans le coin de la salle. En soi, ça n'avait rien d'étrange. L'entrée du Complexe était toujours gardée, et les plantons descendaient parfois pour boire un verre d'eau ou aller aux toilettes. Celui-ci parlait avec animation, le regard brillant, comme s'il transmettait une nouvelle importante. Le brouhaha empêchait de saisir ses paroles, mais Alex fit un détour pour s'approcher. C'est alors qu'il remarqua le tatouage. Avec tous les ramasseurs qui se pressaient dans la salle et les cuisiniers qui s'affairaient derrière le comptoir, la température avait monté. Le garde avait ôté sa veste. Il portait une chemise à manches courtes, et là, sur son bras, à la lisière de la manche, se dessinait un grand cercle rouge. Alex n'avait jamais rien vu de semblable. Un cercle sans fioritures, sans dessin ni inscription. Que pouvait-il signifier ?

Soudain le garde se tourna et croisa le regard d'Alex. Ce fut très bref, mais Alex se reprocha de n'avoir pas pris plus de précautions. Le garde continua de parler mais il pivota de façon à masquer son bras et cacha le tatouage de sa main libre. Alex lui sourit et fit signe qu'il attendait le téléphone. Le garde marmonna encore quelques mots et raccrocha. Puis il remit sa veste et s'en alla. Alex attendit qu'il eut remonté l'escalier pour le suivre, mais quand il arriva en haut des marches, le garde avait disparu. Alex prit son poste sur le banc, devant le bureau du juge arbitre, et réfléchit.

Une conversation téléphonique dans une cafétéria bondée n'avait aucune signification particulière. Ce qui était étrange, c'est qu'Alex avait aperçu le même garde environ une heure avant le match Lefèvre-Blitz, quand on l'avait envoyé au pavillon du Millénaire porter une raquette. Une hôtesse l'avait dirigé sur le salon des joueurs. C'était une salle spacieuse, avec des écrans de télévision d'un côté, des terminaux d'ordinateur de l'autre, et de confortables canapés rouges et bleus au milieu. Entrer ici était un privilège rare. Venus Williams était assise sur l'un des canapés, Tim Henman regardait un match sur un téléviseur, et Jamie Blitz prenait un gobelet d'eau minérale glacée au distributeur placé contre le mur du fond.

Le garde était là, lui aussi, un peu à l'écart, près de l'escalier, un téléphone mobile collé contre l'oreille, le regard fixé sur Jamie Blitz. Il avait l'air de téléphoner et pourtant Alex avait remarqué un détail bizarre : il ne parlait pas à son correspondant. Toute son attention était concentrée sur Blitz. Le tennisman avait bu son eau minérale puis il était sorti. Quelques secondes plus tard, le garde lui avait emboîté le pas.

Que faisait-il dans le pavillon du Millénaire ? C'était la question que se posait maintenant Alex, assis au soleil, en écoutant le claquement lointain des balles de tennis et les applaudissements d'une foule invisible. Un autre élément l'intriguait plus encore. Si le garde possédait un téléphone mobile, et si ce téléphone fonctionnait quelques heures plus tôt, pourquoi avait-il eu besoin d'utiliser la cabine publique de la cafétéria du Complexe ? Bien sûr, sa batterie pouvait être déchargée. Mais, même dans ce cas, pourquoi précisément utiliser cette cabine-là ? Il y en avait partout sur le site, et à l'air libre. Cherchait-il à ne pas être vu ?

Et pourquoi ce cercle rouge tatoué sur son bras, qu'il s'efforçait de cacher ?

Ce n'était pas tout. Jamais Alex ne se serait posé toutes ces questions, et surtout jamais il n'aurait prêté attention à ce garde, si un autre détail n'avait capté son attention.

En effet, tout comme le cambrioleur qui s'était introduit dans les bâtiments de Wimbledon et qui avait éveillé les soupçons de Crawley, le garde était un Chinois.

3

Du sang et des fraises

Alex ne décida pas consciemment de suivre le garde, mais, au cours des jours suivants, il lui sembla être aspiré par lui. Il l'aperçut à deux reprises ; une fois en train d'inspecter les sacs des visiteurs à la porte 5, une autre fois en train d'indiquer leur chemin à un couple.

Malheureusement, il lui était impossible de le prendre en filature en permanence. C'était l'unique faille du plan de Crawley. La responsabilité d'Alex comme ramasseur de balles le retenait sur le court central une grande partie de la journée. Les ramasseurs se relayaient : deux heures sur le court, deux heures de repos. Au mieux, Alex pouvait exercer ses activités d'espion à temps partiel. Et lorsqu'il était sur le court, il oubliait très vite le garde douteux, ses coups de téléphone mystérieux et toute cette histoire de cambriolage, tant il était absorbé par la dramaturgie des matchs.

Toutefois, deux jours après le départ de Blitz de Wimbledon, Alex entreprit de filer le suspect. C'était environ une demi-heure avant le début du premier match de l'après-midi. Alex s'apprêtait à se présenter au rapport au Complexe quand il aperçut le garde pénétrer de nouveau dans le pavillon du Millénaire. Bizarre. Le bâtiment possédait son propre service de sécurité et le public ne pouvait franchir la réception sans un passe. Alors que venait-il faire là ? Alex jeta un coup d'œil à sa montre. S'il se présentait en retard à son service, Walfor risquait de le sermonner et peut-être de le rétrograder sur l'un des courts annexes moins intéressants. Mais il avait un peu de marge. De plus, malgré lui, sa curiosité était piquée au vif.

Il entra dans le pavillon du Millénaire. Comme d'habitude, personne ne lui posa de questions. Son uniforme de ramasseur de balles lui servait de sésame. Il gravit les marches et traversa le salon des joueurs pour se rendre au restaurant situé de l'autre côté. Le garde était là, devant lui. Il avait à nouveau son mobile à la main mais ne téléphonait pas. Il se contentait d'observer les joueurs et les journalistes qui finissaient de déjeuner.

Le restaurant était une vaste salle moderne, avec un long buffet de plats chauds sur un côté, et une table centrale avec des salades, des boissons fraîches et des fruits. Une centaine de personnes environ étaient attablées, parmi lesquelles Alex repéra deux ou trois visages connus. Il jeta un coup d'œil furtif au garde. Celui-ci se tenait dans un coin, cherchant à passer inaperçu, mais son attention était fixée sur une table, près d'une fenêtre. Alex suivit son regard. Deux hommes occupaient la table. L'un était en costume-cravate, l'autre en survêtement. Alex ne connaissait pas le premier, mais le second était Owen Bryant, un joueur américain renommé. Il disputait un match l'après-midi même.

L'homme en costume était probablement son manager, ou son agent. Ils bavardaient avec animation. Le manager parlait et Bryant riait. Alex avança dans le restaurant en prenant soin de longer le mur. Il voulait surveiller le garde sans être vu de lui. Par chance, le restaurant était encore bondé, ce qui lui permettait de passer inaperçu.

Bryant se leva. Alex vit le garde plisser les yeux et lever le téléphone mobile contre son oreille, mais sans composer de numéro. Bryant se dirigea vers la fontaine à eau et tira un gobelet du cylindre en plastique. Le garde pressa une touche sur le clavier de son téléphone. Bryant se servit de l'eau. Une bulle d'air explosa comme un champignon atomique dans le réservoir transparent. Le joueur de tennis rapporta son gobelet à la table et s'assit. Son manager lui dit quelques mots. Bryant but son eau. Et ce fut tout. Alex avait tout vu.

Mais qu'avait-il vu ?

Il n'eut pas le temps de répondre à cette question. Le garde se repliait déjà vers la sortie. Alex prit sa décision. La porte se trouvait entre le garde et lui. Il se dirigea lui aussi vers la sortie, tête baissée, feignant d'être plongé dans ses pensées. Il avait parfaitement calculé son coup. Il percuta le garde juste au moment où celui-ci atteignait la porte et, d'un geste négligent, lui heurta la main. Le téléphone mobile tomba à terre.

— Oh, je suis désolé, s'excusa Alex.

Et, avant que le garde puisse réagir, il s'était baissé pour ramasser l'appareil. Il le soupesa rapidement avant de le tendre à son propriétaire.

— Tenez.

Le garde lui arracha le téléphone des mains sans rien dire. Un bref instant son regard scruta Alex, qui se sentit sondé par deux pupilles noires et sans vie. La peau de l'homme était jaune pâle et piquetée par la petite vérole. De la sueur perlait au-dessus de sa lèvre. Son visage était dénué de toute expression. Il tourna brutalement les talons et disparut par la porte battante.

Alex avait encore la main en l'air. Il était contrarié de s'être démasqué mais il avait appris quelque chose. Le téléphone mobile était factice. Il était trop léger, l'écran était vide, et il ne portait aucun logo d'une marque telle que Nokia, Panasonic ou autre. Rien.

Alex regarda de nouveau les deux hommes assis à la table. Bryant avait fini de boire son eau et il serrait la main de son compagnon, prêt à partir.

L'eau...

Alex eut une idée totalement absurde mais qui néanmoins donnait un sens à ce qu'il avait vu. Il traversa le restaurant et s'accroupit devant la fontaine à eau. Il y avait des machines semblables sur tout le site de Wimbledon. Il prit un gobelet et en pressa le bord contre la manette du robinet situé sous le réservoir. L'eau filtrée et fraîche coula dans le gobelet.

— Qu'est-ce que tu fabriques ? l'interpella une voix.

Alex leva la tête et vit un homme au visage rougeaud, vêtu de la veste « Wimbledon ». C'était le premier visage inamical qu'il rencontrait depuis son arrivée.

— Je me sers de l'eau.

— Ça, je le vois ! Qu'est-ce que tu fais dans ce restaurant ? C'est réservé aux joueurs, à la presse et aux officiels.

— Je le sais, dit Alex en s'efforçant de garder son calme.

Il n'avait aucun droit d'être ici et si cet homme, quel que soit son grade, le dénonçait, Alex risquait de perdre sa place de ramasseur de balles.

— Je suis désolé, monsieur. Je viens d'apporter une raquette pour M. Bryant. Mais j'avais soif et je me suis arrêté pour boire un peu d'eau.

L'officiel s'adoucit. L'histoire d'Alex était plausible et il appréciait sa politesse.

— Bon, d'accord. Mais je ne veux plus te revoir ici. Allez, file ! grommela-t-il en lui prenant le gobelet des mains.

Alex arriva sur le court dix minutes à peine avant le début du match. Walfor le foudroya du regard mais ne dit rien.

L'après-midi, Owen Bryant perdit son match contre Jacques Lefèvre, ce même Français inconnu qui avait battu Jamie Blitz deux jours plus tôt. Score final : 6-4, 6-7, 4-6, 2-6. Bryant avait remporté le premier set mais par la suite son jeu s'était détérioré. Le résultat était d'autant plus surprenant que, comme Blitz, Bryant figurait parmi les favoris du tournoi.

Vingt minutes plus tard, Alex était de retour dans

la cafétéria du sous-sol, en compagnie de Sabina, qui buvait un Coca Light.

— Mes parents sont ici, aujourd'hui, dit Sabina. J'ai réussi à leur obtenir des tickets. En échange, ils m'ont promis de m'acheter une nouvelle planche de surf. Tu as déjà fait du surf, Alex ?

— Comment ?

Alex ne l'écoutait pas.

— Je te parlais de la Cornouaille. Du surf...

— Ah, oui. J'ai déjà surfé.

Alex avait appris avec son oncle, Ian Rider, l'espion dont la mort avait brutalement changé le cours de sa vie[1]. Ils étaient allés passer une semaine ensemble à San Diego, en Californie, quelques années auparavant. Des années qui lui paraissaient des siècles.

— Ton Coca n'est pas bon ? demanda Sabina.

Alex s'aperçut qu'il tenait son verre devant lui et le fixait sans le voir. En fait, c'était à l'eau qu'il songeait.

— Si, si...

Il s'interrompit en apercevant soudain le garde chinois qui venait d'entrer dans la cafétéria du Complexe. L'homme alla droit au poste de téléphone public. Alex le vit sortir une pièce de sa poche et l'insérer dans l'appareil.

---

1. Voir *Stormbreaker*, le premier épisode des aventures d'Alex Rider.

— Je reviens tout de suite, Sabina.

Alex se leva et se dirigea vers le garde, qui lui tournait le dos. Cette fois, il allait pouvoir l'approcher suffisamment pour entendre ce qu'il disait.

— ... Tout ira bien, disait le Chinois avec un fort accent. (Il marqua une pause, puis reprit :) Je vais le voir maintenant. Oui... tout de suite. Il me le donnera et je vous l'apporterai. (Il y eut un autre silence. Alex devina que la conversation touchait à sa fin et commença à reculer.) Je dois filer, dit le garde. Au revoir.

Il raccrocha le téléphone et s'éloigna.

— Alex... ? appela Sabina.

Elle était seule, assise à la table où il l'avait laissée. Alex se rendit compte qu'elle l'avait probablement observé de loin. Il lui fit un signe de la main, conscient qu'il devrait lui fournir une explication. Mais plus tard.

Au lieu de prendre l'escalier pour remonter au rez-de-chaussée, le garde poussa une porte qui donnait sur un couloir interminable. Alex le suivit.

Le All England Tennis Club s'étend sur un vaste domaine. En surface, il ressemble un peu à un parc de loisirs à thèmes, mais à thème unique : le tennis. Des milliers de gens déambulent dans les allées découvertes et les passages couverts, en un flot ininterrompu de polos blancs, de lunettes de soleil et de canotiers. Outre les courts de tennis, il y a des salons de thé, des cafés, des restaurants, des boutiques, des tentes de réception, des kiosques de vente de tickets et des postes de sécurité.

Mais, sous terre, il existe un univers parallèle beaucoup moins connu. Le site tout entier est relié par un dédale de couloirs, de galeries, de voies, dont certains sont assez larges pour laisser passer une voiture. S'il est facile de se perdre au-dessus du sol, il est encore plus facile de s'égarer dessous. Il y a très peu de panneaux signalétiques, et personne pour vous renseigner. C'est le monde des cuisiniers et des serveurs, des préposés aux poubelles et des livreurs. Par on ne sait quel miracle, ils parviennent à trouver leur chemin et émergent au grand jour à l'endroit exact où on les attend, avant de disparaître à nouveau.

Le couloir dans lequel Alex se trouvait s'appelle la Voie royale et relie le pavillon du Millénaire au court n° 1, permettant aux joueurs de circuler sans être vus. Le couloir était immaculé, vide et tapissé de moquette bleue. Le garde devançait Alex d'une vingtaine de mètres. Ils étaient seuls. Au-dessus d'eux, à la surface, des gens grouillaient sous le soleil. Ici, c'était désert, et Alex se félicita que la moquette étouffe le bruit de ses pas. Le garde semblait pressé. Jusque-là, il ne s'était ni arrêté ni retourné.

Il atteignit une porte en bois marquée « Zone réservée » et l'ouvrit sans hésiter. Alex attendit un moment avant de le suivre. Ici, c'était nettement plus sinistre : un long corridor de ciment, avec des pan-

49

neaux industriels jaunes et de gros tuyaux de venti-
lation courant au plafond. Ça empestait l'essence et
les ordures. Alex devina qu'il s'agissait de ce qu'on
surnommait la Route des Chariots : une voie de
livraison formant un grand cercle dans les sous-sols
du club. Il croisa deux adolescents en jeans et tabliers
verts qui poussaient deux poubelles de plastique.
Une serveuse arriva dans l'autre sens, portant un plateau d'assiettes sales. Le garde n'était visible nulle
part et Alex crut un instant l'avoir perdu. Puis il aperçut une silhouette passant derrière un rideau fait de
larges bandes de plastique translucide suspendues au
plafond, qui formait une sorte de barrière. Il se mit
à courir et passa de l'autre côté.

Là, Alex prit conscience de deux choses. Il n'avait
pas la moindre idée de l'endroit où il se trouvait, et
il était seul.

C'était une sorte de caverne, en forme de banane,
avec des piliers de ciment supportant le toit. On
aurait dit un garage souterrain. D'ailleurs, trois ou
quatre voitures étaient garées sur des emplacements,
près du passage surélevé sur lequel il marchait. Mais
l'espace était principalement investi par des détritus.
Des cartons vides, des palettes de manutention en
bois, une bétonnière corrodée, des morceaux de
vieille clôture, des machines à café cassées, le tout
abandonné à la rouille sur le sol de ciment humide.
Un bourdonnement constant, semblable à celui

d'une scie électrique, venait d'un compacteur d'ordures. L'espace était également utilisé pour le stockage de nourriture et de boissons. Il y avait des tonneaux de bière, des centaines de bouteilles de sodas, des bouteilles de gaz et, serrés les uns contre les autres, huit ou neuf énormes cubes blancs : des réfrigérateurs, tous marqués du label « Rawlings ».

Alex leva les yeux au plafond. Celui-ci était en pente et son inclinaison lui évoqua quelque chose. Mais oui ! Les gradins du court n° 1 ! Il se trouvait dans le quai de chargement situé sous le court de tennis. Le « ventre » de Wimbledon. C'était ici qu'arrivaient les approvisionnements et où stationnaient les ordures. En ce moment même, dix mille personnes étaient assises au-dessus de sa tête, sans savoir que tout ce qu'ils consommaient pendant la journée commençait et finissait ici.

Mais où était le garde ? Pourquoi était-il venu ici et qui venait-il rencontrer ? Alex avança avec précaution. Il se sentait vraiment très seul. Il marchait sur une plate-forme surélevée, bordée à intervalles par des pancartes jaunes où se lisait un seul mot : DANGER. Inutile de le lui répéter. Il arriva devant un escalier et descendit dans le corps principal de la « caverne », au niveau des réfrigérateurs. Il passa devant une pile de bouteilles de gaz comprimé, dont il ignorait totalement l'usage. La moitié des choses entassées ici semblaient incongrues.

Maintenant il était certain que le garde était parti. Pourquoi choisir un tel endroit pour un rendez-vous ? Soudain Alex se remémora la conversation téléphonique du Chinois.

« Je vais le voir maintenant. Oui... tout de suite. Il me le donnera... »

Ridicule. Ça sonnait faux, comme un mauvais télé-film. À l'instant même où Alex comprenait qu'il avait été piégé, il entendit un rugissement et vit une masse noire surgir de l'ombre. C'était un chariot élévateur à fourche, dont les dents de fer pointaient comme les cornes d'un monstrueux taureau. Propulsé par son moteur électrique de quarante-huit volts, l'engin fonçait sur ses énormes pneumatiques. Alex vit la dou-zaine de lourdes palettes de bois en équilibre au-des-sus de la cabine, retenues par la fourche. Il vit le sourire du garde qui était au volant : un éclair de dents affreuses dans un visage encore plus affreux. L'engin parcourut la distance qui les séparait à une vitesse étonnante et freina brutalement. Les palettes de bois, emportées par l'élan, glissèrent des fourches et dégringolèrent. Sans les tonneaux de bière, Alex aurait été broyé dessous. Une rangée d'entre eux avaient résisté au poids des palettes, lui ménageant un minuscule espace libre. Alex entendit le bois se fracasser à quelques centimètres au-dessus de sa tête. Il reçut des éclats dans le cou et sur le dos. Il était recouvert de poussière. Mais il était vivant. Suffoquant et aveuglé, il se mit à ramper, tandis que le chariot élévateur reculait et se préparait à un nouvel assaut.

Comment avait-il pu être aussi stupide ? Le garde l'avait vu au Complexe, la première fois qu'il était descendu téléphoner. Et Alex avait ostensiblement regardé son tatouage, pensant que son uniforme de ramasseur de balles suffirait à le protéger. Ensuite, au pavillon du Millénaire, Alex avait bousculé le garde et fait tomber son téléphone mobile. L'homme n'avait sûrement pas manqué de le reconnaître et de le soupçonner. Peu lui importait qu'Alex fût un adolescent. Il représentait une menace. Il fallait donc l'éliminer.

Cela expliquait ce piège grossier, tellement grossier qu'il n'aurait pas trompé... un collégien. Alex aimait se considérer comme une sorte de super-espion qui deux fois avait sauvé le monde. Quelle absurdité ! Il avait suffi au garde de passer un faux coup de téléphone pour l'attirer dans un lieu isolé. Il ne lui restait plus qu'à le tuer. Une fois Alex mort, peu importait qui il était et ce qu'il avait découvert.

Tremblant, saisi de nausée, Alex se remit debout tant bien que mal alors que le chariot élévateur fonçait de nouveau sur lui. Il fit demi-tour et courut. Le garde avait l'air un peu ridicule, recroquevillé dans la minuscule cabine. Mais l'engin qu'il conduisait était rapide, puissant et incroyablement maniable ; il pouvait effectuer un tour complet sur une pièce de monnaie. Alex tenta de changer de direction. Le chariot pivota et le suivit. Pourrait-il atteindre la plate-forme surélevée à temps ? Non. Elle était trop loin.

Le garde actionna une manette. La fourche métallique vibra et s'abaissa brusquement. Ce n'étaient plus des cornes mais les épées jumelles d'un chevalier jailli d'un cauchemardesque conte médiéval. Où aller ? À gauche ? À droite ? Alex eut à peine le temps de prendre sa décision que l'engin était déjà sur lui. Il plongea à droite et fit une série de roulades sur le ciment. Le garde manœuvra un levier et l'engin pivota. Alex se jeta de côté ; les roues le manquèrent d'à peine un centimètre, avant de percuter un pilier.

Il y eut un temps mort. Alex se releva, pris de vertiges. Une brève seconde, il avait espéré que la collision avait assommé le garde, mais il vit celui-ci sauter de la cabine et épousseter négligemment sa manche. Il se déplaçait avec la lenteur assurée d'un homme qui se sait maître de la situation. Et Alex comprit aussitôt pourquoi. L'homme prit une posture d'expert en arts martiaux : jambes légèrement écartées, centre de gravité très bas. Ses mains fendaient l'air, prêtes à frapper. Il souriait. Il ne voyait devant lui qu'un adolescent sans défense, déjà amoindri par les deux charges du chariot élévateur.

Avec un cri soudain, l'homme projeta sa main droite vers la gorge d'Alex. Si le coup avait atteint son but, c'était la mort assurée. Alex eut le réflexe de lever ses avant-bras en croix pour faire bouclier. Le garde fut surpris et Alex en profita pour lancer son pied droit en direction de son bas-ventre. Mais son adversaire avait déjà pivoté sur le côté et Alex comprit qu'il avait en face de lui un combattant plus puissant, plus rapide et plus expérimenté que lui. Il n'avait pas la moindre chance.

Le Chinois effectua une rotation et, cette fois, atteignit le côté de la tête d'Alex du revers de la main. Alex entendit un craquement. Il resta aveuglé un court instant et bascula à la renverse contre un objet plat et métallique. C'était la porte d'un des réfrigérateurs. Il parvint à saisir la poignée pour se redresser et, alors qu'il vacillait, la porte s'ouvrit. Un courant d'air froid lui balaya le cou. Ce fut peut-être ce qui le revigora et lui donna la force de se jeter en avant pour esquiver le coup de pied terrible qui visait sa gorge.

Alex était en mauvaise posture et il le savait. Son nez saignait. Il sentait le filet de sang couler le long de sa bouche. La tête lui tournait et il avait l'impression que les ampoules électriques clignotaient juste devant ses yeux. Le garde, lui, n'était même pas essoufflé. Alex se demanda soudain dans quelle affaire louche il avait mis les pieds. Quel secret si important justifiait que l'on tue de sang-froid un garçon de quatorze ans sans même lui poser de questions ? Alex s'essuya la bouche d'un revers de main et maudit Crawley. Et il se maudit lui-même de l'avoir écouté. Une place de choix à Wimbledon ? Au cimetière de Wimbledon, peut-être.

Le garde s'avança de nouveau. Alex banda ses muscles, puis se jeta de côté pour éviter un double coup mortel du pied et du poing. Il atterrit à côté d'une poubelle débordante de déchets. Rassemblant toutes ses forces, il souleva la poubelle et la lança sur son assaillant, qui fut englouti sous une masse d'immondices. Le garde poussa un juron et tituba. Alex courut se réfugier derrière le réfrigérateur, essayant de reprendre son souffle et de chercher une issue.

Il n'avait que quelques secondes de répit. Le garde allait revenir à la charge et, cette fois, ce serait la fin. Alex regarda à gauche et à droite. Il vit les bouteilles de gaz comprimé et en sortit une de son casier métallique. Le cylindre semblait peser une tonne, mais Alex était aux abois. Il ouvrit le robinet d'un coup sec et entendit le gaz sortir en sifflant. Alors, soulevant le cylindre à deux mains, il avança. Soudain le garde surgit. Alex fit un bond. Ses muscles hurlèrent sous l'effort. Il abattit le cylindre en plein sur le visage de son adversaire, et le gaz qui s'échappait l'aveugla momentanément. Alex assena un deuxième coup. L'arête métallique heurta la tête de l'homme, juste au-dessus du nez. Alex sentit le choc du fer contre l'os. Le garde roula en arrière. Alex avança. Cette fois il se servit du cylindre comme d'une batte de cricket et frappa violemment le garde au niveau des épaules et du cou. C'était imparable. Sans même pousser un cri, l'homme fut projeté en avant dans le réfrigérateur grand ouvert.

Alex posa la bouteille de gaz et grogna de douleur. Il avait l'impression qu'on lui avait arraché les bras. Il avait toujours des vertiges et se demanda si son nez n'était pas cassé. Il s'approcha en titubant du réfrigérateur.

Derrière le rideau de bandes de plastique qui obstruait l'ouverture, une montagne de boîtes en carton étaient entassées, chacune remplie à ras-bord de fraises. Alex ne put retenir un sourire. Les fraises à la crème étaient l'une des grandes traditions de Wimbledon. On les servait dans les kiosques et les restaurants à des prix exorbitants. Elles étaient stockées ici. Le garde avait atterri au milieu des boîtes. Il était inconscient, à demi enseveli sous une couverture de fraises, la tête posée sur un coussin de fruits rouge vif. Appuyé contre le cadre de la porte du réfrigérateur, Alex se laissa rafraîchir par l'air froid. Les fraises avaient besoin d'être conservées à l'abri de la chaleur estivale.

Il jeta un dernier coup d'œil à l'homme qui avait tenté de le tuer et murmura :

— Te voilà refroidi, mon vieux.

Puis il tourna le bouton du thermostat au maximum, ferma la porte, et s'éloigna en boitillant.

4

Le *Cribber*

Il avait suffi de quelques heures à l'ingénieur pour démonter et analyser la fontaine à eau. Il plongea la main dans le mécanisme et dégagea une mince fiole de verre d'un entrelacs de fils et de circuits électroniques.

— C'était intégré au filtre, annonça-t-il. Il y a un système de valves. Très ingénieux.

Il remit la fiole à une femme au visage sévère, qui la leva à la lumière pour en examiner le contenu. La fiole était à demi remplie d'un liquide transparent. Elle fit tourner le liquide, le huma, puis y plongea le bout de l'index pour le goûter. Ses yeux se plissèrent.

— Librium, affirma-t-elle d'un ton sec et pragmatique. Une sale petite drogue. Une cuillerée vous étend raide mort. Deux gouttes vous troublent l'esprit et perturbent votre équilibre.

Le restaurant et tout le pavillon du Millénaire avaient été fermés pour la nuit. Trois autres hommes étaient présents, dont John Crawley. Près de lui se tenait un policier en uniforme – un gradé – d'un certain âge. Le troisième avait des cheveux blancs, un air sérieux, et une cravate aux couleurs de Wimbledon. Alex était assis à l'écart. Il se sentait subitement las et déplacé. Hormis Crawley, nul ne savait qu'il travaillait pour le MI 6. Pour eux il n'était qu'un simple ramasseur de balles qui avait découvert le pot-aux-roses par hasard.

Alex était en tenue de ville. Il avait prévenu Crawley par téléphone, puis il avait pris une douche et s'était changé, abandonnant son uniforme de ramasseur de balles au vestiaire. Il pressentait qu'il l'avait porté pour la dernière fois ce jour-là, et se demandait si on l'autoriserait à conserver le short, le polo et les tennis avec le logo aux raquettes croisées sur la languette. La tenue est l'unique rétribution des ramasseurs de balles de Wimbledon.

— Ce qui se tramait est évident, dit Crawley. Souvenez-vous de mon inquiétude après le cambriolage, Sir Norman. (Il s'adressait à l'homme en cravate du club.) Il semble que j'avais raison. Ils n'ont rien volé. Ils sont simplement venus trafiquer les fontaines à eau. Celles du restaurant, du salon des joueurs, et probablement de tout le bâtiment. Le système est télécommandé... c'est bien ça, Henderson ?

Henderson était le technicien qui avait désossé l'appareil. Un agent du MI 6, lui aussi.

— C'est bien ça, monsieur. La fontaine fonctionnait tout à fait normalement et distribuait de l'eau réfrigérée. Mais lorsqu'elle recevait un signal radio – émis par le téléphone mobile factice de notre ami –, la fiole incorporée dans le filtre injectait quelques gouttes de librium. En assez petite quantité pour que la drogue n'apparaisse pas dans un éventuel test antidopage, mais suffisamment pour dérégler le jeu des joueurs.

Alex se souvint de la sortie du court du joueur allemand, Jamie Blitz, après sa défaite. Il avait paru étourdi, désorienté. En fait, il était drogué.

— Le produit est transparent et pratiquement insipide. Dans un verre d'eau glacée, il est indétectable.

— Je ne comprends pas, intervint Sir Norman. Quel est le mobile ?

— Je crois pouvoir répondre à cette question, dit le policier. Comme vous le savez, on ne peut rien tirer du garde. Mais le tatouage qu'il porte sur le bras indique qu'il est, ou était, un membre du Grand Cercle.

— De quoi s'agit-il exactement ? sursauta Sir Norman.

— Une triade, monsieur. Un gang de mafieux chinois. Les triades sont impliquées dans toutes sortes d'activités criminelles. Drogue, prostitution, immigration clandestine, jeux et paris. Je suppose que cette opération concerne les paris. Comme tous les grands événements sportifs, Wimbledon représente des enjeux énormes qui se chiffrent en millions de livres sterling. Si j'ai bien compris, le jeune Français, Lefèvre, a débuté le tournoi avec un handicap de trois cents contre un puisqu'il était censé être éliminé dès le premier tour.

— Or il a battu Blitz et Bryant, intervint Crawley.

— Exactement. Je suis sûr que Lefèvre n'est pas au courant de ce qui se tramait. Mais si tous ses adversaires étaient arrivés drogués sur le court... ce qui s'est déjà produit deux fois, il serait parvenu jusqu'en finale. Et le Grand Cercle aurait gagné le gros lot ! Cent mille livres[1] pariées sur le Français auraient rapporté trente fois plus.

— L'essentiel est que cette affaire reste secrète, déclara Sir Norman. Cela provoquerait un scandale et ruinerait notre réputation. Il faudrait redémarrer le tournoi de zéro. (Il regarda Alex mais s'adressa à

---

1. Approximativement 152 449 euros (1 million de francs).

Crawley.) Peut-on se fier à la discrétion de ce garçon ?

— Je n'en parlerai à personne, promit Alex.

— Bien, bien.

— Tu as fait du bon travail, mon garçon, le félicita le policier. Repérer ce type, le suivre, et comprendre le fin mot de l'histoire, c'était parfait. Mais il était irresponsable de ta part de l'enfermer dans le frigo.

— Il a essayé de me tuer, se défendit Alex.

— Tout de même ! Il aurait pu mourir de froid. Il s'en tire avec un ou deux doigts gelés et pourrait bien les perdre.

— J'espère que ça ne l'empêchera pas de jouer au tennis !

Le policier toussota. Il avait du mal à cerner Alex.

— Quoi qu'il en soit, je te félicite. Mais, la prochaine fois, tâche de réfléchir à ce que tu fais. Tu ne voudrais quand même pas blesser quelqu'un, n'est-ce pas ?

Qu'ils aillent tous au diable !

Alex contemplait les vagues, noires et argentées sous la lune, qui roulaient dans l'anse de Fistral Beach. Il s'efforçait de chasser le policier, Sir Norman et Wimbledon de son esprit. Il avait sauvé le tournoi, et même s'il n'avait pas espéré un ticket pour la saison dans la loge royale ni un thé avec la duchesse de

Kent, il ne s'était pas attendu à ce qu'on l'évince avec tant de hâte. Il avait regardé les derniers matchs chez lui, à la télévision. On avait quand même daigné lui laisser sa tenue de ramasseur de balles.

L'autre résultat positif de toute cette affaire était Sabina. Elle n'avait pas oublié son invitation.

Alex se trouvait sur la véranda de la maison louée par les Pleasure, une maison qui aurait été hideuse n'importe où ailleurs, mais qui était merveilleusement adaptée à sa situation exceptionnelle sur cette falaise de la côte de Cornouaille. De style ancien, carrée, avec des façades mi-brique mi-bois peint en blanc, elle possédait cinq chambres, trois escaliers, et beaucoup trop de portes. Le jardin était plus mort que vif, balayé par le sel et le vent. La villa s'appelait *Brook's Leap*, Le Saut de Brook, mais nul ne savait qui était Brook, pourquoi il avait sauté, ni s'il avait survécu. Alex était là depuis trois jours. On l'avait invité pour la semaine.

Il perçut un mouvement derrière lui. Une porte s'était ouverte et Sabina Pleasure apparut, vêtue d'un peignoir en éponge, portant deux verres. Il faisait chaud. Après la pluie du jour de l'arrivée d'Alex – il semblait pleuvoir beaucoup en Cornouaille –, le temps s'était éclairci et ce soir il faisait une belle nuit d'été. Sabina l'avait laissé seul pendant qu'elle allait prendre son bain. Ses cheveux étaient encore mouillés, son peignoir tombait sur ses pieds nus. Alex lui trouva l'air très mûr pour quinze ans.

— Je t'ai apporté un Coca, Alex.

— Merci.

La véranda était spacieuse, avec une rambarde basse, une balancelle et une table. Sabina posa les verres et s'assit. Alex la rejoignit. Le cadre en bois de la balancelle grinça et ils se balancèrent doucement en regardant le panorama. Ils restèrent longtemps silencieux. Puis, tout à coup, Sabina lança :

— Pourquoi tu ne me dis pas la vérité ?

— À propos de quoi ?

— De Wimbledon. Pourquoi es-tu parti aussitôt après les quarts de finale ? Tu étais sur le court n° 1 et puis, brusquement, plus personne !

— Je te l'ai expliqué, dit Alex, un peu embarrassé. Je ne me sentais pas bien...

— Ce n'est pas ce que j'ai entendu dire. Il paraît que tu as été mêlé à une bagarre. Et je t'ai vu en maillot de bain. Tu es couvert de bleus et de bosses.

— Je me suis battu au collège.

— Je ne te crois pas. J'ai une copine qui va à Brookland, comme toi. Elle dit que tu t'absentes très souvent. Que tu disparais sans arrêt. Tu as manqué deux fois au cours du trimestre et, le jour de ton retour, un incendie a ravagé votre collège.

Alex se pencha pour prendre son Coca et fit rouler le verre froid entre ses mains. Un avion passa dans le ciel, minuscule dans l'infinité du ciel nocturne.

— D'accord, Sabina. Je ne suis pas réellement un collégien. Je suis un espion, un James Bond junior. Je dois m'absenter de temps à autre pour aller sauver le monde. Je l'ai déjà fait deux fois. Le première, c'était ici, en Cornouaille. La deuxième, en France. Tu veux savoir autre chose ?

— Je vois, dit Sabina avec un sourire. À question stupide... (Elle releva les genoux et les enfouit sous son peignoir.) Mais tu as quelque chose de différent. Tu ne ressembles à aucun garçon que je connais.

— Les enfants ! les héla la mère de Sabina de la cuisine. Vous ne croyez pas qu'il est l'heure de se coucher ?

Il était dix heures. Ils avaient prévu de se lever à cinq heures du matin pour profiter des vagues.

— Encore cinq minutes ! cria Sabina.

— Je compte !

— Ah, les mères ! soupira Sabina.

Alex, lui, n'avait pas connu la sienne.

Une vingtaine de minutes plus tard, en se mettant au lit, il songea à Sabina et à ses parents. Son père était un homme studieux, avec des cheveux longs gri-sonnants et des lunettes. Sa mère était ronde et enjouée – Sabina avait hérité de son caractère. Ils n'avaient pas d'autre enfant. C'était peut-être ce qui soudait autant la famille. Ils habitaient dans l'ouest de Londres et louaient cette maison un mois chaque été.

Alex éteignit la lumière et s'étendit dans l'obscurité. Sa chambre mansardée disposait d'une petite fenêtre par laquelle il pouvait voir la lune, d'une blancheur étincelante, ronde comme une pièce de monnaie. Depuis son arrivée, les Pleasure l'avaient traité comme s'ils le connaissaient depuis toujours. Chaque famille a ses propres habitudes et il était étonné de la facilité avec laquelle il avait adopté les leurs. Il les accompagnait dans leurs longues promenades sur les falaises, aidait à faire les courses et la cuisine, ou partageait simplement leur silence, en lisant et contemplant la mer.

Pourquoi n'avait-il pas eu une famille comme celle-ci ? Alex sentit une vieille et familière tristesse l'envahir. Ses parents étaient morts dans un accident une semaine après sa naissance. L'oncle qui l'avait élevé et lui avait tant appris était resté, à bien des égards, un étranger. Il n'avait ni frère ni sœur. Parfois il se sentait aussi isolé que l'avion qu'il avait aperçu de la véranda, effectuant sa longue traversée dans le ciel obscur, seul et ignoré.

Fâché contre lui-même, Alex enfouit sa tête dans l'oreiller. Il avait des amis. Sa vie lui plaisait. Il avait réussi à rattraper son retard en classe et il passait des vacances formidables. Avec un peu de chance, maintenant que l'affaire de Wimbledon était résolue, le MI 6 allait le laisser tranquille. Alors pourquoi s'abandonner à la morosité ?

La porte s'ouvrit. Quelqu'un entra dans la chambre. C'était Sabina. Elle approcha et se pencha au-dessus de lui. Il sentit ses cheveux lui caresser la joue et huma son parfum discret : floral et musqué. Ses lèvres effleurèrent doucement les siennes.

— Tu es beaucoup plus mignon que James Bond, murmura-t-elle.

Et elle disparut. La porte se referma derrière elle.

Cinq heures et quart, le lendemain matin.

En période scolaire, Alex ne se serait levé que deux heures plus tard, et sans enthousiasme. Ce matin-là, il s'était éveillé facilement, dopé par une énergie et un dynamisme qui lui donnaient des ailes pour descendre le sentier abrupt de Fistral Beach, sous le ciel rose de l'aube. La mer l'appelait, le défiait.

— Regarde ces vagues ! s'exclama Sabina.

— Elles sont grosses.

— Énormes, tu veux dire. C'est fantastique !

Sabina avait raison. Alex avait déjà surfé – une fois dans le Norfolk et une fois en Californie –, mais jamais sur des vagues aussi puissantes. La radio locale avait annoncé une marée haute exceptionnelle et des vents forts en haute mer. La conjugaison des deux engendrait cette houle impressionnante. Les vagues avaient des creux d'au moins trois mètres et roulaient lentement sur la plage comme si elles portaient tout le poids de l'océan sur leurs épaules. Leur fracas était terrifiant. Alex sentait son cœur battre à tout rompre. Il contemplait les masses d'eau mouvantes, leur couleur bleu sombre, l'écume blanche. Allait-il réellement chevaucher un de ces monstres sur une fragile planche en fibre de verre ?

Sabina avait perçu son hésitation.

— Qu'est-ce que tu en penses ?

— Je ne sais pas, répondit Alex, obligé de crier pour couvrir le rugissement des vagues.

— La mer est trop forte ! dit Sabina.

C'était une bonne surfeuse. La veille, Alex l'avait vue négocier habilement des rouleaux près du rivage. Pourtant elle semblait douter.

— On ferait peut-être mieux de retourner se coucher ! cria-t-elle.

Alex évalua la situation. Une demi-douzaine d'autres surfeurs étaient sur la plage et, au loin, un homme essayait de maîtriser un jet-ski en eau peu profonde. Sabina et lui étaient les plus jeunes. Comme elle, il portait une combinaison en néoprène de trois millimètres d'épaisseur pour le protéger du froid. Alors pourquoi tremblait-il ? Alex, qui n'avait pas de planche, en avait loué une. Celle de Sabina était plus large et plus épaisse, privilégiant la stabilité plutôt que la vitesse. Alex avait opté pour un « thruster » Ocean Magic, qui offrait une bonne prise et qui, grâce à ses trois dérives, donnait une sensation de contrôle. Quant à sa longueur, deux mètres cinquante, elle lui permettrait d'aborder des vagues de cette taille.

Si toutefois...

Alex n'était pas sûr de se lancer à l'eau. Les rouleaux lui paraissaient deux ou trois fois plus hauts que lui et il savait qu'une erreur pouvait aisément entraîner la mort. Les parents de Sabina avaient interdit à leur fille de surfer si la mer était trop agitée, et Alex devait reconnaître qu'il n'en avait jamais vue d'aussi violente. Il regarda une autre vague se fracasser sur le rivage et aurait tourné les talons s'il n'avait entendu un des surfeurs héler un de ses camarades.

— Le *Cribber*[1] !

Incroyable. Le *Cribber* était à Fistral Beach. Alex avait souvent entendu ce nom. C'était une légende, non seulement en Cornouaille mais dans le monde entier. Sa première apparition officielle datait de septembre 1966 : plus de six mètres de haut, la vague la plus puissante qui ait jamais déferlé sur les côtes anglaises. Depuis lors, le *Cribber* s'était manifesté à quelques occasions, mais rares étaient ceux qui

1. Le *Cribber*, en Cornouaille, est une vague mythique.

l'avaient vu et plus rares encore ceux qui avaient surfé dessus.

— Le *Cribber* ! Le *Cribber* !

Les autres surfeurs hurlaient son nom en poussant des hourras. Alex les voyait danser sur la plage, brandir leur planche en l'air. Soudain, il sut qu'il devait se jeter à l'eau. Il était trop jeune, les vagues étaient trop hautes, mais jamais il ne se pardonnerait d'avoir manqué une telle occasion.

— J'y vais ! cria-t-il en s'élançant, sa planche sous le bras et reliée à sa cheville par une solide lanière d'uréthane.

Du coin de l'œil, il vit Sabina lever la main pour lui souhaiter bonne chance. Il atteignit très vite le rivage et entra dans l'eau froide. Il jeta la planche devant lui et bondit à plat ventre dessus. Son élan le propulsa en avant. Les jambes à l'horizontale, il se mit à ramer furieusement des deux mains. C'était la phase la plus fatigante. Alex se concentra sur le mouvement de ses épaules et de ses bras, gardant le reste de son corps immobile. Il avait un long chemin à parcourir et devait ménager son énergie.

Il distingua un bruit dans le rugissement de la mer et aperçut le jet-ski qui s'éloignait du rivage. Cela l'intrigua. Ce type d'engin nautique était peu fréquent en Cornouaille, et Alex n'avait jamais vu celui-ci depuis trois jours qu'il était là. En général, les engins motorisés servaient à remorquer les surfeurs vers les plus grosses vagues, mais celui-ci avançait seul. Son conducteur, revêtu et encapuchonné d'une combinaison de plongée noire, comptait-il affronter le *Cribber* sur sa machine ?

Alex oublia le jet-ski. Les muscles de ses bras commençaient à fatiguer et il n'était même pas à mi-parcours. Les autres surfeurs évoluaient loin devant. Il apercevait l'endroit où les vagues culminaient, à une vingtaine de mètres de là. Une montagne d'eau se souleva devant lui et il plongea dedans. Pendant un instant il fut aveuglé. Il sentit l'eau froide marteler son crâne. Puis il resurgit de l'autre côté. Il fixa l'horizon et redoubla d'efforts. La planche à trois dérives le propulsait en avant comme si elle était mue par son propre élan vital.

Alex cessa de ramer et reprit son souffle. Soudain, tout sembla silencieux. Il jeta un regard en arrière et fut surpris d'avoir nagé si loin. Sabina était assise sur le sable et l'observait, petit point fragile dans le lointain. Le surfeur le plus proche était à une trentaine de mètres. Trop loin pour lui venir en aide en cas de problème. Alex sentit la peur lui nouer l'estomac et se demanda s'il n'avait pas commis une erreur en s'aventurant ici tout seul. Mais il était trop tard. Il « le » sentit avant de le voir. C'était comme si la fin du monde avait choisi cet instant pour survenir, comme si la nature prenait une ultime respiration. Il tourna la tête et le vit. Le *Cribber* arrivait. Il fonçait droit sur lui. Impossible de changer d'avis.

Durant quelques secondes, Alex contempla avec saisissement l'eau rugissante qui se creusait et roulait. On aurait dit un immeuble de quatre étages s'arrachant du sol pour s'abattre sur une rue. Un immeuble bâti d'eau, mais d'une eau vivante. Sa force phénoménale était perceptible. Soudain, la vague se dressa devant lui, terrifiante, et continua de s'élever jusqu'à masquer le ciel.

Les gestes techniques appris par Alex longtemps auparavant lui revinrent machinalement. Il saisit les bords de la planche pour la faire pivoter face au rivage, et se força à attendre la dernière seconde. S'il agissait avec un temps de retard, il manquerait tout. Trop tôt, il serait laminé. Ses muscles étaient bandés, ses dents claquaient. Son corps entier semblait électrifié.

Maintenant ! C'était l'instant le plus difficile, la manœuvre la plus ardue à apprendre mais impossible à oublier. Le *take-off*, quand le surfeur se lève sur sa planche pour prendre la vague. Il posa les mains à plat sur la planche, arqua le dos, et poussa. En même temps, il ramena la jambe droite en avant, genou fléchi. On appelait cela un *goofy*. C'est la même chose sur la neige. L'essentiel est de se redresser sans perdre l'équilibre. C'est ce que fit Alex, en utilisant les deux forces principales : la vitesse et la gravité, tandis que sa planche fendait la vague en diagonale.

Il se mit debout, bras écartés, parfaitement centré sur la planche. Il avait réussi ! Il surfait sur le *Cribber* ! Une intense jubilation l'envahit. Il sentait dans tout son corps la puissance de la vague. Il en faisait partie. Il était branché sur l'énergie du monde. Malgré sa vitesse (cinquante ou soixante kilomètres à l'heure), le temps paraissait s'être ralenti, suspendu. Alex avait l'impression d'être figé dans cet instant unique, parfait, qui resterait gravé en lui jusqu'à la fin de sa vie. Il poussa un cri, un cri animal qu'il n'entendit même pas. Les embruns lui fouettaient le visage, explosaient autour de lui. C'est à peine s'il sentait la planche sous ses pieds. Il volait. Jamais il n'avait été plus vivant.

C'est alors qu'il discerna un grondement par-dessus celui de la mer. Un vrombissement de moteur à essence arrivant à vive allure. Le bruit d'un engin mécanique ici, à ce moment, était si invraisemblable qu'Alex crut avoir rêvé. Puis il se souvint du jet-ski. Celui-ci avait probablement contourné la barre de vagues pour revenir. Et il arrivait très vite.

Le jet-ski allait lui couper la route. C'était une transgression d'une des règles tacites du surf : le surfeur qui est sur la vague est prioritaire. Le conducteur du jet-ski n'avait pas le droit de venir dans son espace de glisse. De plus, c'était absurde. Fistral

Beach était pratiquement déserte, il n'y avait donc aucun besoin de se disputer une vague. D'ailleurs, un jet-ski concurrençant un surfeur... c'était du jamais vu.

Le moteur était de plus en plus bruyant mais Alex ne pouvait pas le voir. Toute son attention était concentrée sur le *Cribber*, sur l'équilibre à maintenir, et il n'osait pas tourner la tête. Il avait conscience des millions d'hectolitres d'eau en mouvement sous ses pieds. S'il tombait, il serait déchiqueté avant même de sombrer. Que faisait donc ce jet-ski ? Pourquoi venait-il si près ?

Alex comprit subitement et avec une totale certitude qu'il était en danger. Ce qui se passait n'avait rien à voir avec la Cornouaille et le surf. Son autre vie, sa vie avec le MI 6, l'avait rattrapé. Il avait déjà été poursuivi sur la pente enneigée d'une montagne, à Pointe Blanche, et la même chose se reproduisait. Qui et pourquoi importait peu. Il n'avait que quelques secondes pour agir avant que le jet-ski ne le percute.

Il tourna la tête un quart de seconde et l'entrevit. Un nez noir de torpille, des chromes étincelants. Le conducteur était accroupi sur l'engin, les mains sur le guidon, les yeux fixés sur Alex. Des yeux remplis de haine. Il était à moins d'un mètre.

Il ne restait à Alex qu'une chose à faire et il la fit instantanément, sans même réfléchir. L'*aerial*, qui consiste à décoller au-dessus de la vague, est une figure aérienne qui exige un tempo parfait et une confiance absolue. Alex pivota et s'éjecta au-dessus de la crête. En même temps il s'accroupit et saisit les bords de sa planche, une main de chaque côté. Cette fois il volait vraiment. Il vit le jet-ski passer à toute allure, à l'endroit même où il se trouvait quelques secondes plus tôt. Alex effectua une vrille, accomplissant un tour presque complet. Au dernier moment, il se souvint qu'il devait placer son pied droit au centre de la planche. Celui-ci supporterait tout son poids lorsqu'il reprendrait contact avec l'eau.

La mer se souleva à sa rencontre. Alex glissa sur la face de la vague. Un amerrissage parfait. L'eau explosa autour de lui mais il resta debout. Maintenant il se trouvait derrière le jet-ski. Le conducteur se retourna, visiblement étonné. C'était un Chinois. Le plus incroyable, le plus inimaginable, était qu'il tenait un revolver. Le canon dégoulinait d'eau. Cette fois, Alex n'avait pas d'échappatoire. Ni la force d'exécuter un nouveau décollage. Il prit appui sur la planche et se jeta sur le jet-ski en poussant un cri. Une secousse ébranla sa cheville gauche reliée à la planche quand celle-ci fut brutalement emportée par la mer rageuse.

Une détonation retentit. Le Chinois avait tiré. Mais la balle manqua sa cible. Alex crut la sentir frôler son épaule. En même temps il agrippa à deux mains la gorge de son adversaire. Ses genoux heurtèrent douloureusement le flanc du jet-ski. Puis le monde extérieur fut balayé d'un coup. L'homme et son engin perdirent tout contrôle, emportés dans un gigantesque tourbillon. Il ressentit une seconde secousse dans sa jambe gauche, et, cette fois, la sangle se rompit. Un cri retentit, puis ce fut le silence. Le Chinois avait disparu. Alex était seul. Il ne pouvait pas respirer. Des tonnes d'eau s'abattirent sur lui et l'aspirèrent. Il ne pouvait pas lutter. Ses bras et ses jambes ne lui servaient à rien. Il n'avait plus aucune force. Il ouvrit la bouche pour crier. L'eau s'y engouffra.

Puis son épaule heurta une surface dure et il comprit qu'il avait touché le fond. Le sable serait sa tombe. Il avait osé jouer avec le *Cribber*, et le *Cribber* avait pris sa revanche. Quelque part, très loin au-dessus de lui, une autre vague se brisa mais Alex ne la vit pas. Il resta où il était, enfin en paix.

5

Deux semaines au soleil

Alex ne savait pas ce qui le surprenait le plus. Être encore en vie, ou assis dans un bureau du quartier général des Opérations spéciales du MI 6 à Londres.

La vie, il la devait à Sabina. Elle l'observait de loin, assise sur la plage, lorsqu'il avait pris le Cribber. Elle avait vu le jet-ski approcher derrière lui et compris instinctivement qu'il se passait une chose anormale. Elle s'était mise à courir au moment où Alex décollait de la vague, et s'était jetée à l'eau lorsqu'il avait percuté le jet-ski puis disparu de la surface. Plus tard, elle raconterait qu'il s'était produit un terrible accident. De loin, il lui était impossible de comprendre ce qui s'était réellement passé.

Sabina était une très bonne nageuse et la chance était avec elle. Bien que l'eau fût trouble et opaque, et les vagues très fortes, elle avait repéré l'endroit où Alex avait sombré. Elle y fut en moins d'une minute. Elle le trouva au troisième plongeon, remonta son corps inerte à la surface, et le tira jusqu'au rivage. À l'école, elle avait appris les techniques de premier secours et la respiration artificielle. Elle colla ses lèvres à celles d'Alex pour insuffler de l'air dans ses poumons. Elle le crut mort. Il ne respirait pas. Il avait les yeux fermés. Sabina pressa sur son torse à deux mains, une fois, deux fois... et fut récompensée par un spasme et une quinte de toux. Alex était revenu à lui. Déjà, d'autres surfeurs les avaient rejoints. L'un d'eux possédait un téléphone portable et alerta les secours. L'homme au jet-ski n'avait pas reparu.

Alex avait eu beaucoup de chance. Il avait surfé sur le *Cribber* presque jusqu'à son terme, à l'endroit où la vague perdait de sa puissance. Une tonne d'eau l'avait englouti, mais, cinq secondes plus tôt, ç'aurait été dix tonnes... De plus, il n'était pas trop loin de la plage quand Sabina l'avait découvert. Sinon elle ne l'aurait peut-être jamais trouvé.

Cinq jours avaient passé.

On était lundi matin, au début d'une nouvelle semaine. Alex était assis dans le bureau 1605, au seizième étage de l'immeuble anonyme de Liverpool

Street. Il avait pourtant juré de ne jamais y revenir. L'homme et la femme qui se tenaient dans la pièce étaient les dernières personnes qu'il souhaitait revoir. Mais il était là. On l'avait attiré ici aussi facilement qu'un poisson dans un filet.

Comme à son habitude, Alan Blunt ne semblait pas particulièrement ravi de le voir, préférant se plonger dans la lecture du dossier posé devant lui que de regarder son interlocuteur. C'était la cinquième ou sixième fois qu'Alex rencontrait le directeur de cette section du MI 6 et il ne savait toujours presque rien de lui. Blunt avait environ cinquante ans. C'était un homme en costume dans un bureau. Il ne fumait pas, et Alex ne l'imaginait pas boire non plus. Était-il marié ? Avait-il des enfants ? Passait-il ses week-ends à se promener dans un parc, à pêcher, à regarder des matchs de football ? Difficile à croire. On pouvait même se demander si Blunt avait une existence en dehors de ces quatre murs. Le travail représentait tout pour lui. Il baignait en permanence dans les secrets, au point que sa vie personnelle avait fini par devenir elle-même un secret.

Blunt leva enfin les yeux de son dossier.

— Crawley n'avait pas le droit de t'impliquer dans cette affaire.

Alex ne dit rien. Pour une fois, il était d'accord.

— Tu as d'abord failli te faire tuer au tournoi de Wimbledon, reprit Blunt avec un regard ironique. Et ensuite en Cornouaille. Je n'aime pas que mes agents pratiquent des sports dangereux.

— Je ne suis pas un de vos agents, rectifia Alex.

— Ce métier comporte suffisamment de risques pour ne pas en ajouter d'autres, poursuivit Blunt en ignorant sa remarque. Qu'est-il arrivé à l'homme au jet-ski, madame Jones ?

— Nous l'interrogeons, répondit celle-ci.

L'adjointe du directeur des Opérations spéciales portait un tailleur-pantalon gris, et un sac à main en cuir noir de la couleur de ses yeux. Le revers de sa veste s'ornait d'une broche en argent en forme de dague miniature. Tout à fait appropriée !

Elle avait été la première à rendre visite à Alex à l'hôpital de Newquay, et n'avait pas caché son inquiétude sur les récents événements. Mais, bien entendu, elle n'avait montré que peu d'émotion, sinon pas du tout. Si on lui avait posé la question, sans doute aurait-elle répondu qu'elle ne voulait pas perdre un agent qui lui avait été utile et pourrait encore lui servir. Toutefois Alex la soupçonnait de cacher son jeu. Mme Jones était une femme et Alex avait l'âge que pourrait avoir son fils si elle en avait un. Cela changeait beaucoup les choses et elle ne pouvait l'ignorer.

— Nous avons découvert un tatouage sur son bras, poursuivit Mme Jones. Visiblement il appartenait aussi au gang du Grand Cercle. (Elle se tourna vers Alex pour expliquer :) Le Grand Cercle est une triade relativement récente. Malheureusement, c'est aussi l'une des plus violentes.

— Je crois l'avoir remarqué, dit Alex.

— L'homme que tu as assommé et enfermé dans la chambre froide à Wimbledon était un *Sai-lo*. Ce qui signifie « petit frère ». Tu dois comprendre comment ces gens travaillent. Tu as gâché leur opération et tu leur as fait perdre la face. Ce qui pour eux est intolérable. Voilà pourquoi ils ont envoyé un tueur à tes trousses. Celui-là n'a pas encore parlé, mais nous pensons qu'il s'agit d'un *Dai-lo*, un « grand frère ». Il doit être classé 438 dans la hiérarchie, c'est-à-dire juste au-dessous de la Tête de Dragon, le chef de la triade. Or lui aussi a échoué. Non seulement tu as failli le noyer, mais tu lui as cassé le nez. C'est très regrettable, Alex. Pour la triade, c'est une nouvelle humiliation.

— Je n'y suis pour rien, se défendit Alex.

C'était vrai. La planche s'était arrachée de sa jambe. Ce n'était pas sa faute si elle avait heurté le nez du Chinois.

— En tout cas, c'est ainsi qu'ils verront les choses, reprit Mme Jones, avec un ton de maîtresse d'école. Nous avons affaire ici à ce qu'on appelle un *guan-shi*. Le *guan-shi* est ce qui donne sa force au Grand Cercle. C'est un système de respect mutuel, qui unit tous les membres. En d'autres termes, cela signifie que si tu blesses l'un d'eux, tu les blesses tous. Et que si l'un d'eux devient ton ennemi, ils le deviennent tous.

— Tu as agressé un de leurs membres à Wimbledon, intervint Alan Blunt. Ils t'en ont envoyé un autre en Cornouaille.

— Mais tu l'as également mis hors-circuit. Toutes les triades ont donc l'ordre de te tuer, ajouta Mme Jones.

— Combien y a-t-il de membres ?

— Environ dix-neuf mille, au dernier recensement, répondit Blunt.

Il y eut un long silence, seulement troublé par le lointain bourdonnement de la circulation, seize étages plus bas.

— À chaque minute passée dans ce pays, tu risques ta vie, Alex, reprit Mme Jones. Et nous ne pouvons pas faire grand-chose. Bien sûr, nous avons une petite influence sur les triades. Si nous leur faisons savoir que tu es sous notre protection, ils pourraient rappeler leurs tueurs. Mais ça va prendre du temps et il est probable qu'ils travaillent déjà à leur plan d'attaque.

— Tu ne peux pas rentrer chez toi, conclut Blunt. Tu ne peux pas retourner au collège. Tu ne peux aller nulle part tout seul. Nous avons déjà pris des mesures pour éloigner de Londres la jeune femme qui veille sur toi. Nous ne voulons courir aucun risque.

— Alors que dois-je faire ? demanda Alex.

Mme Jones jeta un coup d'œil à Alan Blunt, qui hocha la tête. Ni l'un ni l'autre ne semblait vraiment alarmé, et Alex comprit tout à coup que la situation les arrangeait. Sans le savoir, il s'était mis à leur merci.

— Le hasard veut, Alex, que nous ayons reçu une demande te concernant, il y a quelques jours. Elle émane d'une des agences de renseignements américaines. La Central Intelligence Agency, autrement dit la CIA. Je suppose que tu en as entendu parler. Ils ont besoin d'un adolescent pour une opération qu'ils sont en train de monter et ils nous ont demandé si tu serais disponible.

Alex ne cacha pas son étonnement. Le MI 6 l'avait utilisé deux fois, et chaque fois ils avaient insisté pour que cela reste secret. Or, apparemment, ils s'étaient vantés de leur jeune espion. Pire, ils s'étaient préparés à le prêter, comme un vulgaire livre de bibliothèque.

Mme Jones dut lire dans ses pensées car elle leva la main d'un geste apaisant.

— Bien entendu, nous avons répondu que tu ne désirais pas continuer ce genre de mission, Alex. Car c'est bien ce que tu nous as dit, n'est-ce pas ? *Collégien, pas espion*. Néanmoins il semble que les conditions aient changé. Je suis désolée, Alex, mais tu as toi-même décidé de reprendre du service avec Crawley, et maintenant ta vie est en danger. Tu dois disparaître. La proposition de la CIA pourrait être la meilleure solution.

— Vous voulez que j'aille en Amérique ?

— Pas exactement, intervint Blunt. À Cuba... ou tout au moins dans une île située à quelques kilomètres. Les Cubains l'appellent Cayo Esqueleto. C'est de l'espagnol. Cela veut dire...

— L'île du Squelette, dit Alex.

— Exact. Il y a de très nombreuses petites îles au large des côtes américaines. Tu as sans doute entendu parler de Key West ou de Key Largo. Celle-ci, Skeleton Key, fut découverte par Sir Francis Drake. La légende raconte que, lorsqu'il y a jeté l'ancre, l'île était inhabitée. Mais il a découvert le squelette d'un conquistador, revêtu de son armure, assis sur la plage. C'est de là que l'île tire son nom. C'est un endroit magnifique. Un paradis pour touristes, avec hôtels de luxe, plongée sous-marine, bateaux de plaisance... Ce n'est pas une mission dangereuse, Alex. Bien au contraire. Il s'agit plutôt de vacances aux frais de la princesse. Deux semaines au soleil.

— Je vous écoute, dit Alex, sceptique.

— La CIA s'intéresse à Skeleton Key à cause d'un homme qui vit là-bas, un Russe. Il possède une immense villa sur une sorte d'isthme, c'est-à-dire une étroite bande de terre, à l'extrémité nord de l'île. Son nom est Alexei Sarov. Il est général.

Blunt sortit une photo du dossier et la poussa vers

Alex. On y voyait un bel homme en uniforme militaire, sur la place Rouge, à Moscou. Alex reconnut derrière lui les tours arrondies du Kremlin.

— Sarov appartient à une époque révolue, dit Mme Jones. Il était un des chefs de l'armée lorsque les Russes étaient nos ennemis et appartenaient encore à l'Union soviétique. Ce n'est pas si vieux. C'était avant l'effondrement du communisme et la chute du mur de Berlin, en 1989. Je suppose que cela ne signifie pas grand-chose pour toi, Alex ?

— Je n'avais que deux ans.

— Oui, évidemment. Mais tu dois comprendre une chose. Sarov était un héros de l'ancienne Union soviétique. Il a été promu général à trente-huit ans, l'année même où son pays a envahi l'Afghanistan. Il y a combattu pendant dix ans, et il est devenu commandant en chef de l'Armée rouge. Son fils s'est fait tuer au combat. Sarov n'a même pas assisté aux obsèques. Cela l'aurait obligé à quitter ses hommes et il s'y refusait. Même pour un jour.

Alex regarda de nouveau la photo. On lisait la dureté dans les yeux du général. Aucune trace de chaleur n'adoucissait son visage.

— La guerre en Afghanistan s'est achevée avec le retrait des Soviétiques en 1989, continua Mme Jones. Au même moment, le pays entier se désagrégeait. C'était la fin du communisme et Sarov est parti. Il n'a pas caché son antipathie pour la nouvelle Russie, avec ses jeans, ses Nike et ses McDonald's à tous les coins de rues. Il a quitté l'armée mais il continue de se faire appeler général, et il est allé s'installer...

— À Skeleton Key, termina Alex.

— Oui. Il y vit depuis maintenant dix ans. C'est là que nous entrons dans le vif du sujet. Le Président russe prévoit de le rencontrer là-bas, dans deux semaines. Cela n'a rien de surprenant. Les deux hommes sont de vieux amis. Ils ont grandi dans le même quartier de Moscou. Mais la CIA est inquiète. Elle veut savoir ce que mijote Sarov, et la raison de cette rencontre entre les deux hommes. La vieille Russie et la nouvelle.

— La CIA veut donc espionner Sarov.

— Oui. C'est une simple mission de surveillance. Ils projettent d'envoyer une équipe là-bas pour jeter un coup d'œil avant l'arrivée du Président russe.

— Très bien, dit Alex. Mais pourquoi ont-ils besoin de moi ?

— Parce que Skeleton Key est une île communiste, expliqua Blunt. Elle appartient à Cuba, l'un des derniers pays occidentaux où le communisme existe encore. L'accès y est extrêmement contrôlé. Il y a un aéroport à Santiago, la capitale de l'île. Mais tous les avions sont étroitement surveillés, les passagers fouillés. Les Cubains sont à l'affût des espions américains et toute personne suspecte est aussitôt refoulée.

— C'est pourquoi la CIA s'est adressée à nous, poursuivit Mme Jones. Un homme seul est suspect. Un couple aussi. Mais un couple voyageant avec un enfant... c'est une famille !

— C'est tout ce qu'ils te demandent, Alex, dit Blunt. Les accompagner, séjourner dans leur hôtel, nager, faire de la plongée, te dorer au soleil. Ce sont eux qui font le travail. Tu n'es là que pour leur servir de couverture.

— Pourquoi ne prennent-ils pas un garçon américain ? demanda Alex.

Blunt toussota, visiblement embarrassé.

— Jamais les Américains n'utiliseraient un de leurs compatriotes pour ce genre de mission. Ils ont des règles différentes des nôtres.

— Vous voulez dire qu'ils auraient peur qu'il se fasse tuer ?

— Nous ne t'aurions pas proposé ce voyage si tu n'étais pas obligé de quitter Londres, s'empressa de préciser Mme Jones. En fait, tu dois quitter l'Angleterre. Nous ne cherchons pas à mettre ta vie en danger. Au contraire, nous essayons de te protéger, et c'est le meilleur moyen. M. Blunt a raison, Skeleton Key est une île magnifique et tu as beaucoup de chance d'y aller. Considère cela comme des vacances.

Alex réfléchit. Il dévisagea Blunt et Mme Jones,

mais ils étaient impénétrables. Combien d'agents s'étaient assis en face d'eux dans ce bureau en écoutant leurs paroles mielleuses ?

— *C'est un travail de routine. Tout ce qu'il y a de simple. Vous serez de retour dans deux semaines...*

Son oncle Ian avait été l'un d'eux, envoyé pour une mission de surveillance dans une usine d'ordinateurs sur la côte sud de l'Angleterre. Mais Ian n'en était jamais revenu.

Alex n'était pas tenté. Il lui restait sept semaines de vacances d'été et il avait envie de revoir Sabina, avec qui il avait projeté un voyage en France, dans la vallée de la Loire. Et puis il avait ses copains à Londres. Jack Starbright[1], sa « gouvernante » et meilleure amie, lui avait proposé de l'emmener chez ses parents à Chicago. Sept semaines de vie normale. Était-ce trop demander ?

Néanmoins, il ne pouvait oublier le *Cribber* et l'homme au jet-ski. Alex n'avait croisé son regard que quelques secondes, mais sa cruauté et son fanatisme ne faisaient aucun doute. Les triades ne reculeraient devant rien pour l'éliminer. Blunt avait raison sur ce point. Tout espoir d'un été ordinaire s'était envolé.

— Si j'aide vos amis de la CIA, vous convaincrez les triades de me laisser tranquille ?

---

1. Malgré son prénom masculin, Jack Starbright est une jeune Américaine venue travailler au pair chez les Rider et qui désormais sert de gouvernante à Alex (voir *Stormbreaker*).

— Oui, dit Mme Jones. Nous avons des contacts avec la pègre chinoise. Mais cela prendra du temps, Alex. Quoi qu'il arrive, tu devras te cacher au moins pendant deux semaines. Alors pourquoi pas au soleil ?

— D'accord, acquiesça Alex. De toute façon je n'ai pas le choix. Quand voulez-vous que je parte ?

Blunt sortit une enveloppe de son dossier.

— Voici ton billet d'avion. Tu as un vol cet après-midi.

Bien entendu, ils étaient certains de son acceptation.

— Nous tenons à rester en contact avec toi quand tu seras là-bas, dit Mme Jones.

— Je vous enverrai une carte postale.

— Non, Alex. Ce n'est pas exactement ce que j'attends. Pourquoi n'irais-tu pas rendre visite à Smithers ?

C'était Smithers qui avait conçu les divers gadgets utilisés par Alex lors de ses précédentes missions, et il s'attendait à le retrouver dans le sous-sol de l'immeuble, au milieu de voitures, de motos, d'armes sophistiquées, de techniciens en blouse blanche. Or Smithers le reçut dans un bureau du onzième étage, d'une banalité décevante : spacieux, carré, anonyme. Un bureau qui aurait pu être celui de n'importe quel chef de service de n'importe quelle entreprise, d'une banque ou d'une compagnie d'assurances. Il y avait une table en verre et acier, avec un téléphone, un ordinateur, deux corbeilles de courrier et une lampe d'architecte. Un canapé de cuir contre un mur et, en face, un classeur de rangement avec six tiroirs. Les seuls éléments de décoration étaient une plante verte et un tableau accroché derrière le bureau, représentant un paysage de mer. Il n'y avait pas le moindre gadget. Pas même un taille-crayon électrique.

Assis derrière son bureau, Smithers pianotait sur le clavier de l'ordinateur avec des doigts trop gros pour les touches. C'était l'homme le plus corpulent qu'Alex eût jamais vu. Ce jour-là il portait un costume trois-pièces, avec une vieille cravate de collège qui reposait mollement sur son estomac rebondi. À l'entrée d'Alex, il cessa de tapoter sur son clavier et pivota sur son fauteuil de cuir, qui devait avoir des renforts spéciaux pour supporter son poids.

— Mon cher petit ! s'exclama-t-il. Ravi de te revoir ! Entre ! Entre ! J'ai appris que tu avais eu des ennuis en France. Tu dois faire attention à toi, Alex. Je serais navré qu'il t'arrive quelque chose. Porte !

Il avait crié ce dernier mot, et Alex eut la surprise de voir la porte se fermer toute seule derrière lui.

— Commande vocale, expliqua Smithers. Je t'en prie, assieds-toi.

Alex s'assit sur un fauteuil de cuir en face de Smithers. À ce moment, il y eut un léger bourdonnement. La lampe d'architecte articulée pivota et s'orienta vers lui comme une sorte d'oiseau métallique aux aguets. En même temps, l'écran de l'ordinateur scintilla et un squelette humain apparut. Alex bougea une main. La main du squelette bougea. Il comprit qu'il était observé, ou plutôt radiographié.

— Tu as l'air en bonne forme, constata Smithers. Très belle structure osseuse.

— Quoi... ?

— Oh, c'est juste un petit gadget sur lequel je travaille. Un simple appareil à rayons X. Très utile pour détecter un revolver sur un visiteur.

Smithers pressa une touche et le squelette disparut de l'écran.

— Bien, à nous deux, Alex. M. Blunt m'a dit que tu partais rejoindre nos amis de la CIA. Ce sont de bons agents. Excellents, même. L'ennui, c'est qu'on ne peut jamais leur faire confiance et qu'ils n'ont aucun sens de l'humour. C'est bien Skeleton Key, n'est-ce pas... ?

Il pressa un bouton. Alex s'aperçut que, sur le tableau accroché au mur, les vagues s'étaient mises à bouger ! Puis la scène se modifia, et il comprit qu'il s'agissait en réalité d'un écran à plasma diffusant des images transmises par un satellite, quelque part au-dessus de l'océan Atlantique. On y voyait une île de forme biscornue, entourée d'eau turquoise. La photo était incrustée d'un chronocode, et Alex nota qu'elle était diffusée en direct.

— Climat tropical, marmonna Smithers. À cette époque de l'année, il pleut souvent. J'ai mis au point un poncho qui se double d'un parachute, mais je doute que tu en aies besoin. J'ai aussi un merveilleux serpentin antimoustiques, qui tue à peu près tout, sauf les moustiques. Mais cela ne te servira à rien. En fait, on m'a dit que la seule chose indispensable est un appareil de communication.

— Un émetteur secret, dit Alex.

— Pourquoi secret ? dit Smithers en ouvrant un tiroir pour sortir un objet qu'il plaça devant Alex.

C'était un téléphone mobile.

— Merci, j'en ai déjà un.

— Pas comme celui-ci, sourit Smithers. Il te met en contact direct avec ce bureau, même si tu es en Amérique. Il fonctionne sous l'eau et dans l'espace. Les touches sont sensibles aux empreintes, et toi seul pourras t'en servir. Celui-ci est le modèle n° 5. Nous avons aussi un modèle n° 7. Il faut le mettre à l'envers quand on compose le numéro sinon il explose.

— Pourquoi ne me donnez-vous pas le n° 7 ?

— M. Blunt me l'a interdit, lui confia Smithers en se penchant en avant d'un air de conspirateur. Mais j'y ai ajouté un petit supplément pour toi. Tu vois cette antenne, juste ici ? Si tu composes le 999, l'appareil décoche une aiguille. Empoisonnée, bien entendu. Elle peut endormir quelqu'un à une distance de vingt mètres.

— Merci, dit Alex en prenant le téléphone. Vous avez autre chose ?

— On m'a bien recommandé de ne pas te donner d'arme, soupira Smithers en se penchant pour parler dans la plante verte. Pouvez-vous venir, mademoiselle Pickering ?

Alex commençait à se poser des questions sur l'étrange bureau de Smithers, questions qui trouvèrent un début de réponse quelques instants plus tard, lorsque le canapé en cuir s'ouvrit soudain en deux. Les deux moitiés s'écartèrent et une section du sol se déroba, pour laisser monter un troisième siège qui vint s'intercaler au milieu, transformant le canapé à deux places en canapé à trois places. Une jeune femme y était assise, les jambes croisées. Elle se leva et rejoignit Smithers.

— Voici ce que vous avez demandé, dit-elle en lui remettant une boîte. Et ceci est le rapport qui vient d'arriver du Caire, ajouta-t-elle en lui tendant une liasse de feuillets.

— Merci, mademoiselle Pickering.

Smithers attendit que la jeune femme fût sortie – par la porte, cette fois –, puis jeta un rapide coup d'œil au rapport.

— Mauvaises nouvelles, marmonna-t-il. Très mauvaises nouvelles.

Il posa les feuillets dans la corbeille du courrier « sortant ». Aussitôt se produisit une étincelle électrique et les papiers s'autodétruisirent. Une seconde plus tard, il ne restait que des cendres.

— J'enfreins les règles, reprit-il à l'attention d'Alex, mais j'ai mis au point quelques petites choses pour toi et je ne vois pas pourquoi tu ne les emporterais pas. Mieux vaut prévenir que guérir.

Il retourna la boîte sur le bureau et un paquet rose vif de chewing-gums en tomba.

— Ce qui est amusant, quand on travaille pour toi, Alex, c'est d'adapter les objets que l'on s'attend à trouver dans les poches d'un garçon de ton âge. Et je suis particulièrement content de ceci.

— Du chewing-gum ?

— Qui produit des bulles très spéciales. Si tu le mâches pendant trente secondes, ta salive fait réagir le composé chimique, qui se dilate. En se dilatant, il peut briser à peu près n'importe quoi. Si tu l'enfonces dans le canon d'un revolver, par exemple, le canon se brise. Dans un trou de serrure, la serrure éclate.

Alex prit le paquet de chewing-gums. « Bulle 0-7 » était inscrit en lettres jaunes sur le côté.

— Quel parfum ? demanda Alex.

— Fraise. J'ai autre chose pour toi, plus dangereux encore. Mais tu n'en auras probablement pas besoin. Je l'ai appelé « Le Buteur », et j'aimerais bien que tu me le rapportes.

C'était un porte-clés, auquel était attachée une petite figurine en plastique de trois centimètres de haut : un footballeur en short blanc et maillot rouge. Michael Owen.

— Merci, monsieur Smithers, mais je ne suis pas un supporter de Liverpool.

— Celui-ci est le prototype. La prochaine fois, nous choisirons un autre joueur. L'important ici est la tête. N'oublie pas, Alex. Tu dois la tourner deux fois dans le sens des aiguilles d'une montre et une fois dans le sens contraire pour armer le système.

— Ça explose ?

— C'est une grenade paralysante. Il se produit un éclair et une détonation. Elle saute au bout de dix secondes. Ça ne tue pas mais, dans un espace clos, ça met ton adversaire hors de combat pendant quelques minutes. Ce qui te donne une chance de filer.

Alex empocha le porte-clés « Michael Owen », le chewing-gum « Bulle 0-7 » et le téléphone mobile « modèle n° 5 ». Il ne s'agissait peut-être que d'une simple opération de surveillance, de vacances gratuites, mais il préférait ne pas partir les mains vides.

— Bonne chance, Alex, dit Smithers. J'espère que tout se passera bien avec la CIA. Les Américains ne sont pas comme nous. Et Dieu sait ce qu'ils vont faire de toi !

— À bientôt, monsieur Smithers.

— J'ai un ascenseur privé, si tu descends.

Les six tiroirs du classeur de rangement s'ouvrirent en deux portes, révélant une cabine brillamment éclairée.

Alex secoua la tête.

— Non, merci, monsieur Smithers. Je préfère prendre l'escalier.

— Comme tu voudras, mon petit. Fais bien attention à toi. Et, quoi qu'il arrive, n'avale pas le chewing-gum !

6

Des agents pas très spéciaux

Alex regarda par la fenêtre pour essayer de prendre quelques repères. Les sept heures d'avion l'avaient plongé dans une torpeur dont même la surprise de voyager en première classe n'avait pu le tirer. Il se sentait détaché de tout, comme si la moitié de son esprit était restée quelque part derrière lui.

Il contemplait l'océan Atlantique devant lequel s'étirait une longue bande de sable blanc, où des chaises longues et des parasols s'alignaient avec la symétrie d'encoches millimétrées sur une règle. Miami se trouvait à la pointe sud des États-Unis et on aurait pu croire que la moitié des habitants avaient suivi le soleil. On en voyait des centaines,

affalés sur le dos dans les plus minuscules des biki-
nis ou des *strings*, cuisses et biceps gonflés à la per-
fection dans les salles de gym et mis à rôtir. Des ado-
rateurs du soleil ? Non. Des gens qui s'adoraient eux-
mêmes.

L'après-midi touchait à sa fin mais la chaleur était
encore intense. En Angleterre, à quelques milliers de
kilomètres de là, il faisait nuit. Alex tombait de sommeil. Il était gelé. L'air conditionné était poussé au
maximum. Dehors on étouffait, mais dans ce bureau
impeccable et luxueux, on grelottait de froid. Il ne
s'était pas attendu à un accueil aussi glacial.

À son arrivée à l'aéroport, un chauffeur l'attendait.
Un homme aux épaules carrées, tenant une pancarte
avec son nom, les yeux masqués par des lunettes de
soleil qui renvoyaient à Alex son propre reflet.

— Rider ?

— Oui.

— La voiture est par ici.

La voiture était en réalité une limousine extra-
longue. Alex se sentit ridicule, assis tout seul dans cet
immense habitacle doté de deux banquettes de cuir
qui se faisaient face, d'un mini-bar et d'un téléviseur.
Cela ne ressemblait en rien à une voiture, et il se félicita que les vitres, comme les verres des lunettes du
chauffeur, soient teintées. Au moins, personne ne
pouvait le voir. Après les magasins d'accastillage et
les chantiers de construction navale situés dans le

périmètre de l'aéroport, ils traversèrent la baie sur un grand pont qui reliait Miami Beach. Là, les immeubles étaient bas, à peine plus hauts que les palmiers, et peints de couleurs étonnantes, bleu pâle et rose bonbon. Malgré la largeur des avenues, il y avait surtout des piétons, qui marchaient ou glissaient, à demi nus, sur des rollers.

La limousine s'arrêta devant un immeuble d'une dizaine d'étages, tout blanc, avec des lignes si tranchantes que l'on aurait dit une feuille de papier découpée. Le rez-de-chaussée était occupé par un café, le reste par des bureaux. Laissant les bagages d'Alex dans la voiture, ils entrèrent dans le hall et prirent l'ascenseur jusqu'au dixième étage. Là, ils débouchèrent directement dans le hall de réception de ce qui ressemblait à une société ordinaire, avec deux standardistes affairées derrière un guichet arrondi en acajou. Au-dessus d'elles, un panneau annonçait : Centurion International Advertising. C.I.A. ! résuma Alex. Ingénieux.

— Alex Rider pour M. Byrne, dit le chauffeur.

— Là-bas, indiqua l'une des deux réceptionnistes en désignant une porte qu'Alex n'avait pas remarquée.

Derrière cette porte, tout était très différent.

Alex vit deux tunnels de verre munis de portes coulissantes – un pour l'entrée, l'autre pour la sortie. Le chauffeur lui fit signe d'avancer. La porte se ferma automatiquement derrière eux et il entendit le léger bourdonnement d'un scanner – chargé de repérer autant les armes conventionnelles que biologiques, songea Alex. Une seconde porte s'ouvrit de l'autre côté et il suivit le chauffeur dans un couloir blanc et nu qui menait à un bureau.

Le chauffeur disparut et Alex se trouva seul face à un homme d'une soixantaine d'années, avec des cheveux grisonnants et une moustache. Il semblait en excellente condition physique mais se déplaçait avec lenteur, comme s'il sortait de son lit ou s'apprêtait à se coucher. Son costume sombre, sa chemise et sa cravate en tricot paraissaient incongrus à Miami. Joe Byrne était directeur adjoint des opérations de la section Actions secrètes de la CIA.

— J'espère que tu n'as pas le mal du pays, si loin de ton Angleterre natale.

— Non, répondit Alex en tournant le dos à la fenêtre. Je me sens bien.

C'était faux. Il regrettait déjà d'être venu. Il aurait préféré rester à Londres, même s'il avait fallu se cacher des triades. Mais il n'allait certainement pas l'avouer à Byrne.

— Tu as une sacrée réputation, jeune homme, dit Byrne.

— Ah oui ?

— Un peu ! sourit Byrne. Avec ce Dr Grief, en

France, et Herod Sayle, en Angleterre[1]. Ne t'inquiète pas, Alex. Nous ne sommes pas censés être au courant de ces affaires mais, de nos jours, rien ne se passe dans le monde sans que quelqu'un l'apprenne. Si une personne tousse à Kaboul, on l'entend à Washington. Je dois admettre que vous autres Britanniques êtes en avance sur nous. Ici, à la CIA, nous avons déjà utilisé des chats et des chiens – nous avons notamment essayé d'infiltrer un chat dans l'ambassade de Corée, muni d'un micro dans son collier. C'était très simple et ça aurait marché s'ils n'avaient pas mangé le chat. Toutefois nous n'avons jamais utilisé d'enfant. En tout cas pas un enfant tel que toi...

Alex haussa les épaules. Il savait que Byrne s'efforçait d'être amical mais son malaise était perceptible.

— Tu as accompli un travail formidable pour ton pays, conclut Byrne.

— Je ne suis pas certain de l'avoir fait pour mon pays. En réalité, c'est mon pays qui ne m'a pas laissé le choix.

— Quoi qu'il en soit, nous te sommes reconnaissants d'avoir accepté de nous aider. Tu sais, les États-Unis et la Grande-Bretagne ont toujours eu des relations privilégiées. Nous essayons de nous entraider.

Il y eut un silence un peu gêné, puis Byrne ajouta :

— J'ai rencontré ton oncle, une fois. Ian Rider.

---

1. Voir les épisodes précédents.

— À Miami ?

— Non. À Washington. C'était un type très bien. Un bon agent. J'ai été navré d'apprendre...

— Merci, coupa Alex.

Byrne toussota.

— Tu dois être fatigué. Nous t'avons réservé une chambre dans un hôtel tout proche d'ici. Mais d'abord j'aimerais te présenter les agents spéciaux Turner et Troy. Ils ne vont pas tarder.

Turner et Troy. Les faux parents d'Alex. Mais qui était le père et qui était la mère ?

— Vous partirez tous les trois à Skeleton Key après-demain, dit Byrne en s'asseyant sur l'accoudoir d'un fauteuil, sans quitter Alex des yeux. Tu as besoin de te remettre du décalage horaire et, plus important, de te familiariser avec ta maman et ton papa... Je dois t'avouer, Alex, que Turner et Troy ne sont pas ravis de ta participation à l'opération. Comprends-moi bien. Ils savent que tu es un bon agent mais... tu as quatorze ans...

— Et trois mois, précisa Alex.

— Oui, bien sûr, dit Byrne, sans vraiment savoir si Alex plaisantait. Turner et Troy n'ont pas l'habitude d'emmener des personnes de ton âge sur le terrain. Ça les embête. Mais ils s'y feront. Le plus important est que, une fois que tu les auras aidés à entrer dans l'île sans éveiller les soupçons, tu saches te tenir à l'écart. Alan Blunt te l'a certainement déjà dit. Tu resteras à l'hôtel et tu t'amuseras. La mission ne devrait durer qu'une semaine. Deux tout au plus.

— Quel est exactement l'objectif de Turner et Troy ?

— Pénétrer dans la Villa d'Oro. Ce qui veut dire « Villa d'Or » en espagnol. C'est une ancienne plantation que possède le général Sarov, à une extrémité de l'île. Mais il est difficile d'y accéder. À cet endroit, l'île se rétrécit et il n'y a qu'une seule route de terre, bordée d'eau de chaque côté, qui mène au mur d'enceinte de la propriété. La villa elle-même ressemble davantage à un palais qu'à une maison. Quoi qu'il en soit, ce n'est pas ton problème. Nous avons des contacts sur l'île qui nous aideront à y pénétrer. Une fois sur place, Turner et Troy mettront la maison sous surveillance. Nous avons des caméras de la taille d'une tête d'épingle !

— Vous cherchez à savoir ce que le général Sarov complote.

— Exactement.

Byrne baissa les yeux sur ses chaussures cirées et Alex se demanda soudain si l'homme de la CIA lui cachait quelque chose. Tout cela semblait trop simple. Qu'avait dit Smithers ? *On ne peut jamais leur faire confiance.* Byrne avait beau être agréable, Alex restait sur la défensive.

On frappa à la porte. Sans attendre de réponse, un homme et une femme entrèrent. Byrne se leva.

— Alex, dit-il, je te présente Tom Turner et Belinda Troy. Tom, Belinda, voici Alex Rider.

La température déjà glaciale de la pièce baissa encore de quelques degrés. Alex n'avait jamais vu des gens aussi peu enthousiastes de le rencontrer.

Tom Turner était un bel homme d'une quarantaine d'années, avec des cheveux blonds coupés ras, des yeux bleus, et un visage à la fois juvénile et dur. Il était vêtu d'un jean, d'une chemise blanche à col ouvert et d'une veste de cuir souple. Ses vêtements n'avaient rien de spécial mais ils lui allaient comme un pardessus à un canard. Turner était littéralement modelé par son métier. Avec ses joues rasées de près, son air figé, presque plastifié, il faisait penser à un mannequin dans une vitrine. Il devait avoir le tampon de la CIA imprimé sur les semelles de ses chaussures !

Belinda Troy avait deux ou trois ans de plus que lui. Mince, des cheveux bruns et bouclés tombant sur les épaules, elle portait elle aussi une tenue décontractée : une jupe ample avec un blouson, un long collier de perles, et un sac aux couleurs vives sur l'épaule. Elle n'était pas maquillée. Ses lèvres étaient crispées. Ce n'était pas tout à fait un rictus, mais certainement pas un sourire. Elle faisait penser à une maîtresse d'école. Troy ferma la porte et prit un siège. Elle avait réussi à éviter le regard d'Alex, comme si elle voulait ignorer son existence.

Alex les observa à tour de rôle. Le plus étrange était qu'ils se ressemblaient. Tom Turner et Belinda Troy paraissaient avoir l'un et l'autre survécu au même terrible accident. Ils étaient durs, sans émotion, vides. Alex comprenait mieux maintenant pourquoi la CIA avait besoin de lui. Si ces deux-là essayaient d'entrer seuls sur l'île, ils seraient repérés comme espions avant même d'être descendus de l'avion.

— Ravi te faire ta connaissance, dit Turner d'un ton qui signifiait exactement le contraire.

— Tu as fait bon voyage ? demanda Troy sans attendre sa réponse. Tu n'étais pas trop angoissé de voyager seul ?

— J'ai fermé les yeux au décollage et je n'ai cessé de trembler qu'à trente-cinq mille pieds.

— Tu as peur en avion ? s'étonna Turner.

— C'est de la folie ! s'exclama Troy en se tournant vers Byrne. Vous envoyez ce gosse en mission et il a peur de l'avion !

— Mais non, Belinda, dit Byrne avec embarras. Alex plaisantait.

— Il plaisantait ?

— Mais oui. Simplement il a un sens de l'humour un peu... spécial.

Troy pinça les lèvres.

— Je ne trouve pas ça drôle. En fait, ce plan est totalement grotesque. Heu, je suis désolée, monsieur... vous dites que ce garçon a une bonne réputation. Mais c'est un adolescent ! Supposez qu'il fasse une plaisanterie stupide quand nous serons sur le terrain ? Il fichera en l'air notre couverture ! Et son accent ! Ne me dites pas qu'il est américain !

— C'est vrai, il ne parle pas comme un Américain, renchérit Turner.

— Alex n'aura pas besoin de parler, objecta Byrne. Mais s'il le fait, je suis certain qu'il saura imiter notre accent.

Turner se racla la gorge et demanda :

— Permission de parler librement, monsieur ?

— Je vous écoute, Turner.

— Je suis d'accord à cent pour cent avec l'agent Troy, monsieur. Je n'ai rien contre Alex. Mais il n'est pas entraîné. On ne l'a pas testé. Et il n'est pas américain !

— Nom d'un chien ! s'emporta Byrne, rouge de colère. Nous avons déjà parlé de tout ça. Vous connaissez pourtant les difficultés pour entrer sur l'île, avec tout leur service de sécurité. Et avec la venue du Président russe, ce sera pire que jamais. Jamais on ne vous laissera sortir de l'aéroport si vous êtes tous les deux. Rappelez-vous ce qui est arrivé à Johnson. Il s'est fait passer pour un ornithologue. C'était il y a trois mois et on n'a plus aucune nouvelle de lui depuis !

— Dans ce cas, trouvez-nous un enfant américain !

— Cette fois, ça suffit, Turner. Alex a fait des milliers de kilomètres pour nous aider et il me semble que vous devriez au moins lui montrer un peu de considération. L'un comme l'autre. Alex... (Byrne lui fit signe de se rasseoir.) Désires-tu quelque chose à boire ? Un Coca ?

— Non, je vous remercie. Ça va très bien, répondit Alex en s'asseyant.

Byrne ouvrit un tiroir de son bureau et en sortit une liasse de feuillets et de documents officiels. Alex reconnut la couverture du passeport américain.

— Voici comment nous allons procéder, dit-il. En premier lieu, vous avez besoin de fausses identités. J'ai pensé qu'il serait plus facile de conserver vos vrais prénoms. Donc, c'est Alex Gardiner qui voyagera avec ses parents, Tom et Belinda Gardiner. Prenez soin de ces papiers d'identité. L'agence n'a pas le droit de fabriquer de faux passeports, aussi j'ai dû tirer certaines ficelles pour obtenir ceux-ci. Une fois l'opération terminée, vous me les rendrez.

Alex ouvrit le passeport. Il fut étonné de voir sa photo déjà en place. Son âge était le même, mais il était né en Californie. Il se demanda comment on avait pu falsifier des papiers en si peu de temps.

— Vous vivez tous les trois à Los Angeles, poursuivit Byrne. Alex, tu vas au lycée de Hollywood ouest. Ton père travaille dans le cinéma et vous partez en famille pour une semaine de vacances à Skeleton Key, où vous comptez faire de la plongée et du tourisme. Je te donnerai un peu de lecture pour que tu te familiarises avec ta vie fictive. Bien entendu, tout est verrouillé.

— Ce qui veut dire ? demanda Alex.

— Que si quelqu'un se renseigne sur la famille Gardiner à Los Angeles, rien ne cloche. Le lycée, le voisinage, absolument tout. Il y a sur place des gens qui peuvent témoigner vous connaître depuis toujours. Écoute-moi bien, Alex. Il faut que tu comprennes. Les États-Unis ne sont pas en guerre avec Cuba. Certes, nous avons eu des différends, mais nous avons finalement réussi à vivre côte à côte. Ils font les choses à leur manière. Cuba, et donc Skeleton Key, est un pays qui a ses propres règles. S'ils découvrent que vous êtes des espions, ils vous mettront en prison. Ils vous interrogeront. Ils vous tueront peut-être. Et nous ne pourrons rien pour l'empêcher. Voilà trois mois que nous n'avons aucune nouvelle de Johnson, et mon instinct me dit que nous n'entendrons plus jamais parler de lui.

Il y eut un long silence.

Byrne s'aperçut qu'il était allé trop loin.

— Mais rien de tel ne va t'arriver, Alex. Tu resteras en dehors de l'opération. Tu te contenteras de regarder de l'extérieur. (Il se tourna vers ses deux

110

agents et poursuivit :) L'important est de commencer à travailler en équipe. Il vous reste deux jours avant le départ, et vous les passerez ensemble. Je suppose qu'Alex est trop fatigué pour aller dîner, mais vous le rejoindrez pour le petit déjeuner. Vous apprendrez à vous comporter comme une famille. C'est indispensable.

C'était étrange. En Cornouaille, Alex s'était pris à rêver d'avoir une famille. Maintenant son rêve se réalisait – mais pas de la manière qu'il espérait.

— Des questions ? demanda Byrne.

— Oui, monsieur. J'en ai une, dit Turner. (Il boudait. Sa bouche était réduite à une ligne mince.) Vous voulez nous voir jouer à la famille heureuse. D'accord. Puisque c'est un ordre, je ferai de mon mieux. Mais je pense que vous avez oublié une chose. Demain, j'ai rendez-vous avec le Commis Voyageur. Or il ne s'attend sûrement pas à me voir débarquer avec ma femme et mon fils.

— Ah oui, le Commis Voyageur, marmonna Byrne d'un air visiblement contrarié.

— Je le rencontre à midi.

— Et Troy ?

— Je serai là en renfort, dit Troy. C'est la procédure habituelle.

— Parfait, dit Byrne en réfléchissant. Le Commis Voyageur est sur un bateau, n'est-ce pas ? Vous, Turner, vous monterez à bord. Alex restera à terre avec Troy. À l'abri.

Byrne se leva. L'entretien était terminé. Alex sentit une nouvelle vague de fatigue le submerger et il eut du mal à étouffer un bâillement, qui n'échappa pas à Byrne.

— Va te reposer, Alex. Nous nous reverrons demain. Je te suis vraiment très reconnaissant d'avoir accepté de nous aider.

Il tendit la main à Alex, qui la serra.

Mais l'agent spécial Troy était toujours de mauvaise humeur.

— Nous prendrons le petit déjeuner à dix heures trente. Ça te donnera le temps de lire toute la paperasserie. À quel hôtel es-tu ?

Alex haussa les épaules.

— Je lui ai réservé une chambre au Delano, dit Byrne.

— Très bien. Nous passerons te prendre là-bas.

Turner et Troy s'en allèrent, sans même lui dire au revoir.

— Ne t'inquiète pas, Alex, dit Byrne. C'est une situation nouvelle pour eux. Mais ce sont de bons agents. Turner s'est engagé dans l'armée juste après ses études, et Troy a accompli plusieurs missions avec lui. Ils veilleront sur toi. Je suis certain que tout se passera bien.

Alex en doutait. Cette opération avait nécessité

112

beaucoup de travail. De faux papiers, avec sa photo, avaient été préparés avant même qu'il eût décidé de venir. On lui avait inventé une vie entière à Los Angeles. Par ailleurs, un autre agent, Johnson, était probablement mort.

Simple opération de surveillance ? Byrne était nerveux. Alex en était sûr. Troy et Turner l'étaient peut-être aussi.

Quoi qu'il se prépare à Skeleton Key, il devrait découvrir la vérité tout seul.

La pièce ne ressemblait pas à une pièce. Elle était trop grande. Il y avait trop de portes – et pas seulement des portes mais des arcades, des alcôves, et une vaste terrasse ensoleillée. Le sol dallé de marbre évoquait un échiquier vert et blanc qui agrandissait encore l'espace. Les meubles étaient anciens, lourdement ornementés, et il y en avait partout. Des tables vernies, des chaises, des socles supportant des statuettes et des vases, d'immenses miroirs à cadres dorés, des lustres spectaculaires. Un gigantesque crocodile empaillé reposait sur le sol devant une cheminée massive. L'homme qui l'avait tué était assis en face.

Le général Sarov buvait un café noir dans une minuscule tasse en porcelaine. Le café est une drogue et Sarov s'en autorisait une goutte une fois par jour. C'était son seul vice et il le savourait. Ce jour-là, il était vêtu d'un costume de lin, sans un pli, qu'il portait comme si c'était un smoking. Le col ouvert de sa chemise découvrait un cou qui semblait sculpté dans la pierre. Un ventilateur tournait lentement au plafond, quelques mètres au-dessus du bureau où il se tenait assis. Sarov dégusta sa dernière gorgée de café puis posa la tasse et la soucoupe sur la surface lustrée du bureau.

On frappa à l'une des nombreuses portes et un homme entra. Sa démarche ne ressemblait à aucune autre. D'ailleurs on ne peut pas dire qu'il marchait. Il se propulsait en avant.

Tout en lui était de travers. Sa tête reposait à l'oblique sur ses épaules, elles-mêmes tordues et voûtées. Son bras droit était plus court que le gauche. Et sa jambe gauche plus longue que la droite de quelques centimètres. L'un de ses pieds, enfoncés dans de grosses chaussures noires, était plus épais et plus large que l'autre. Il portait une veste de cuir noire et un jean. Quand il approcha de Sarov, ses muscles roulèrent sous ses vêtements comme s'ils avaient une vie propre. Rien dans son corps n'était coordonné, si bien qu'en avançant il donnait l'impression d'aller de côté ou à reculons. Mais le pire était son visage. Il paraissait avoir été mis en pièces puis remonté par un enfant n'ayant que de vagues connaissances de la morphologie humaine. Des dizaines de cicatrices couvraient son cou et ses joues. L'un de ses yeux était rouge, en permanence injecté de sang. Il avait des cheveux longs, sans couleur, sur la moitié du crâne. L'autre moitié était chauve.

À le regarder, il était impossible de deviner qu'il n'avait que vingt-huit ans et que, quelques années auparavant, il était le terroriste le plus redouté d'Europe. Il s'appelait Conrad. On connaissait très peu de choses de lui, sinon qu'il était turc, né à Istanbul d'un père boucher, et que, à l'âge de neuf ans, il avait fait sauter son école avec une bombe fabriquée en classe de chimie pour se venger d'avoir été puni pour un retard.

Personne ne savait non plus qui l'avait entraîné ni, bien sûr, qui l'avait employé. Conrad était un caméléon. Il n'avait pas de convictions politiques et n'agissait que pour l'argent. On le croyait responsable d'attentats à Paris, Madrid, Athènes et Londres. Une chose, cependant, était certaine. Les services de renseignement de neuf pays étaient à sa recherche. Il figurait en quatrième position sur la liste noire de la CIA, et le gouvernement offrait une prime officielle de deux millions de dollars pour sa capture.

Sa carrière avait pris fin de façon brutale et inattendue pendant l'hiver 1988 : la bombe qu'il transportait – destinée à une base militaire – avait explosé prématurément. L'explosif l'avait littéralement mis en morceaux, mais sans le tuer. Il avait été recousu par une équipe de médecins albanais dans un centre de recherche près d'Elbasan. Leur manque de doigté était visible.

Conrad était l'assistant et le secrétaire personnel de Sarov depuis deux ans. Un travail bien en dessous de ses capacités, mais il n'avait désormais guère le choix. De plus, il partageait les idées de Sarov. Dans le monde nouveau que le Russe voulait créer, Conrad aurait sa récompense.

— Bonjour, camarade, dit le général. J'espère que nous avons pu récupérer le reste des billets de banque dans le marais ?

Conrad hocha la tête. Il préférait ne pas parler.

— Excellent. Il faudra les nettoyer avant que je les remette à la banque.

Sarov ouvrit un agenda relié de cuir sur lequel figurait de nombreuses notes, rédigées d'une écriture parfaite.

— Tout se passe comme prévu, reprit-il. Où en est la fabrication de la bombe ?

— Terminée, répondit Conrad, qui avait de grandes difficultés à émettre un mot et devait pour cela tordre son visage.

— Je savais pouvoir compter sur toi. Le Président russe arrive dans tout juste cinq jours. J'ai reçu un *e-mail* de confirmation aujourd'hui. Boris me dit qu'il est enchanté de venir passer des vacances ici, dit Sarov avec un sourire. Mais il ne sait pas à quel point ses vacances seront inoubliables. Tu as fait préparer les chambres ?

Conrad hocha la tête.

— Les caméras ?

— Oui, général.

— Bien.

Sarov fit glisser son index sur les pages de l'agenda. Il s'arrêta sur un mot souligné et ponctué d'un point d'interrogation.

— Il reste le problème de l'uranium. J'ai toujours pensé que l'achat et la livraison de matériel nucléaire seraient dangereux et délicats. Les deux hommes de l'avion m'ont menacé et l'ont payé de leur vie. Mais, évidemment, ils travaillaient pour quelqu'un.

— Le Commis Voyageur, dit Conrad.

— En effet. À cette heure, le Commis Voyageur doit savoir ce qui est arrivé à ses messagers. Comme il n'a pas reçu l'argent, il peut décider de mettre sa menace à exécution et alerter les autorités. C'est peu probable, mais c'est un risque que je ne tiens pas à courir. Il nous reste moins de deux semaines avant que la bombe explose et que le monde prenne la forme que j'ai décidé de lui donner. Nous ne devons négliger aucun détail. C'est pourquoi, mon cher Conrad, tu vas aller à Miami et éliminer le Commis Voyageur de notre horizon.

— Où est-il ?

— Il opère sur un bateau, un yacht de croisière

qui s'appelle le *Mayfair Lady*. En général il est ancré à Bayside Marketplace. Le Commis Voyageur se sent plus en sécurité sur l'eau. Quant à moi, je me sentirai plus en sécurité quand il sera dessous.

Sarov ferma l'agenda et ajouta :

— Tu peux partir tout de suite. Préviens-moi quand ce sera terminé.

Conrad hocha une dernière fois la tête et les broches de métal de son cou ondulèrent. Puis il tourna les talons et sortit en se dandinant, boitant, brimbalant, traînant la patte.

7

Mort d'un commis voyageur

Ils petit-déjeunèrent dans un café de Bayside Market-place, sur le quai même où les bateaux étaient amarrés et où des canots-taxis faisaient la navette. Tom Turner et Belinda Troy étaient venus frapper à la porte d'Alex à neuf heures. Alex était réveillé depuis longtemps. La veille, il s'était endormi tout de suite et avait plongé dans un sommeil de plomb, mais il s'était réveillé bien trop tôt – scénario classique des voyages transatlantiques. Au moins cela lui avait-il permis de lire le dossier que Joe Byrne lui avait remis. Il connaissait par cœur sa nouvelle identité – les amis qu'il n'avait jamais rencontrés, le chien qu'il n'avait jamais eu, et même les études qu'il n'avait pas faites.

À présent, il était attablé avec sa nouvelle mère et son nouveau père, sur le large passage piétonnier en bois où musardaient des touristes. Le soleil était déjà haut et sa réflexion sur l'eau était aveuglante. Alex chaussa une paire de lunettes aux verres noirs irisés et le monde devint plus doux et plus regardable. Les lunettes étaient un cadeau de Jack. Il n'avait pas imaginé en avoir besoin si tôt.

Sur la table, il y avait une pochette d'allumettes portant le nom du restaurant : le *Snackyard*. Alex l'ouvrit. Les allumettes étaient chaudes. Le soleil aurait presque pu les enflammer. Un serveur habillé de noir et blanc, avec un nœud papillon, vint prendre leur commande. Alex jeta un coup d'œil au menu. Jamais il n'aurait cru possible d'avoir un tel choix pour le petit déjeuner. À une table voisine, un homme engloutissait une pile de crêpes avec du bacon, une galette de pommes de terre râpées et grillées, et des œufs brouillés. Alex avait faim, mais la vue de ce monceau de nourriture lui coupa l'appétit.

— Je prendrai juste un jus d'orange et des toasts.

— Pain complet ou blanc ?

— Complet, avec du beurre et de la marmelade...

— Tu veux dire de la gelée ! corrigea Troy.

Elle attendit que le serveur se fût éloigné pour ajouter d'un ton revêche :

— Les enfants américains ne mangent pas de mar-

120

melade, mais de la gelée. Si tu fais une erreur de ce genre à l'aéroport de Santiago, nous risquons d'aller tout droit en prison – ou pire.

— Je n'ai pas réfléchi, s'excusa Alex.

— Si tu ne réfléchis pas, tu vas te faire tuer. Pire, tu vas *nous* faire tuer. Je persiste à penser que c'était une mauvaise idée !

— Comment va Lucky ? demanda soudain Turner.

Alex sursauta. De quoi parlait-il ? Puis la mémoire lui revint. Lucky était le labrador que la famille Gardiner était supposée avoir à Los Angeles.

— Il va bien, répondit Alex. C'est Mme Beach qui le garde.

Mme Beach était la voisine.

Turner resta de marbre.

— Tu n'as pas répondu assez vite. Si tu réfléchis avant de répondre, l'ennemi sait que tu mens. Tu dois pouvoir parler de ton chien et de ta voisine comme si tu les connaissais depuis toujours.

C'était injuste. Turner et Troy l'avaient piégé en commençant tout de suite à le tester. C'était la troisième fois qu'il opérait sous une fausse identité. En Cornouaille, il avait été Felix Lester, et dans les Alpes françaises, Alex Friend, fils d'un milliardaire. Chaque fois il avait joué son rôle avec succès et il était sûr de pouvoir se glisser dans le personnage d'Alex Gardiner.

— Depuis combien de temps travaillez-vous à la CIA ? demanda-t-il.

— C'est un renseignement classé secret, répondit Turner. (Mais, voyant la déception d'Alex, il s'adoucit et ajouta :) Depuis toujours. J'étais dans les Marines[1]. Je n'avais que cette idée en tête. Même quand j'étais enfant. Je veux mourir pour ma patrie. C'est mon rêve.

— Nous ne devrions pas parler de notre vie personnelle, intervint sèchement Belinda. Nous sommes censés être une famille. Alors parlons de la famille.

— D'accord, maman, marmonna Alex.

Ils lui posèrent plusieurs questions en attendant qu'on vienne les servir. Alex répondit du tac au tac. Il aperçut deux garçons passer en skate-board et eut envie de se joindre à eux. C'était ce qu'un adolescent normal de quatorze ans était censé faire sous le soleil de Miami, au lieu de jouer à l'espion avec deux adultes renfrognés qui avaient décidé de ne lui laisser aucune chance.

Le petit déjeuner arriva. Turner et Troy avaient commandé une salade de fruits et un cappuccino – décaféiné avec du lait écrémé. Alex supposa qu'ils surveillaient leur ligne. Il eut ses toasts avec de la gelée de raisin. Le beurre était fouetté, blanc, et disparaissait dès qu'on l'étalait sur le pain.

---

1. Les fusiliers marins de l'armée américaine.

— Qui est cet homme que vous appelez le Commis Voyageur ? demanda Alex.

— Tu n'as pas besoin de le savoir, répliqua Turner.

Cette fois, Alex en avait assez. Il posa son couteau et se rebiffa.

— Très bien. Vous avez été très clairs. Vous ne voulez pas travailler avec moi. C'est parfait parce que moi non plus, je ne veux pas travailler avec vous. D'ailleurs personne ne croirait que vous êtes mes parents car aucun parent ne se conduirait comme vous !

— Alex..., commença Troy.

— J'en ai assez ! Je rentre à Londres. Et si M. Byrne vous demande pourquoi, dites-lui que je n'aime pas la gelée et que je rentre chez moi pour manger de la marmelade...

Il se leva. Troy fut debout en même temps que lui. Turner était indécis. Ils auraient sûrement été ravis de le voir partir, mais ils craignaient leur patron.

— Assieds-toi, Alex, dit Troy. D'accord, nous n'avons pas joué le jeu. Mais nous ne voulions pas te blesser.

Alex soutint son regard, puis se rassit lentement.

— Il va nous falloir un peu de temps pour nous habituer, reprit-elle. Turner et moi... nous avons souvent travaillé ensemble, mais toi... nous ne te connaissons pas.

— Si jamais tu te fais tuer, comment crois-tu que nous allons réagir ? dit Turner.

— Il paraît que je ne cours aucun danger. D'ailleurs, je peux très bien veiller sur moi.

— J'en doute.

Alex ouvrit la bouche pour répliquer mais se ravisa. Discuter ne servait à rien. Turner et Troy s'étaient déjà fait leur opinion et ils appartenaient à cette catégorie de gens qui croient toujours avoir raison. Mais sa réaction avait au moins servi à quelque chose. Les deux agents spéciaux avaient un peu relâché la bride.

— Tu veux savoir qui est le Commis Voyageur ? dit Troy. C'est un escroc. Il est basé ici, à Miami. C'est une sale ordure.

— Il est mexicain, précisa Turner. De Mexico.

— Qu'est-ce qu'il fait ?

— Ce que son surnom indique. Il vend tout et n'importe quoi. De la drogue, des armes, des faux passeports, des informations, énuméra Troy. Le Commis Voyageur peut te procurer tout ce qui est illégal. Pour des sommes exorbitantes évidemment.

— Je croyais que c'était Sarov qui vous intéressait.

— C'est exact, acquiesça Turner après une hésitation. Mais nous pensons que le Commis Voyageur lui a fourni quelque chose.

— Quoi ?

— Nous ne le savons pas avec certitude, dit Turner, de plus en plus nerveux. Nous savons seulement que deux intermédiaires du Commis Voyageur sont allés en avion à Skeleton Key il y a un mois et n'en sont pas revenus. Et nous cherchons à découvrir ce que Sarov a acheté.

— Est-ce que tout ça a un rapport avec la visite du Président russe ? demanda Alex, pas du tout certain qu'on lui disait la vérité.

— On ne le saura que lorsqu'on aura appris ce que Sarov a acheté, expliqua Troy comme si elle s'adressait à un enfant de six ans.

— Je suis en contact avec le Commis Voyageur sous une fausse identité depuis un certain temps, reprit Turner. Je suis censé lui acheter de la drogue. Un demi-million de dollars de cocaïne en provenance de Colombie. Du moins, c'est ce qu'il croit. Nous avons de bonnes relations. Il me fait confiance. Aujourd'hui, il se trouve que c'est son anniversaire et il m'a invité à boire un verre sur son bateau.

— Lequel est-ce ? s'enquit Alex en regardant la marina.

— Celui-là, répondit Turner qui indiquait un navire amarré à l'extrémité de la jetée, à une cinquantaine de mètres.

Alex en resta bouche bée. C'était l'un des plus beaux bateaux qu'il eût jamais vus. Pas un de ces yachts blancs profilés en fibre de verre qui croisaient à Miami, mais un ancien bateau de croisière à vapeur, datant d'environ quatre-vingts ans, comme on en voyait dans les vieux films en noir et blanc. Quarante mètres de long et une cheminée au milieu. Le salon principal était au niveau du pont, juste derrière la passerelle de commandement. Une rangée d'une quinzaine de hublots indiquait l'emplacement des cabines et de la salle à manger. Le bateau était de couleur crème, avec des parements en bois naturel, un pont en bois et des lampes de cuivre sous les auvents de toile. Un mât effilé et haut se dressait à l'avant, équipé d'un radar. C'était son unique concession à la modernité. Le *Mayfair Lady* aurait eu sa place dans un musée. À côté de lui, les autres yachts paraissaient hideux.

— C'est un beau navire, dit Alex. Le Commis Voyageur doit mener la grande vie.

— Le Commis Voyageur devrait être en prison, grommela Troy, agacée par le regard admiratif d'Alex. Et je compte bien l'y envoyer un jour.

— À perpétuité, renchérit Turner.

Troy plongea sa cuillère dans la salade de fruits.

— Très bien, Alex. Reprenons depuis le début. Comment s'appelle ton prof de maths ?

— Mme Hazeldene, répondit Alex sans hésiter.

— Bravo, dit Troy avec satisfaction mais sans sourire. Tu fais des progrès.

Ils finirent de déjeuner. Les agents de la CIA testèrent encore Alex sur certains points de détail, puis se turent. Ils ne lui posèrent aucune question sur sa vie en Angleterre, ses amis, ni sur les raisons qui l'avaient amené à collaborer avec le MI 6. Apparemment ils ne voulaient rien savoir sur lui. Les garçons en skateboard s'étaient arrêtés pour s'asseoir sur le rebord du quai avec des Coca.

Turner regarda sa montre.

— Il est l'heure.

— Je reste avec le gosse, dit Troy.

— Je ne devrais pas en avoir pour plus d'une demi-heure, dit-il en se levant. Zut ! J'ai oublié d'acheter un cadeau d'anniversaire au Commis Voyageur !

— Ce n'est pas grave, le rassura Troy. Dis-lui que tu n'as pas eu le temps.

— Tu crois qu'il ne sera pas vexé ?

— Mais non, Turner. Invite-le à déjeuner un autre jour. Ça lui plaira.

— Excellente idée, sourit Turner.

— Bonne chance, papa, dit Alex.

Turner s'éloigna. Alors qu'il se dirigeait vers le bateau, Alex remarqua un homme qui venait en sens inverse. Il était vêtu d'une chemise hawaïenne et d'un pantalon blanc. On ne pouvait distinguer son visage car il portait un chapeau de paille et des lunettes de soleil. Mais, visiblement, il avait été victime d'un grave accident. Il avait des pattes folles et les bras inertes. Il croisa Turner sur le quai, mais celui-ci parut ne pas le voir. Puis, avec une rapidité surprenante, l'homme se fondit dans la foule des touristes.

Alex et Troy suivirent Turner des yeux. Au bout de la jetée, une rampe permettait d'accéder au *Mayfair Lady*. Des marins l'utilisaient pour charger du ravitaillement. Ils finissaient tout juste lorsque Turner arriva. Il s'adressa à l'un d'eux, qui pointa le doigt vers le salon cabine. Turner monta sur la rampe et disparut à l'intérieur du bateau.

— Et maintenant ? questionna Alex.

— On attend.

Pendant quinze minutes, rien ne se passa. Alex essaya de discuter avec Troy, mais elle ne quittait pas le *Mayfair* des yeux et gardait le silence. Alex s'interrogea sur les relations qui unissaient les deux agents. De toute évidence, ils se connaissaient bien. S'ils ne manifestaient pas leurs émotions, on pouvait tout de même se demander si leurs rapports étaient uniquement professionnels.

Soudain, Troy se dressa sur sa chaise. Alex suivit son regard. De la fumée sortait de la cheminée du yacht. On mettait les machines en route. Les deux marins que Turner avait croisés étaient sur le quai. L'un d'eux défit les amarres et monta à bord. L'autre s'éloigna. Lentement, le *Mayfair Lady* commença à quitter le quai.

— Quelque chose cloche, murmura Troy, plus pour elle-même que pour Alex.

— Quoi ?

Elle sursauta et tourna la tête vers lui, comme si elle venait de se souvenir de sa présence.

— Ça ne devait pas durer si longtemps et Tom n'était pas censé aller quelque part.

Tom. C'était la première fois qu'elle employait le prénom de son équipier.

— Il a pu changer d'avis. Le Commis Voyageur l'a peut-être invité à faire un tour en mer.

— Jamais il n'aurait accepté. Pas sans moi. C'est contraire à la procédure.

— Mais alors...

— Il a été démasqué, dit Troy, le visage livide. Ils ont dû découvrir sa véritable identité et ils l'emmènent avec eux...

Elle s'était levée mais ne bougeait pas, paralysée par l'indécision. Le bateau continuait d'évoluer gracieusement. La proue avait déjà dépassé le bout de la jetée. Même en courant, jamais Troy ne pourrait le rattraper.

— Qu'allez-vous faire ? demanda Alex.

— Je ne sais pas...

— Est-ce qu'ils vont... ?

— S'ils savent qu'il est de la CIA, ils le tueront, dit-elle d'un ton hargneux, comme si c'était la faute d'Alex, comme si sa question était stupide.

Ce fut peut-être ce qui le décida. Soudain, avant même de savoir ce qu'il faisait, Alex s'élança. Il était furieux. Il allait leur montrer qu'il était autre chose que le stupide gamin anglais qu'ils imaginaient.

— Alex... ! cria Troy.

Il l'ignora. Il était déjà sur la promenade de planches. Les deux garçons qu'il avait remarqués un peu plus tôt finissaient de boire leurs Coca. Ils ne le virent pas ramasser un des skateboards et s'élancer dessus. C'est seulement en l'apercevant filer en direction du *Mayfair Lady* que l'un d'eux se leva d'un bond et hurla. Trop tard.

Alex était en équilibre parfait sur la planche. Snowboard, skateboard, surfboard, c'était à peu près la même chose. Et celle-ci était une petite merveille : un descendeur Flexdex avec des roulements ABEC 5 et des roues kryptonic. C'était vraiment typique des ados de Miami d'avoir ce qui se faisait de mieux. Alex s'aperçut tout à coup qu'il n'avait ni casque ni genouillères. S'il tombait, il risquait de se faire très mal. Mais c'était le moindre de ses soucis. Le bateau s'éloignait. L'arrière allait dépasser le bout de la jetée. Alex apercevait le nom sur la poupe : *Mayfair Lady*. Dans quelques secondes il serait inaccessible.

Alex atteignit la rampe que les marins avaient utilisée pour charger le bateau. Il prit son élan pour se propulser en l'air. Le skateboard suivit sa propre course et tomba à l'eau, tandis qu'Alex suivait la sienne. Il n'y arriverait pas ! Le bateau avançait trop vite. Alex commençait à redescendre en arc de cercle.

Il allait manquer l'arrière de quelques centimètres et plonger... sur les hélices ! Il serait déchiqueté. Il allongea les bras et parvint miraculeusement à se raccrocher du bout des doigts à la rambarde. Son corps percuta brutalement la coque arrière et il resta suspendu un moment, les jambes traînant dans l'eau, juste au-dessus des hélices.

Le choc lui coupa le souffle. Quelqu'un sur le bateau pouvait l'avoir entendu. Mais d'autres problèmes le préoccupaient pour le moment et il espérait que le bruit des moteurs avait couvert son abordage intempestif. Rassemblant ses forces, il se hissa le long de la coque et enjamba la rambarde. Ses jambes étaient trempées, son corps endolori, mais il avait réussi à monter à bord et, par une chance inouïe, sans que personne ne l'ait vu.

Il s'accroupit et fit le point sur sa situation. Le pont arrière était un espace assez réduit, presque clos, en forme de fer à cheval. Devant lui se trouvait le salon cabine, avec une seule fenêtre ouvrant sur l'arrière et une porte légèrement sur le côté. Un tas de fournitures et de provisions, ainsi que deux énormes bidons, étaient recouverts d'une bâche. Alex s'en approcha et dévissa le bouchon d'un des bidons. Ça empestait l'essence. De toute évidence, le Commis Voyageur projetait un long voyage !

Le pont tout entier – proue et poupe – était abrité par un grand auvent de toile qui s'inclinait de chaque côté du salon principal. Un canot de sauvetage en bois était suspendu à deux poulies au-dessus de la tête d'Alex. Il se reposa un instant, certain d'être à l'abri – du moins si personne n'avait la mauvaise idée de venir à l'arrière du bateau. Combien y avait-il de membres d'équipage ? Le capitaine, à la barre, sur la passerelle, et probablement quelqu'un avec lui. En levant les yeux, Alex aperçut deux pieds qui marchaient sur le pont supérieur, au-dessus du salon. Cela faisait trois. Et sans doute deux ou trois autres à l'intérieur. Il y avait donc environ six hommes en tout.

Il jeta un regard en arrière. Miami s'éloignait déjà. Alex se redressa et ôta ses chaussures et ses chaussettes. Puis il avança en rampant sans un bruit, de crainte d'être repéré depuis le pont supérieur. Les deux premières fenêtres du salon étaient fermées, mais la troisième était ouverte et, en s'accroupissant dessous, il entendit des voix. Un homme parlait avec un fort accent mexicain, en sifflant légèrement les *s*.

— Vous êtes stupide. Votre nom est Tom Turner. Vous travaillez pour la CIA et je vais vous tuer.

Une autre voix lui répondit. Alex reconnut celle de Turner.

— C'est faux. Je ne sais pas de quoi vous parlez.

L'épaule plaquée contre la cloison, Alex se releva lentement pour jeter un coup d'œil à l'intérieur.

Le salon cabine était rectangulaire, avec un sol en

bois recouvert d'un tapis que l'on avait roulé sur le côté... probablement pour lui éviter les taches de sang. Contrairement au bateau, le mobilier était moderne et fonctionnel. Turner était assis sur une chaise, les mains liées derrière le dos. On avait utilisé du gros papier adhésif pour lui ligoter les poignets et les chevilles. Il avait déjà été tabassé. Du sang coulait du coin de sa bouche.

Deux hommes l'entouraient. L'un était un matelot en jean et T-shirt noirs, dont l'estomac débordait au-dessus de la ceinture. L'autre devait être le Commis Voyageur. Un visage rond, des cheveux très noirs et une petite moustache. Il portait un costume trois-pièces blanc, parfaitement coupé, et des chaussures vernies. Le matelot tenait un gros et lourd pistolet automatique. Le Commis Voyageur était assis dans un fauteuil en osier, un verre de vin rouge à la main. Il fit lentement tourner le breuvage dans le verre, le huma, but une gorgée.

— Délicieux, murmura-t-il. C'est du vin chilien. Un cabernet sauvignon récolté dans mes vignobles. Vous voyez, mon cher ami, que je suis un homme prospère. Je traite des affaires dans le monde entier. Les gens veulent du vin ? Je vends du vin. Ils veulent de la drogue ? C'est idiot mais c'est leur problème. Je leur vends de la drogue. Qu'y a-t-il de mal à ça ? Je fournis tout ce qui s'achète. Comme vous le voyez, je suis un homme prudent. Je n'ai pas cru à votre histoire. J'ai fait ma petite enquête et on a mentionné la CIA à votre sujet. C'est pourquoi vous êtes ici.

— Qu'attendez-vous de moi ? grommela Turner.

— De vous ? Rien. J'attends seulement d'être à une heure de Miami pour vous tuer et vous jeter par-dessus bord, dit le Commis Voyageur en souriant. C'est tout.

Alex se baissa. Inutile d'en écouter davantage. Il ne pouvait pas entrer dans la cabine. À deux contre un, c'était du suicide. Même avec une arme, il n'aurait rien pu tenter. Il lui fallait faire diversion.

C'est alors qu'il se souvint de l'essence. Tout en surveillant le pont supérieur, il se prépara à revenir à la poupe, mais tout à coup il se figea. La porte de la passerelle venait de s'ouvrir et un homme apparut. Alex n'avait aucun endroit où se cacher. Cependant la chance était avec lui. L'homme, vêtu d'un uniforme défraîchi de capitaine, fumait une cigarette. Il s'arrêta pour jeter son mégot à la mer, puis retourna d'où il était venu sans tourner la tête. Alex l'avait échappé belle mais savait qu'il ne tarderait pas à être repéré. Il devait agir vite.

Il courut sur la pointe des pieds jusqu'aux bidons d'essence, et tenta d'en incliner un. Trop lourd. Alors il chercha un morceau de tissu et, n'en trouvant pas, enleva sa chemise et la déchira en lambeaux. Puis il enfonça une des manches dans le bidon pour la trem-per dans l'essence. Ensuite il la retira jusqu'à ce qu'il ne reste que l'extrémité à l'intérieur. Une mèche improvisée. Que se passerait-il une fois qu'il aurait mis le feu ? L'explosion attirerait l'attention de tout le monde à bord, mais, Alex l'espérait, sans tuer personne ni faire sombrer le bateau. Comme il allait rester là un moment, mieux valait ne pas se tromper.

Il sortit de sa poche la pochette d'allumettes qu'il avait prise au restaurant. Par chance, l'eau ne l'avait pas mouillée. Mettant sa main en coupe pour protéger la flamme de la brise, il embrasa la première allumette, puis toute la pochette, et l'approcha du chiffon imbibé d'essence qu'avait été sa chemise. Le tissu s'enflamma en une seconde.

Alex repartit en courant vers le salon cabine. À l'intérieur, le Commis Voyageur continuait de parler.

— Je crois que je vais boire un autre verre de vin. Ensuite je vous abandonnerai, mon cher ami. J'ai du travail.

Le Commis Voyageur s'approcha de la table et se servit un second verre de vin. Alex jeta un coup d'œil par-dessus son épaule. Il n'y avait personne, et rien ne se produisait. Pourquoi l'essence ne s'était-elle pas enflammée ? Le vent avait-il éteint son amorce de fortune ?

Soudain, les bidons explosèrent. Un énorme champignon de feu et de fumée noire jaillit à l'arrière du bateau, aussitôt emporté par le vent. Quelqu'un poussa un cri. Alex s'aperçut que l'essence avait giclé sur les deux ponts et que le feu s'était étendu partout. La toile de l'auvent, juste au-dessus de lui, était en flammes, ainsi que les marchandises stockées sous la bâche. Des pas se précipitèrent vers le pont arrière, mais heureusement de l'autre côté. Il était temps de passer à l'action.

— Va voir ce qui se passe ! aboya le Commis Voyageur au matelot présent dans le salon cabine.

Celui-ci sortit en courant et disparut sur l'autre bord. Il ne restait donc plus avec Turner que le Commis Voyageur. Alex attendit quelques secondes avant de se faufiler par la porte, en plongeant la main dans sa poche de pantalon. Turner l'aperçut le premier et ouvrit des yeux ronds. Le Commis Voyageur se retourna d'un bloc. Alex vit qu'il avait posé son verre et sorti un revolver. Pendant un instant, ils restèrent tous les deux immobiles. Le Commis Voyageur contempla d'un air ébahi cet adolescent de quatorze ans, déchaussé et torse nu. Il ne lui vint pas à l'esprit une seconde que ce garçon était une menace et qu'il était l'auteur de l'incendie. Alex profita de sa brève hésitation pour agir.

Il sortit de sa poche le téléphone mobile, sur lequel il avait déjà composé deux fois le 9. Il pressa la touche une troisième fois tout en visant le Commis Voyageur et dit :

— C'est pour vous !

Le téléphone vibra dans sa main, l'antenne jaillit

et sa protection de plastique se fendit pour découvrir une aiguille étincelante. L'aiguille traversa la cabine et se ficha droit dans la poitrine du Commis Voyageur. Celui-ci avait réagi rapidement et brandi son revolver, mais trop tard. Ses yeux se révulsèrent et il s'effondra sur le sol. Alex l'enjamba d'un bond, prit le tire-bouchon muni d'une lame qui traînait sur la table, et s'approcha de Turner.

— Mais qu'est-ce que... ? hoqueta l'agent de la CIA.

Alex s'aperçut tout de suite que Turner était mal en point, et que son humeur ne s'était guère améliorée. Il fixait d'un regard ahuri le téléphone d'Alex et le corps inanimé du Commis Voyageur.

— Qu'est-ce que tu lui as fait ?

— C'était un mauvais numéro, répondit Alex en coupant le ruban adhésif.

Turner se leva, prit le revolver du Commis Voyageur et vérifia le chargeur.

— Que s'est-il passé ? J'ai entendu une explosion.

— Oui. C'était moi. J'ai mis le feu au bateau.

— Mais nous sommes sur le bateau !

— Je sais...

Turner n'attendit pas la fin de ses explications. Il fit volte-face, se mit en position de combat, bras tendus et jambes écartées. Au bout de la cabine, il y avait un escalier qu'Alex n'avait pas remarqué en entrant. Un homme le descendait. Turner tira deux fois.

137

L'homme s'écroula. Turner se redressa. De la fumée noire se propageait dans la cabine. Puis, soudain, il y eut une nouvelle explosion et le bateau se souleva, comme saisi par une violente bourrasque. Sur le pont, des hommes hurlaient. Alex aperçut des flammes par la fenêtre.

— Ce doit être le deuxième bidon d'essence.

— Il y en a combien ?

— Seulement deux.

Turner semblait étourdi. Il se força à prendre une décision.

— Vite, dit-il. Il va falloir nager.

L'agent de la CIA sortit le premier. Le pont grouillait de matelots. Ils étaient au moins sept. D'où sortaient-ils ? Deux d'entre eux, des jeunes gens en T-shirts blancs crasseux, luttaient contre les flammes avec des extincteurs. Deux autres étaient sur le toit, un cinquième sur le pont supérieur. Tous criaient.

La fumée s'étirait dans le ciel. Le canot de sauvetage était en feu. Visiblement personne ne comprenait ce qui s'était passé. Et personne n'avait vu Alex monter à bord. Les explosions les avaient tous pris par surprise et leur seul souci était de maîtriser l'incendie. Mais lorsque Turner sortit de la cabine, l'un des hommes du pont supérieur l'aperçut et il braillait quelque chose en espagnol.

— Vite ! cria Turner.

Il courut vers le bastingage, suivi d'Alex. Au même

instant retentit le crépitement assourdissant d'une mitraillette, et ce qui restait de l'auvent fut déchiqueté. Les balles hachèrent le pont de bois. Une ampoule explosa. Alex ne savait même pas qui tirait. Il savait seulement qu'il était pris au milieu d'un tourbillon de flammes, de fumée, de balles, et de gens qui voulaient sa mort. Il vit Turner plonger par-dessus bord. Une rafale de mitraillette taillada le pont à quelques centimètres de ses pieds nus. Alex poussa un cri. Des échardes de bois se plantèrent dans ses chevilles et ses talons. Il prit son élan et se jeta par-dessus la rambarde. Son saut dans le vide lui parut durer une éternité. Il sentit le vent sur ses épaules nues. Les balles sifflaient. Enfin il plongea tête la première dans l'eau et s'y enfonça.

L'océan l'enveloppa. Après le champ de bataille du *Mayfair Lady*, c'était doux et accueillant. Quelques brasses puissantes lui permirent de descendre dans les profondeurs. Quelque chose fila comme une flèche à côté de lui. On continuait de le mitrailler. Plus il irait profond, plus il serait à l'abri. Il ouvrit les yeux. L'eau salée le piquait mais il devait évaluer la distance. Il regarda en haut. La lumière miroitait à la surface de la mer mais il n'y avait plus aucun signe du bateau. Ses poumons étaient en feu. Il avait besoin de respirer. Pourtant il patienta. Il aurait voulu rester sous l'eau une heure. Malheureusement, c'était impossible. Son corps réclamait de l'oxygène. À regret, Alex battit des pieds pour remonter à la surface. Il émergea, suffocant, à côté de Turner. L'agent de la CIA semblait plus mort que vif. Alex craignit qu'il n'ait été touché par une balle, mais il ne vit pas de sang. Peut-être était-il simplement choqué.

— Ça va ?

— Tu es complètement dingue !

Turner était tellement en colère qu'il avala de l'eau en parlant. Il cracha, toussa, et pataugea pour se maintenir à flot.

— Tu as failli nous faire tuer !

— Je vous ai sauvé la vie ! protesta Alex, qui sentait la colère le gagner à son tour.

— Tu crois ça ? Eh bien regarde !

Saisi d'angoisse, Alex se retourna. Le *Mayfair Lady* n'avait pas été détruit. Le feu était éteint et le bateau faisait demi-tour.

Alex était resté sous l'eau environ quatre-vingt-dix secondes. Pendant ce temps, le bateau avait continué sa course, sans personne à la barre, tous les matelots étant réquisitionnés pour combattre l'incendie. Les moteurs étaient à pleine vitesse et le *Mayfair Lady* avait parcouru environ cinq cents mètres. Mais le capitaine avait regagné la passerelle et effectué une manœuvre pour revenir sur ses pas. Alex distinguait cinq hommes à la proue. Tous armés. Ils l'avaient vu. L'un d'eux visa et tira. Turner et Alex étaient sans défense. Ils flottaient dans l'eau, désarmés, comme des canards en plastique dans un stand de tir.

Que faire ? Alex regarda Turner en espérant que l'agent allait avoir une idée géniale, sortir un lapin de son chapeau. Ils n'avaient donc pas de gadgets à la CIA ? Où était le hors-bord gonflable, le scaphandre ? Mais Turner était démuni. Il avait même réussi à perdre le revolver.

Le *Mayfair Lady* acheva son demi-tour.

Turner jura.

Le bateau approchait.

Puis, soudain, il explosa. Mais cette fois les explosions furent gigantesques, et définitives. Il y en eut trois, simultanées. À la proue, au milieu et à la poupe. Le *Mayfair Lady* fut soufflé en trois morceaux. La cheminée et le salon principal se soulevèrent comme s'ils cherchaient à fuir le reste du bateau. Alex sentit l'onde de choc se propager dans la mer. Le bruit fut assourdissant. Il eut l'impression de recevoir un uppercut d'eau, qui faillit l'assommer. Des débris de bois, dont certains étaient en flammes, s'abattirent comme une averse tout autour d'eux. Il était évident que personne n'avait survécu, et Alex fut pris d'un terrible remord.

Était-ce sa faute ? Les avait-il tous tués ?

Turner avait dû en venir à la même conclusion. Il ne dit rien. L'un et l'autre contemplaient d'un regard atterré les trois épaves qui avaient autrefois été un magnifique yacht à vapeur. Soudain ils entendirent le vrombissement d'un moteur. Alex tourna la tête. Un hors-bord fonçait vers eux. Belinda Troy était aux commandes. Seule. Elle avait probablement réquisitionné la vedette pour venir à leur secours.

Elle aida d'abord Turner à se hisser hors de l'eau, puis Alex. La côte n'était plus en vue. Alex avait l'impression que tout s'était passé très vite, et pourtant le *Mayfair Lady* avait parcouru plusieurs kilomètres avant d'être détruit.

— Que s'est-il passé ? demanda Troy.

Ses longs cheveux étaient ébouriffés par le vent. Elle semblait au bord de la crise de nerfs.

— J'ai vu le bateau exploser. J'ai cru que vous étiez... (Elle s'interrompit pour reprendre son souffle et répéta :) Que s'est-il passé ?

— C'est le gosse, répondit Turner d'une voix neutre, en s'efforçant de récapituler les événements. Il m'a délivré et...

— Tu étais prisonnier ?

— Oui. Le Commis Voyageur a découvert que je travaille pour l'Agence. Il allait me tuer. Alex l'a mis K.O. avec une sorte de... téléphone mobile.

Il énonçait les faits, sans montrer la moindre gratitude. Le hors-bord oscillait doucement sur la mer redevenue calme.

— Il a fait sauter le bateau, poursuivit Turner. Il les a tous tués.

— Non, se défendit Alex. Le feu était éteint. Vous l'avez vu comme moi. Ils avaient repris le contrôle du bateau. Ils faisaient demi-tour.

— Mais bon sang, Alex ! grommela Turner, trop faible pour s'emporter. À ton avis, que s'est-il passé ? Tu crois que le *Mayfair Lady* a explosé par enchantement ? C'est toi qui as mis le feu aux bidons d'essence. Et voilà le résultat.

— Je vous ai sauvé la vie, s'entêta Alex.

— Oui. Je te remercie, marmonna Turner.

Troy se mit à la barre et ralluma le moteur. Le hors-bord vira et mit le cap sur la côte.

8

Contrôle des passeports

Alex occupait un siège près du hublot, à l'avant de l'avion. Troy était à côté de lui, Turner au bord de l'allée. Une famille en vacances. Troy lisait un magazine, Turner un scénario de film. Étant supposé être producteur de cinéma, il avait passé le voyage à prendre des notes dans la marge, pour le cas où on l'observerait. Alex jouait avec une Game Boy Advance. Turner la lui avait offerte juste avant de quitter Miami, dans la salle d'embarquement, d'une façon très naturelle. Ce qui n'avait pas manqué de l'intriguer.

— Tiens, Alex. Voilà de quoi t'occuper pendant le vol.

Alex se méfiait. La dernière Game Boy qu'il avait eue entre les mains était bourrée de gadgets inventés par Smithers. À première vue, celle-ci était parfaitement normale. En tout cas, il était parvenu au niveau cinq de « Rayman » sans que ça lui explose à la figure.

L'avion avait décollé une heure plus tôt. C'était le deuxième de la journée. Ils avaient d'abord rallié Kingston, en Jamaïque, avant de monter à bord de celui-ci. On leur avait offert le genre de repas insipide que l'on s'attend à voir servir par une compagnie aérienne. Un sandwich, une part de gâteau et un gobelet d'eau. L'hôtesse revenait déjà pour débarrasser les plateaux.

— Ici, votre commandant de bord, annonça une voix dans les haut-parleurs. Veuillez attacher votre ceinture et relever votre dossier. Nous allons bientôt atterrir...

Alex regarda par le hublot. La mer était d'une extraordinaire couleur turquoise. L'avion vira et l'île apparut. Plus exactement les deux îles. Cuba au nord, et Skeleton Key en dessous. Il n'y avait pas un nuage dans le ciel. Pendant un moment, la terre apparut avec netteté : deux taches émeraude bordées d'une ligne côtière bleu électrique. L'avion s'inclina et les îles disparurent. Elles réapparurent lorsque l'avion se précipita vers une piste qui semblait presque inaccessible, cernée de bureaux, d'hôtels, de routes et de palmiers. La tour de contrôle, laide et biscornue, dominait l'aérogare, très basse, en ciment préfabriqué et en verre. Deux appareils étaient déjà au sol, entourés de véhicules de maintenance. Une secousse ébranla l'avion quand le train d'atterrissage toucha le tarmac. Ils étaient arrivés.

Alex défit sa ceinture.

— Attends une minute, Alex, dit Troy. Le voyant lumineux n'est pas encore éteint.

Troy se comportait comme une mère, mais elle avait choisi pour modèle une mère autoritaire et exigeante. Le personnage lui collait à la peau. Ils donnaient toute l'apparence d'une famille mais n'importe quelle personne un peu observatrice aurait vite décelé que ce n'était pas une famille heureuse. Depuis les récents événements de Miami, les deux agents de la CIA avaient à peine adressé la parole à leur « fils ». Alex avait du mal à les comprendre. Sans lui, Turner serait mort, et pourtant aucun des deux ne voulait l'admettre. Étaient-ils blessés dans leur fierté professionnelle ? De plus, ils persistaient à lui reprocher la destruction du *Mayfair Lady* et la mort des matelots. Alex lui-même ne pouvait se défaire d'un sentiment de culpabilité. Il avait bel et bien mis le feu. Quelle autre cause avait pu provoquer la dernière explosion ?

Il s'efforça de chasser cette pensée. L'avion s'était immobilisé et tous les passagers s'étaient levés pour récupérer leurs affaires dans les compartiments à bagages. En sortant son sac, Alex laissa échapper sa Game Boy. Turner sursauta.

— Attention ! s'écria-t-il, visiblement alarmé.

Sa réaction excessive confirma les soupçons d'Alex. La Game Boy cachait quelque chose. C'était bien dans le style de la CIA de lui dissimuler la vérité.

Il était midi, la pire heure pour arriver. En sortant de l'avion, Alex vit les ondes de chaleur miroiter au-dessus du tarmac. L'air était étouffant, lourd, imprégné de kérosène. Alex dégoulinait de sueur avant même d'atteindre le bas de l'échelle, et le hall d'arrivée n'offrait aucun soulagement. L'air conditionné ne fonctionnait pas et les passagers se trouvaient confinés dans un espace exigu et bondé. Les murs étaient ternes, d'une teinte vert olive, décorés d'affiches de l'île qui dataient de vingt ans. Les nouveaux arrivants durent se mêler aux passagers du vol précédent. Il en résulta une foule compacte de deux ou trois cents personnes encombrées de bagages, qui se mouvaient lentement vers trois fonctionnaires de l'immigration en uniforme, cloîtrés dans des cabines vitrées. À chaque passeport dûment tamponné, la foule avançait d'un pas pour franchir le contrôle au compte-gouttes.

Une heure plus tard, ils étaient toujours là. Alex se sentait sale, poisseux, dévoré par la soif. Il remarqua sur le côté deux portes déglinguées qui menaient aux toilettes. Peut-être y avait-il un lavabo, mais rien n'assurait que l'eau était potable. Un garde en chemise et pantalon bruns était adossé contre le mur, à côté d'un grand miroir, une mitraillette nichée dans le creux du bras. Alex était tellement coincé qu'il ne pouvait même pas étendre les bras pour se dégourdir. Une vieille dame à cheveux gris, le visage ridé et affaissé, se tenait près de lui. Elle empestait le mauvais parfum. Il voulut changer de position et se retrouva littéralement dans ses bras. Il recula, incapable de cacher son dégoût. Au plafond, une unique caméra de surveillance scrutait la salle. Alex se rappela l'inquiétude de Joe Byrne à propos des services de sécurité de l'aéroport de Santiago. Pourtant il semblait que n'importe qui pouvait passer sans se faire remarquer. Le garde de faction affichait un air ennuyé et endormi. Et la caméra était probablement mal réglée.

Enfin ils atteignirent la guérite du contrôle des passeports. Le fonctionnaire retranché derrière la vitre était jeune, avec des cheveux noirs graisseux et des lunettes. Turner lui tendit les trois passeports et les formulaires d'immigration soigneusement remplis.

— Arrête de gigoter, Alex ! grommela Troy. Nous allons bientôt sortir.

— Oui, maman.

Le fonctionnaire leva les yeux. Il n'avait pas du tout l'air accueillant.

— Monsieur Gardiner ? Quel est l'objet de votre visite ?

— Vacances, répondit Turner.

Le fonctionnaire examina les photos, puis les passa sous un scanner en étouffant un bâillement. Le garde qu'Alex avait aperçu un peu plus tôt s'était éloigné vers la fenêtre pour regarder les avions.

— Où habitez-vous ? demanda le fonctionnaire.

— Los Angeles, répondit Turner, un peu pâle. Je travaille dans le cinéma.

— Et votre femme ?

— Je ne travaille pas, dit Troy.

C'était au tour d'Alex. Le fonctionnaire ouvrit son passeport.

— Alex Gardiner ?

— Oui. Bonjour.

— C'est votre premier voyage à Skeleton Key ?

— Oui, mais pas le dernier, j'espère.

L'homme le dévisagea. Les verres de ses lunettes grossissaient ses yeux. Il paraissait parfaitement indifférent.

— Dans quel hôtel allez-vous séjourner ?

— Le Valencia, répondit Turner, qui avait déjà inscrit le nom de l'hôtel sur le formulaire de renseignements.

Un autre silence. Enfin le fonctionnaire prit le tampon et l'apposa sur les trois passeports. Pan. Pan. Pan. Trois détonations dans la guérite exiguë.

— Bon séjour à Skeleton Key, dit-il en leur rendant les passeports.

Turner, Troy et Alex passèrent la barrière et entrèrent dans la salle des bagages, où leurs valises les attendaient, tournant interminablement sur un tapis roulant, vieux et grinçant. Terminé ! se réjouit Alex. Aussi simple qu'une lettre à la poste. La CIA avait fait bien des histoires pour pas grand-chose. Et sa présence s'était avérée parfaitement inutile.

Il prit sa valise.

À cet instant, sans qu'il le sache, sa photo et sa fiche signalétique étaient déjà transmises au quartier général de la police à La Havane, avec celles de Turner et de Troy. En fait, la « famille » avait été photographiée trois fois. D'abord par la caméra perchée au plafond qu'Alex avait aperçue dans le hall d'arrivée, et qui était beaucoup plus perfectionnée qu'il ne l'avait cru. Malgré son apparence vieillotte, elle pouvait zoomer sur un bouton de chemise ou sur un mot écrit dans un agenda et grossir l'image cinquante fois. Ensuite, par un appareil photo dissimulé derrière le miroir sans tain près des toilettes. Enfin, ils avaient été pris en gros plan de profil par un appareil miniature caché dans la broche de la vieille dame qui empestait le parfum bon marché. Ce n'était pas une touriste. Elle avait pour tâche de se mêler aux passagers à leur arrivée et de s'approcher de ceux qui avaient éveillé les soupçons de ses supérieurs. Les formulaires de séjour temporaire remplis par Turner étaient également en route, scellés dans des sachets de plastique. Les réponses aux questions habituelles importaient moins que les feuillets eux-mêmes. Le papier était spécialement conçu pour recueillir les empreintes, lesquelles seraient scannées et comparées en moins d'une heure avec le fichier informatique de la police.

L'organisation invisible qui opérait dans l'aéroport de Santiago avait repéré Turner et Troy à l'instant même où ils posaient le pied sur la piste de l'aéroport. Ils étaient américains. Ils avaient déclaré être en vacances et leurs bagages (qui avaient été fouillés dès leur déchargement de l'avion) contenaient de la crème solaire, des serviettes de plage et les bricoles que l'on s'attend habituellement à trouver dans les valises des touristes. Les étiquettes de leurs vêtements prouvaient qu'ils avaient été achetés à Los Angeles. Mais un banal ticket de caisse découvert dans la poche d'une des chemises de Turner racontait une autre histoire. Turner avait en effet récemment acheté un livre dans une librairie de Langley, où est situé le quartier général de la CIA. Ce petit bout de papier avait suffi à déclencher l'alerte.

Voilà pourquoi l'officier chargé de la sécurité de l'aéroport les surveillait avec attention. Il était assis dans un petit bureau sans fenêtre, devant une rangée d'écrans de télévision. Il les observa alors qu'ils sortaient de la salle des bagages. Son index effleura un bouton rouge, sur le côté de la console. Il n'était pas trop tard. Il pouvait encore les faire arrêter avant qu'ils arrivent à la station de taxis. Le sous-sol de l'aéroport contenait suffisamment de cellules. Et quand les interrogatoires normaux ne suffisaient pas, il y avait toujours la drogue.

Pourtant...

Le chef de la sécurité, qui s'appelait Rodriguez, était un bon professionnel. Il avait questionné tellement d'espions qu'il se vantait parfois de pouvoir les reconnaître à cent mètres. Il avait détecté les Gardiner alors qu'ils posaient le pied sur le tarmac et envoyé aussitôt un de ses agents les observer de près. C'était le garde à l'air endormi.

Cependant, pour une fois, Rodriguez avait un doute. Et il ne pouvait se permettre une erreur. Après tout, Skeleton Key avait besoin des touristes. Plus exactement de l'argent apporté par les touristes. Les deux adultes l'intriguaient, mais ils voyageaient avec un enfant. Rodriguez avait entendu la conversation entre Alex et le fonctionnaire du contrôle des passe-ports, grâce à des micros cachés. Quel âge avait-il ? Quatorze ans ? Encore un de ces gosses de riches américains à qui l'on offrait deux semaines de vacances sous les tropiques.

Rodriguez prit sa décision. Son doigt s'éloigna du bouton rouge. Mieux valait éviter une mauvaise publicité. Il regarda la famille Gardiner se fondre dans la foule.

Néanmoins il les tiendrait à l'œil. Un peu plus tard, par acquis de conscience, Rodriguez remplirait un rapport qu'il remettrait avec les photos et les empreintes à la police locale. Une copie serait également adressée au personnage très important qui vivait à la Villa d'Oro. Et peut-être même enverrait-il un de ses hommes à l'hôtel Valencia pour les surveiller discrètement.

Rodriguez alluma une cigarette. Un autre avion venait d'atterrir. Il se pencha et commença à examiner les nouveaux arrivants.

Le Valencia était un de ces hôtels étonnants dans lesquels les gagnants de jeux télévisés se voient offrir un séjour idyllique. Il était niché dans une crique en forme de croissant, avec des bungalows en bordure de plage et un bâtiment de réception enfoui dans une jungle exotique. Il disposait d'une piscine incurvée comme un haricot, avec un bar dans l'anneau intérieur et des tabourets juste au bord de l'eau. Tout semblait endormi. Les seuls clients visibles gisaient sur des chaises longues au soleil.

Alex et ses « parents » partageaient un bungalow doté de deux chambres et d'une véranda abritée sous un toit de canisses. Devant, il y avait des palmiers, le sable blanc et la mer Caraïbe d'un bleu incomparable. Alex s'assit sur le lit recouvert d'un simple drap blanc. Un ventilateur tournait lentement au plafond. Un oiseau jaune et vert vint se percher un bref instant sur le rebord de la fenêtre, avant de s'envoler vers la mer, comme pour inviter Alex à le suivre.

— Je peux aller me baigner ?

En temps normal, il n'aurait pas demandé la permission, mais il jugea que c'était plus conforme à son rôle.

— Bien sûr, mon chéri ! répondit Troy de la chambre voisine.

Troy était occupée à défaire ses bagages. Elle avait intimé l'ordre à Alex de jouer son personnage même à l'intérieur, pour le cas où l'hôtel serait truffé de micros.

— Mais sois prudent ! ajouta Troy.

Alex enfila son maillot de bain et s'élança vers la mer.

L'eau était idéale, tiède, cristalline. Il n'y avait pas de galets, seulement un doux tapis de sable blanc. De minuscules poissons évoluaient autour de lui et se dispersaient dès qu'il avançait la main. Pour la première fois de sa vie, Alex se réjouissait d'avoir rencontré Alan Blunt. C'était mieux que de traîner à Londres. Pour une fois, la vie lui souriait.

Après avoir nagé, Alex se hissa dans un hamac suspendu entre deux arbres et se relaxa. Il était environ quatre heures et demie et la température n'avait pas baissé d'un degré depuis leur arrivée. Un serveur s'approcha et Alex lui commanda une citronnade, à mettre sur le compte de ses parents.

Papa et maman.

En se balançant doucement sur le hamac, Alex se prit à rêver de ses vrais parents, à ce qu'ils seraient devenus s'ils n'avaient péri dans un accident d'avion peu après sa naissance, à la vie qu'il aurait menée dans une famille normale, avec une maman affectueuse dans les bras de qui se réfugier en cas de gros chagrin, et un papa avec qui jouer et à qui demander un peu d'argent de poche. Aurait-il été différent ? Sans doute. Il serait devenu un collégien ordinaire, inquiet à l'approche des examens, loin des espions, des trafiquants et des explosifs. Un garçon plus doux, entouré d'amis. En tout cas, jamais il n'aurait été ici, allongé dans un hamac de l'hôtel Valencia.

Il resta jusqu'à ce que ses cheveux soient secs. Il était temps de s'éloigner du soleil. Turner et Troy n'étaient pas venus le rejoindre. Sans doute vaquaient-ils à leurs affaires. Alex était convaincu qu'ils lui avaient caché certaines choses. La Game Boy, par exemple. Turner la lui avait donnée au dernier moment, juste avant de prendre l'avion. Était-ce pour la lui faire transporter, sachant qu'un garçon de quatorze ans courait moins de risques d'être fouillé ?

Alex roula du hamac et se laissa tomber sur le sable. Un autochtone passa avec des colliers qu'il vendait aux touristes sur la plage. Il s'arrêta devant Alex et lui en montra un : une douzaine de petits coquillages de couleurs différentes enfilés sur un lien de cuir. Alex refusa d'un signe de tête, regagna le bungalow et se glissa furtivement dans sa chambre. La Game Boy était toujours dans son sac. Turner avait oublié de la lui réclamer. Il sortit la console pour l'examiner. Apparemment, elle n'avait rien de spécial. Elle était chargée d'un seul jeu : « Rayman ». Alex la soupesa. Pour autant qu'il pouvait en juger, le poids était normal.

Il se rappela que la Game Boy aménagée par Smithers s'activait en pressant trois fois le bouton de mise en marche. Ce modèle fonctionnait peut-être de la même façon. Alex retourna le boîtier et appuya sur le bouton. Une fois, deux fois, trois fois. Rien. Il contempla un moment l'écran vide avec agacement. Il s'était trompé. C'était un simple jeu, offert par Turner pour qu'il se tienne tranquille pendant le voyage. Il posa la Game Boy sur le lit et se leva pour s'habiller.

La console couina.

Alex sursauta. Il reconnut le son sans toutefois l'identifier. Une sorte d'étrange piaulement métallique. En même temps, l'écran s'était allumé, animé par une pulsation verte et blanche. Qu'est-ce que

157

cela pouvait être ? Alex reprit la console. Le son s'estompa et l'écran s'éteignit. Il l'orienta dans la même direction qu'auparavant, vers la table de nuit, et la console reprit vie.

Alex examina la table de nuit. La tablette était vide, à l'exception d'un réveil démodé, et le tiroir ne contenait qu'une bible bilingue, espagnol-anglais. Rien d'autre. Mais alors qu'est-ce qui avait activé la Game Boy ? Alex la fit pivoter. Elle se tut. Il l'orienta vers la table de nuit. Elle se remit à couiner.

Le réveil...

Alex examina avec attention le cadran. Celui-ci était lumineux. Il colla la Game Boy contre le verre et le couinement repartit de plus belle. Cette fois, Alex comprit. Les chiffres du réveil étaient légèrement radioactifs. C'est ce qui avait provoqué la réaction de la console.

La Game Boy recelait un compteur Geiger. Alex esquissa un sourire amer. Rayman était le jeu tout désigné. À ceci près que les rayons recherchés étaient des ondes radioactives.

Mais pourquoi ? Turner et Troy n'étaient donc pas sur l'île pour une simple mission de surveillance, comme il l'avait soupçonné. Blunt et Byrne lui avaient menti. Alex savait qu'il n'était qu'à quelques kilomètres de Cuba. Un cours d'histoire lui revint en mémoire. Cuba. Les années soixante. La crise des missiles cubains. Des armes nucléaires pointées sur l'Amérique...

Ce n'était qu'une hypothèse. Il tirait peut-être des conclusions hâtives. Mais il avait la preuve que la CIA avait introduit en fraude un compteur Geiger sur Skeleton Key et, aussi absurde que cela puisse paraître, il n'y avait qu'une seule explication possible.

La CIA cherchait une bombe nucléaire.

9

Place de la Fraternité

Ce soir-là, pendant le dîner, Alex fut très silencieux. L'hôtel, qui lui avait paru si désert dans l'après-midi, regorgeait maintenant de clients bronzés, vêtus de chemises amples ou de longues robes. Au milieu de cette foule, il était impossible de parler ouvertement.

Les gens étaient assis à la terrasse du restaurant qui donnait sur la mer. On leur avait servi du poisson – le plus frais qu'il eût jamais goûté –, accompagné de riz, de salade et de haricots noirs. Après la canicule de la journée, l'air était frais et agréable. Deux guitaristes, éclairés par des bougies, jouaient une musique douce. Des milliers de cigales stridulaient, cachées dans la végétation.

Les Gardiner se comportaient comme une famille ordinaire. Ils parlaient des sites qu'ils visiteraient, des plages où ils se baigneraient. Turner lança une plaisanterie et Troy éclata de rire, assez fort pour attirer l'attention des tables voisines. Mais c'était de la comédie. Ils ne comptaient pas faire de tourisme et la plaisanterie de Turner n'avait rien de drôle. Malgré la bonne cuisine et le décor enchanteur, Alex détestait chaque minute du rôle qu'il était forcé de jouer. La dernière fois qu'il avait partagé un repas familial, c'était chez les parents de Sabina, en Cornouaille. Il avait l'impression que cela remontait à très longtemps, et ce dîner avec Turner et Troy en gâchait le souvenir.

Enfin le repas s'acheva et Alex put demander la permission de quitter la table et de rentrer se coucher. Il ferma soigneusement la porte de sa chambre et s'y adossa un moment, soulagé de se retrouver seul. Puis il regarda autour de lui et quelque chose lui parut bizarre. Il fit un pas, les nerfs à fleur de peau. Quelqu'un était venu ici. Sa valise, qui était fermée avant son départ, était maintenant ouverte. Était-ce un employé de l'hôtel qui avait fouillé sa chambre pendant son absence ? L'intrus était-il encore là ? Alex vérifia la salle de bains, derrière les rideaux. Personne. Il revint vers sa valise, et mit un certain temps avant de s'apercevoir que seule la Game Boy manquait. C'était donc ça ! Turner ou

Troy s'était faufilé dans sa chambre à son insu pour récupérer la console et son compteur Geiger, essentiel à leur mission.

Alex se déshabilla rapidement et se mit au lit, mais il n'avait plus sommeil. Allongé dans l'obscurité, il écoutait les vagues rouler sur la plage et contemplait les milliers d'étoiles par la fenêtre ouverte. Jamais il n'avait imaginé qu'elles pouvaient être si nombreuses, si lumineuses. Troy et Turner rentrèrent environ une demi-heure plus tard. Alex les entendit parler à voix basse sans parvenir à saisir leurs paroles. Il tira le drap sur sa tête et s'efforça de dormir.

La première chose qu'il vit en ouvrant les yeux, le lendemain matin, ce fut une feuille glissée sous sa porte. Le message était rédigé en lettres majuscules. SOMMES ALLÉS FAIRE UN TOUR. REPOSE-TOI. À PLUS TARD. MAMAN.

Alex déchira le papier en deux, puis encore en deux, jeta le tout dans la corbeille, et sortit prendre son petit déjeuner. Drôles de parents qui laissaient leur fils seul pour aller se promener. Mais peut-être existait-il de nombreuses familles de ce genre, où l'on abandonnait les enfants aux soins de gouvernantes ou de jeunes filles au pair. Il passa la matinée sur la plage avec un livre. D'autres garçons de son âge jouaient dans l'eau. Il songea à les rejoindre mais ils ne parlaient pas anglais et paraissaient assez réservés. À onze heures, ses « parents » n'étaient toujours pas revenus. Soudain Alex en eut assez de rester là tout seul. Après tout, puisqu'il était dans une l'île du bout du monde, autant la visiter. Il s'habilla et sortit pour aller au village.

La chaleur le terrassa dès qu'il quitta l'hôtel. La route s'incurvait vers l'intérieur des terres, entre une rangée d'arbustes d'un côté, et ce qui ressemblait à une plantation de tabac de l'autre – des buissons de feuilles vertes et grasses montant à hauteur d'épaule. La campagne était plate. Aucune brise ne soufflait de la mer. L'air était étouffant, immobile. Alex transpirait et des escadrons de mouches l'assaillaient, visiblement déterminées à ne pas le quitter d'un pas. Quelques bâtisses de bois blanchi par le soleil et de tôle ondulée ponctuaient le paysage. Une mouche plus hargneuse que les autres bourdonnait dans ses oreilles. Il la chassa de la main.

Il lui fallut une vingtaine de minutes pour atteindre Puerto Madre, un ancien village de pêcheurs devenu un gros bourg dense et animé. L'architecture était un étonnant amalgame de styles différents : des boutiques de bois branlantes, des maisons de marbre et de brique, d'imposantes églises de pierre. Tout était défraîchi et brûlé par le soleil. Et le soleil était partout : dans la poussière, dans les couleurs, dans les parfums d'épices et les fruits trop mûrs.

Le vacarme était assourdissant. Des radios

braillaient de la musique de jazz ou de salsa par les fenêtres. D'extraordinaires voitures américaines – antiques Chevrolet et Studebaker – encombraient les rues comme des jouets aux couleurs vives, klaxonnant pour se frayer un passage au milieu des carrioles à cheval, des vélos-taxis, des vendeurs de cigarettes et des cireurs de chaussures. De vieux messieurs en veston prenaient le soleil aux terrasses des cafés. Des femmes en robes moulantes se tenaient adossées d'un air langoureux aux encoignures de porte. Alex n'avait jamais vu un endroit aussi bruyant, aussi sale et vibrant d'une telle animation.

En marchant au hasard, il déboucha sur la grand-place, au centre de laquelle se dressait une haute statue : un soldat de la Révolution tenant un fusil, une grenade accrochée à la ceinture. Une bonne centaine d'échoppes de marché occupaient la place. On y vendait des fruits, des légumes, du café en grains, des souvenirs, des livres d'occasion, des T-shirts. Une foule animée grouillait partout, chez les marchands de glaces, dans les *fast-foods* pris d'assaut et les *paladares* – ces petits restaurants installés dans les maisons particulières.

Sur une façade, une pancarte annonçait : Plaza de la Fraternidad. Alex connaissait assez d'espagnol pour traduire : « Place de la Fraternité ». Mais il doutait de trouver beaucoup de fraternité par ici. Un homme obèse, vêtu d'un costume de lin, l'accosta.

— Des cigares, jeune homme ? De vrais havanes à très bon prix....

— Hé ! *Amigo* ! Un joli T-shirt !...

— *Muchacho* ! Amène tes parents dans mon bar...

Alex était cerné de toutes parts. Il se rendit compte à quel point il était repérable dans cette foule tropicale et bigarrée. Il avait chaud et soif. Il chercha un endroit où boire quelque chose.

C'est alors qu'il aperçut Turner et Troy assis autour d'une petite table ronde en fer, à la terrasse du restaurant le plus chic de la place, à l'ombre d'une grande vigne vierge accrochée à un mur délabré. Au-dessus d'eux, une enseigne au néon faisait la réclame des cigares Montecristo. Un homme leur tenait compagnie. Un autochtone. Tous trois discutaient avec animation. Alex s'approcha, dans l'espoir de surprendre leur conversation.

Leur compagnon avait au moins soixante-dix ans. Il était vêtu d'une chemise sombre, d'un large pantalon noir et d'un béret. Il fumait une cigarette qui semblait avoir poussé dans sa bouche et entraîné la peau avec elle. Son visage, ses bras, son cou, étaient desséchés et ravinés par le soleil. Mais, en se rapprochant, Alex vit l'éclat et l'énergie qui émanaient de ses yeux. À une remarque de Troy, le vieil homme éclata de rire, puis il prit son verre de ses longs doigts osseux et le vida d'un trait. Il s'essuya les lèvres d'un revers de main, dit quelques mots et s'en alla. Alex était arrivé trop tard pour entendre quoi que ce soit. Il décida de se faire voir.

— Alex ! sursauta Troy, d'un ton toujours aussi peu accueillant.

— Salut, maman, dit-il en s'asseyant sans y être invité. Je peux boire quelque chose ?

— Qu'est-ce que tu fais ici ? demanda Turner, la bouche pincée et dure, les yeux vides. On t'avait dit de rester à l'hôtel.

— Je croyais qu'on passait des vacances en famille ? De toute façon, j'ai fini de fouiller l'hôtel. Il n'y a pas d'armes nucléaires, au cas où ça vous intéresserait...

Turner se raidit. Troy jeta un regard nerveux autour d'elle.

— Parle moins fort ! jeta-t-elle sèchement, comme si on avait pu l'entendre dans le vacarme de la place.

— Vous m'avez menti, dit Alex. Vous n'êtes pas venus seulement pour espionner Sarov. Pourquoi ne pas m'expliquer exactement le but de votre mission ?

Il y eut un long silence.

— Qu'est-ce que tu veux boire ? demanda Troy.

Alex regarda le verre de Turner, rempli d'un liquide jaune pâle appétissant.

— C'est quoi ?

— Un *mojito*. Une spécialité locale. Rhum, jus de citron frais, glace pilée, soda et feuilles de menthe.

— C'est tentant. Je veux la même chose. Sans rhum.

Turner héla le serveur et lui passa rapidement sa commande en espagnol. Le serveur hocha la tête et partit d'un pas vif.

Pendant ce temps, Troy avait pris sa décision.

— D'accord, Alex. On va te dire ce que tu veux savoir...

— C'est contraire aux ordres ! protesta Turner.

Troy lui jeta un regard furieux.

— Tu as une autre solution ? De toute évidence, Alex est au courant pour la Game Boy.

— Le compteur Geiger, rectifia Alex.

— Oui, Alex, concéda Troy. C'est bien ça. Et la raison de notre présence ici. On te l'a caché pour ne pas t'effrayer.

— C'est très gentil à vous.

— Nous suivons les ordres. Mais... tant pis. Puisque tu en sais déjà beaucoup, autant te dire le reste. Nous pensons qu'un engin nucléaire est caché sur l'île.

— Le général Sarov ? Vous pensez qu'il a une bombe atomique ?

— On ne devrait pas parler de ça, grommela Turner, toujours réticent.

Mais Troy l'ignora et poursuivit.

— Il se passe quelque chose à Skeleton Key. Nous ne savons pas quoi mais, si tu veux la vérité, ça nous effraie vraiment. Dans quelques jours, Boris Kiriyenko, le Président russe, va venir passer deux semaines de vacances sur l'île. En soi, ça n'a rien de surprenant. Il connaît Sarov depuis très longtemps. Ils sont amis d'enfance. Et puis les Russes ne sont plus nos ennemis.

Alex connaissait déjà tout cela par Blunt.

— Mais récemment, par la plus pure des coïncidences, Sarov a attiré notre attention. Turner et moi enquêtions sur le Commis Voyageur et nous avons découvert qu'il avait mis la main sur un kilo d'uranium enrichi, sorti en fraude d'Europe de l'Est. C'est l'un des pires cauchemars auxquels les services de sécurité peuvent être confrontés. Le trafic d'uranium. Le Commis Voyageur a réussi à en obtenir et, comme si ça ne suffisait pas, il l'a vendu à...

— Sarov, dit Alex.

— Oui. Un avion s'est posé à Skeleton Key et n'en est jamais reparti. Sarov l'attendait. Ensuite, voilà qu'on apprend la rencontre prochaine entre ces deux personnages : le vieux général et le nouveau Président russe. Tu ne seras donc pas étonné d'apprendre que beaucoup de gens s'inquiètent, à Washington. C'est pourquoi nous sommes là.

Alex absorba lentement ce qu'il venait d'entendre. Il bouillait intérieurement. Blunt lui avait promis deux semaines de vacances au soleil. Or il avait plutôt l'impression d'avoir été expédié en première ligne de la Troisième Guerre mondiale.

— Mais que va faire Sarov d'une bombe atomique ?

— Si on le savait, on ne serait pas ici ! répliqua sèchement Troy.

Alex l'étudia avec attention et fut saisi de voir à quel point elle avait peur. Elle s'efforçait de ne pas le montrer mais la peur était là, dans ses yeux, dans la crispation de ses mâchoires.

— Notre boulot est de trouver le matériel nucléaire, dit Turner.

— Avec le compteur Geiger.

— Oui. Il nous faut pénétrer dans la Villa d'Oro et jeter un coup d'œil. C'est de ça que nous étions en train de discuter.

— Avec le vieux monsieur ? Qui est-ce ?

Turner poussa un soupir. Il en avait déjà dit beaucoup plus qu'il ne le souhaitait.

— Il s'appelle Garcia. C'est une taupe.

— Une taupe ?

— Il travaille pour nous, expliqua Troy. On le paie depuis des années pour qu'il nous fournisse des informations et aide nos agents sur place.

— Garcia a un bateau, reprit Turner. Et nous en aurons besoin car le seul moyen d'entrer dans la Villa d'Oro est par voie de mer. La maison est construite sur une sorte de terrasse, tout au bout de l'île. C'est une ancienne plantation de canne à sucre. Le vieux moulin est encore en état de marche. Une seule route y mène, très étroite, bordée de falaises qui tombent à pic dans la mer. Il y a des gardes et un portail surveillé. On ne peut pas passer par là.

— Mais en bateau...

— Non. Pas en bateau...

Turner hésita à continuer. Il jeta un coup d'œil à Troy, qui hocha la tête.

— Nous devrons plonger, poursuivit Turner. Nous savons une chose que Sarov ignore peut-être. Il existe un passage sous terre, qui évite les postes de sécurité. C'est une galerie naturelle, un puits à l'intérieur de la falaise qui remonte jusqu'en haut.

— Vous allez l'escalader ?

— Il y a des barreaux de fer. La famille de Garcia habite sur l'île depuis des siècles. Il connaît chaque recoin de la côte et il jure que l'échelle est toujours en place. Il y a trois cents ans, les pirates l'utilisaient pour circuler sans être vus. En bas, il y a une grotte. Le puits, qu'ils appelaient la Cheminée de l'Enfer, débouche dans le jardin. C'est par là que nous entrerons.

— Attendez, l'interrompit Alex. Vous avez dit que vous plongeriez.

— Exact, dit Turner. Le niveau de l'eau s'est élevé et l'entrée de la grotte est immergée. Une vingtaine de mètres au-dessous de la mer. Mais pour nous, c'est parfait. La plupart des gens ont oublié l'existence de la grotte et il y a peu de risques qu'elle soit gardée. Nous allons plonger avec des bouteilles, puis nous remonterons par l'échelle et nous fouillerons la villa.

— Et si vous trouvez la bombe ?

— Ce n'est pas notre problème, Alex. Notre mission s'arrête là.

Le serveur revint avec la boisson d'Alex. Il prit le verre, agréablement glacé, et but une gorgée. C'était doux et rafraîchissant.

— Je veux vous accompagner.

— Pas question ! rétorqua Troy. Pourquoi crois-tu que je t'ai raconté tout ça ? Uniquement parce que tu en savais déjà trop et que je voulais te faire comprendre combien c'est sérieux. Reste à l'écart. Ce n'est pas un jeu d'enfant. Il ne s'agit pas de zapper le méchant sur un écran d'ordinateur ! C'est la vraie vie, Alex. Tu vas rester bien sagement à l'hôtel et attendre notre retour.

— Non. Je vous accompagne, insista Alex. Vous l'avez peut-être oublié, mais nous sommes censés passer des vacances en famille ! Si vous me plantez à l'hôtel encore une fois, quelqu'un risque de le remarquer et de se poser des questions.

Turner tripotait nerveusement le col de sa chemise. Troy regardait ailleurs.

— Je ne vous gênerai pas, soupira Alex. Je ne vous demande pas de plonger avec vous. Ni de grimper dans la cheminée. Je veux juste aller avec vous sur le bateau. Réfléchissez. Si nous sommes tous les trois, ça ressemblera vraiment à une sortie familiale.

Turner hocha lentement la tête.

— Tu sais, Troy, le petit n'a pas tort...

Troy prit son verre et le fixa d'un air morose, comme si elle y cherchait une réponse.

— D'accord, concéda-t-elle enfin. Viens avec nous, puisque tu y tiens. Mais tu en resteras là, Alex. Ton travail consistait à nous aider à entrer sur l'île, et, à mon avis, ta présence n'était même pas nécessaire. Tu as vu les contrôles, à l'aéroport ? Une plaisanterie ! Mais d'accord, puisque tu es là, autant que tu nous accompagnes. À condition que tu restes tranquille. Je ne veux pas t'entendre. Je ne veux pas te voir.

— Comme tu voudras, maman.

Alex se détendit. Il avait obtenu gain de cause mais ne savait pas pourquoi il avait tant insisté. Si on lui avait donné le choix, il aurait préféré quitter l'île par le premier avion et mettre autant de distance que possible entre lui et la CIA, Sarov et toute cette sale histoire.

Malheureusement, il n'avait pas le choix. Il savait seulement qu'il ne tenait pas à se morfondre tout seul à l'hôtel. S'il y avait réellement une bombe sur l'île, il voulait être le premier à l'apprendre. Et puis ce n'était pas tout. Turner et Troy lui semblaient un peu trop confiants. Ils présumaient que la Cheminée de l'Enfer n'était pas gardée et les conduirait sans difficulté dans les jardins de la villa. Or ils avaient fait preuve de la même confiance pour la petite fête d'anniversaire du Commis Voyageur, et cela avait failli coûter la vie à Turner.

Alex vida son verre et dit :

— Bon, c'est réglé. On part quand ?

Troy resta silencieuse. Turner sortit son portefeuille pour payer les consommations et répondit :

— Tout de suite.

10

La Cheminée de l'Enfer

L'après-midi était déjà bien avancée lorsqu'ils quittèrent le port de Puerto Madre, avec son marché aux poissons et ses bateaux de plaisance. Le plan de Turner et de Troy consistait à plonger quand il faisait encore jour, puis à trouver la grotte et attendre le coucher du soleil pour se faufiler de nuit dans la Villa d'Oro.

Garcia possédait un bateau qui avait connu des jours meilleurs. Celui-ci sortit du port en ahanant, crachotant, et laissant dans son sillage un nuage de fumée noire nauséabonde. La rouille le rongeait et éclatait par endroits comme une vilaine maladie de peau. Son nom était effacé. Quelques fanions, ou plutôt des lambeaux décolorés, flottaient au mât. Six bouteilles d'oxygène, attachées à un banc et enfouies sous une bâche, constituaient le seul équipement moderne apparent.

Garcia avait accueilli Alex avec un mélange d'hostilité et de suspicion. Ensuite il avait discuté, en espagnol, avec Turner. Alex, qui avait autrefois passé près d'un an à Barcelone avec son oncle, connaissait suffisamment cette langue pour saisir l'essentiel de leur conversation.

— Vous ne m'avez pas prévenu pour le garçon. Où vous croyez-vous ? Dans une excursion touristique ? Qui est-ce ? Pourquoi l'avez-vous amené ?

— Ce ne sont pas vos affaires, Garcia. Allons-y.

— Vous avez payé pour deux passagers, grommela le vieil homme en levant deux doigts maigres. Nous étions d'accord sur deux personnes, pas plus.

— On vous a grassement payé. Inutile de discuter. Le garçon vient avec nous. Fin de la discussion !

Depuis, Garcia s'était enfermé dans un silence boudeur. D'ailleurs, même s'ils avaient eu des choses à se dire, ç'aurait été impossible à cause du vacarme du moteur. À moins de hurler.

Alex regarda défiler la côte de Skeleton Key. Blunt ne l'avait pas trompé en affirmant que l'île possédait une beauté étrange, avec ses couleurs extraordinaires, ses boqueteaux de palmiers sur les flancs des collines séparées de la mer par un lumineux ruban de sable blanc. Le soleil achevait son arc de cercle parfait au-dessus de l'horizon. Un pélican brun, lourdaud et comique sur le sol, prit son envol et plana gracieusement. Alex se sentait étonnamment en paix. Il en oubliait presque le bruit du moteur.

Au bout d'une demi-heure, la côte commença à s'élever. Ils arrivaient à la pointe nord de l'île. La végétation se raréfiait et bientôt ils longèrent une paroi rocheuse qui tombait à pic dans la mer. C'était sans doute l'isthme dont on leur avait parlé, où passait l'unique route menant à la Villa d'Oro, quelque part sur la crête. La maison n'était pas visible mais, en étirant le cou, Alex aperçut le haut d'une tour, blanche et élégante, avec un toit pointu et rouge. Une tour de guet. Une silhouette solitaire, de la taille d'un petit point noir, montait la garde. Alex devina que la sentinelle était armée.

Garcia éteignit le moteur et gagna l'arrière du bateau. Pour un homme aussi âgé, il était très habile. Il empoigna une ancre et la jeta à l'eau, puis il hissa un drapeau, nettement plus identifiable que les autres : une bande blanche en diagonale sur un fond rouge. Le signe international de la plongée sous-marine.

— Alex, nous allons plonger et nager jusqu'à la côte, annonça Troy.

Alex acquiesça et indiqua la tour où miroitait un

éclair lumineux – peut-être le reflet du soleil dans des verres de jumelles.

— Je crois qu'on nous observe, dit-il.

— Je sais, dit Troy. Aucune importance. Les plongeurs n'ont pas le droit de venir ici, mais certains le font. Les gens du coin sont habitués. Le rivage est strictement interdit mais il y a une épave engloutie, quelque part dans les bas-fonds, qui excite la curiosité. Tout ira bien du moment que nous n'attirons pas l'attention. Alors ne fais rien de stupide, Alex.

Même maintenant, elle ne pouvait s'empêcher de le sermonner. Que fallait-il donc faire pour impressionner les deux agents ? Alex préféra ne pas répliquer.

Turner enleva sa chemise, découvrant un torse musclé et imberbe. Ensuite il ôta son short et sortit une combinaison de plongée de la petite cabine du bateau. Les deux agents s'équipèrent rapidement : gilets de stabilisation, bouteilles d'oxygène, ceintures de plomb, masques et détendeurs. Garcia fumait toujours, assis sur un côté, en les observant avec un amusement tranquille comme si tout cela ne le concernait aucunement.

Ils étaient prêts. Turner ouvrit le sac étanche qu'il avait apporté et Alex y aperçut la Game Boy scellée dans un sac en plastique. Il y avait aussi des cartes, des torches, des couteaux, un fusil harpon.

— Laisse tout ça, Turner, lui dit Troy.

— Même la Game Boy ?

— Nous reviendrons la chercher. Quant à toi, Alex, écoute-moi bien. Nous allons commencer par faire un tour de reconnaissance. Ça ne devrait pas prendre plus de vingt minutes. Nous devons d'abord repérer l'entrée de la grotte et vérifier s'il n'y a pas de système de sécurité.

Elle regarda sa montre. Il était dix-huit heures trente.

— Le soleil ne se couchera pas avant une heure, reprit-elle. Je ne tiens pas à poireauter tout ce temps dans la grotte. Donc on reviendra chercher le reste du matériel et changer les bouteilles. Ensuite on y retournera. Tu n'as pas à t'inquiéter. Pour les habitants de la villa, nous ne sommes que des touristes venus plonger au soleil couchant.

— Je suis bon plongeur, dit Alex.

— On s'en moque ! coupa Turner.

— Absolument, renchérit Troy. Tu nous as convaincus de t'emmener sur le bateau. Parfait. Personnellement, j'aurais préféré que tu restes à l'hôtel. Mais peut-être avais-tu raison. Cela aurait pu éveiller les soupçons...

— Il est hors de question que tu viennes avec nous maintenant, trancha Turner en le toisant d'un regard glacial. Je ne veux pas qu'il y ait d'autres morts. Tu restes ici avec Garcia et tu nous laisses travailler.

Les deux agents vérifièrent chacun l'équipement

de l'autre, comme c'est la coutume. Pas de tuyau tordu. Bouteilles d'oxygène pleines. Ceintures de lestage. Décompression. Ensuite ils allèrent s'asseoir sur le plat-bord, dos à la mer, et enfilèrent leurs palmes. Turner adressa le signal de rigueur à Troy (l'index et le pouce formant un O). Ils abaissèrent chacun leur masque, roulèrent à la renverse par-dessus bord et disparurent presque aussitôt dans les profondeurs.

Ce fut la dernière fois qu'Alex les vit vivants.

Il s'assit avec Garcia sur le bateau qui oscillait doucement. Le soleil allait bientôt toucher la ligne d'horizon et quelques nuages rouge sombre s'étaient immiscés dans le ciel. La température était douce et agréable. Garcia tira sur sa cigarette, dont le bout rougeoya.

— Toi, américain ? demanda-t-il soudain en s'essayant à l'anglais.

— Non, anglais.

— Pourquoi tu es ici ?

Le vieil homme semblait amusé de se retrouver seul, en mer, avec un jeune Anglais.

— Je ne sais pas, répondit Alex avec un haussement d'épaules. Et vous ?

— L'argent.

C'était clair et net.

Garcia se rapprocha d'Alex et l'examina d'un regard subitement sérieux.

— Les autres... ils ne t'aiment pas, reprit-il.

— Je sais.

— Pourquoi ?

Alex s'abstint de répondre, mais Garcia le fit pour lui.

— Ce sont des grandes personnes. Ils se croient très forts. Et quand un enfant leur montre qu'il est meilleur, ça ne leur plaît pas. Surtout si l'enfant est anglais, et pas *americano* ! C'est la même chose partout dans le monde !

Garcia gloussa de rire. Que savait-il exactement de la mission des deux agents de la CIA ?

— Je n'ai pas demandé à venir, dit Alex.

— Mais tu es venu. Ils auraient été plus contents sans toi.

Le bateau grinça. Une légère brise s'était levée et les drapeaux voletaient. Le soleil baissait très vite à présent, et le ciel entier virait au rouge sang. Alex regarda sa montre. Sept heures moins dix. Les vingt minutes étaient passées. Il scruta la surface de la mer. Rien. *Nada.* Aucun signe de Turner et de Troy.

Cinq autres minutes s'écoulèrent. Alex commença à se sentir mal à l'aise. Il connaissait mal les deux agents, mais assez pour savoir qu'ils respectaient toujours la procédure à la lettre. S'ils disaient vingt minutes, c'était vingt minutes. Or ils se trouvaient sous l'eau depuis maintenant vingt-cinq minutes. Bien sûr, ils avaient de l'oxygène pour une heure, mais leur retard était préoccupant.

Un quart d'heure plus tard, ils n'étaient toujours pas revenus. Cette fois Alex ne cachait plus ses craintes. Il tournait en rond sur le bateau, guettait la surface de l'eau dans l'espoir d'apercevoir des bulles d'air qui indiqueraient leur présence. Garcia n'avait pas bougé. C'était à se demander s'il ne dormait pas. Turner et Troy avaient plongé depuis quarante minutes.

— Il y a un problème, dit Alex. Qu'est-ce qu'ils font ?

Garcia ne répondit pas. Alex s'énerva.

— Ils devaient bien avoir un plan de secours ! Ils ne vous ont rien dit ?

— Ils m'ont dit de les attendre, répondit enfin Garcia en ouvrant les yeux. J'attends une heure. J'attends deux heures. J'attends toute la nuit...

— Mais dans quinze minutes ils n'auront plus d'air !

— Ils sont peut-être dans la Cheminée de l'Enfer. Ils sont peut-être montés !

— Non ! Ce n'était pas leur plan. De toute façon, ils ont laissé leur matériel ici.

Alex prit sa décision.

— Vous avez un autre équipement de plongée ? Une autre combinaison ?

Garcia le regarda avec étonnement, puis il hocha lentement la tête.

Cinq minutes plus tard, Alex était sur le pont, en

short et T-shirt, une bouteille d'oxygène sur le dos avec deux détendeurs – dont un de secours. Il aurait préféré avoir une combinaison étanche, mais aucune n'était à sa taille. Avec un peu de chance, l'eau ne serait pas trop froide. Le gilet de stabilisation était vieux, trop grand pour lui, mais il l'avait testé et avait constaté qu'il fonctionnait. Il vérifia le manomètre, le profondimètre, la boussole. La bouteille contenait plus d'air qu'il n'en aurait besoin. Il avait également un couteau, fixé à son mollet – probablement inutile, mais rassurant. Il s'assit sur le plat-bord du bateau.

Garcia secoua la tête d'un air désapprobateur. Alex savait que le vieil homme avait raison. Chez les plongeurs, la règle veut qu'on ne s'aventure jamais seul sous l'eau. Alex avait appris à plonger avec son oncle lorsqu'il avait onze ans, et, si Ian l'avait vu maintenant, il aurait été furieux. Quand un plongeur a un problème – une valve défaillante ou un tuyau arraché – et qu'il est seul, c'est la mort assurée. Mais Alex se trouvait devant une situation d'urgence. Turner et Troy n'étaient pas remontés depuis quarante-cinq minutes et il se devait d'aller à leur secours.

— Prends ça, lui dit Garcia en lui tendant un ordinateur de plongée.

— Merci.

Grâce à cet appareil, Alex pourrait calculer son temps de plongée. Il abaissa son masque, mit l'embout du tuyau dans sa bouche et respira. Le mélange d'oxygène et d'azote afflua dans sa gorge. Cela avait un léger goût de moisi. Il croisa les mains pour maintenir le masque et le tuyau, et bascula en arrière. Son bras heurta la coque du bateau. Le monde se renversa.

Il resta à la surface un bref instant pour prendre ses repères sur la côte afin de savoir vers quel endroit nager et, plus important, comment revenir. La mer était encore tiède, mais Alex savait qu'avec le crépuscule elle fraîchirait très vite. Le froid est le pire ennemi du plongeur sous-marin. Il le prive de ses forces et de sa concentration. Plus on nage profondément, plus le froid augmente. Il ne pouvait se permettre de s'attarder. Il libéra l'air du tuyau. Aussitôt la ceinture de lestage commença à l'entraîner dans les profondeurs. La mer l'engloutit.

Il battit des pieds, en se pinçant le nez et soufflant fort pour apaiser la douleur de ses oreilles. Enfin il regarda autour de lui. La lumière du jour était encore suffisante pour éclairer la mer et Alex retint son souffle, émerveillé par la stupéfiante beauté du monde aquatique. L'eau était bleu sombre et parfaitement limpide. Tout autour, il y avait des chapelets de corail, aux formes et aux couleurs étrangères à tout ce que l'on peut trouver sur terre. Une merveilleuse sérénité l'envahit. Sa respiration résonnait dans ses oreilles et chaque rejet d'air délivrait une cascade de bulles argentées. Les bras plaqués en croix contre le torse, Alex se propulsa à coups de palmes vers la côte. Il était à quinze mètres sous l'eau, environ cinq mètres au-dessus du fond. Une famille de mérous brillamment colorés passa près de lui, avec leurs grosses lèvres, leurs yeux saillants et leurs corps bizarres et difformes. Hideux et magnifiques à la fois. Alex n'avait pas plongé depuis un an et il regrettait de ne pouvoir profiter du spectacle. Il battit des pieds. Les mérous s'enfuirent, alarmés.

Il ne lui fallut pas longtemps pour atteindre la falaise. Ce n'était bien sûr pas un mur lisse, mais une paroi de roche, de corail, d'algues et de faune marine. Une chose vivante. D'énormes gorgones – ces drôles d'animaux aquatiques qui ressemblent à des végétaux en forme d'éventails, avec leurs nervures et leurs ramifications – ondulaient doucement. Des bouquets de coraux s'épanouissaient, innombrables. Une colonie de petits poissons argentés le doubla. Une murène se glissa derrière une roche. Alex jeta un coup d'œil à l'ordinateur de plongée. Apparemment il fonctionnait. Le cadran indiquait qu'il était sous l'eau depuis sept minutes.

Restait à trouver l'entrée de la grotte. Il se força à ignorer le spectacle somptueux du monde sousmarin pour se concentrer sur la paroi rocheuse. Le moment passé à prendre ses repères avant de plonger se révéla utile. Il savait approximativement où se trouvait la tour de la Villa d'Oro par rapport au bateau et il nagea dans cette direction, la paroi rocheuse à sa gauche. Quelque chose de long et de sombre fila loin au-dessus de lui. Alex l'aperçut du coin de l'œil mais la chose avait déjà disparu lorsqu'il leva la tête. Était-ce un bateau ? Il descendit de deux mètres, cherchant la grotte.

Finalement, elle n'était pas difficile à trouver. L'entrée circulaire ressemblait à une bouche béante. Et l'impression se renforça quand Alex s'en approcha pour regarder à l'intérieur. La grotte n'avait pas toujours été immergée et, pendant une longue période – des millions d'années –, des stalactites et des stalagmites s'étaient formées. Leurs lances effilées jaillissaient de la voûte et du sol. Comme d'habitude, Alex était incapable de savoir lesquels montaient, lesquels descendaient. Même de l'extérieur, l'endroit avait quelque chose de menaçant. On avait un peu l'impression de regarder dans la gueule ouverte d'un monstre marin. Les stalactites et les stalagmites ressemblaient à des dents acérées prêtes à vous lacérer.

Pourtant il devait y entrer. La grotte était peu profonde et vide, hormis les formations rocheuses, avec un sol sableux. C'était déjà ça. S'enfoncer trop loin dans une grotte sous-marine au coucher du soleil était vraiment de la folie. De l'entrée on apercevait la paroi du fond, et les premiers barreaux de fer. Ils étaient déformés et rougis par la rouille, recouverts de vase et de corail, mais c'étaient de vrais barreaux fabriqués par la main de l'homme, qui disparaissaient dans le boyau que formait la Cheminée de l'Enfer et continuaient probablement jusqu'au sommet. Aucun signe de Troy ni de Turner. Les deux agents avaient-ils finalement décidé de monter ? Fallait-il les suivre ?

Alex s'apprêtait à s'engager dans la grotte lorsqu'un nouveau mouvement, à la lisière de son champ de vision, l'arrêta net. La forme qu'il avait entrevue un peu plus tôt était revenue. Intrigué, il leva la tête... et se figea, le souffle coupé. Les dernières petites bulles s'échappèrent du tuyau et montèrent vers la surface en se pourchassant. Alex cherchait désespérément à maîtriser sa peur. Il avait envie de hurler. Mais, sous l'eau, c'est impossible.

La chose qu'il avait prise pour un bateau était en réalité un grand requin blanc, d'au moins trois mètres de long, qui tournait en cercles au-dessus de lui. Cette vision était tellement irréelle, tellement saisissante, qu'il n'en crut pas ses yeux. Ce devait être une illusion, un mirage. Le fait même que le requin fût si près paraissait insensé. Alex vit le ventre blanc, les deux rangées de nageoires, la gueule en forme de croissant avec ses dents aiguisées comme des lames de rasoir. Et les yeux ronds, effrayants, noirs comme l'enfer. Avait-il aperçu Alex ?

Alex se força à respirer. Son cœur tambourinait. Et

pas seulement son cœur, son corps tout entier. Il entendait sa respiration, amplifiée, résonner dans sa tête. Ses jambes inertes refusaient de bouger. Il était terrifié. Jamais il n'avait éprouvé une telle frayeur.

Que savait-il des requins ? Le grand blanc allait-il l'attaquer ? Alex essaya de réunir ses maigres connaissances.

Il existe trois cent cinquante espèces de requins, mais très peu attaquent l'homme. Le grand blanc – *carcharodon carcharias* – est l'un d'eux. Ça commençait mal. Toutefois les attaques de squales sont rares. Une centaine de personnes seulement sont tuées chaque année. Beaucoup plus périssent dans les accidents de voiture. Mais, d'un autre côté, les eaux cubaines sont réputées dangereuses. Celui-ci évoluait seul...

... il continuait d'effectuer des cercles, comme s'il attendait le bon moment..

Mais peut-être n'avait-il pas vu Alex ? Non. Impossible. Les yeux du requin sont dix fois plus sensibles que ceux de l'être humain. Même dans l'obscurité il est capable de voir à huit mètres. D'ailleurs, il n'a même pas besoin d'yeux, il possède des sortes de récepteurs dans le museau, qui peuvent détecter le plus infime courant électrique. Le battement d'un cœur, par exemple.

Alex s'efforça au calme. Son propre cœur générait

des petites décharges électriques. Sa terreur guiderait le requin vers lui. Il devait se détendre !

Quoi d'autre ? Ne pas provoquer de remous, ne pas faire de mouvements brusques. Les conseils de son oncle lui revinrent en mémoire. Un requin est attiré par les objets métalliques brillants, par les vêtements très colorés, et par le sang frais. Alex tourna lentement la tête. Sa bouteille d'oxygène était peinte en noir. Son T-shirt, blanc. Il ne saignait pas. À moins que...

Il examina ses mains et découvrit l'écorchure juste au-dessus de son poignet gauche. C'était bénin. Il ne sentait rien mais se rappela s'être éraflé le bras contre la coque du bateau en se mettant à l'eau. Un mince filet de sang, plus brun que rouge, s'échappait de la blessure.

Mince, mais suffisant. Un squale détecte une goutte de sang dans cent litres d'eau. Qui lui avait appris cela ? Alex ne s'en souvenait pas mais savait que c'était vrai. Le requin l'avait senti...

... et continuait de le sentir, en se rapprochant peu à peu...

Les cercles se resserraient. Les nageoires du requin étaient baissées. Son dos arqué. Il se mouvait de façon étrange, saccadée. Trois signes classiques d'une attaque imminente. Alex comprit qu'il ne lui restait que quelques secondes entre la vie et la mort. Lentement, en essayant de ne provoquer aucun remous dans l'eau, il tendit la main vers sa jambe. Le couteau était là, fixé à son mollet. Il le détacha. Une arme dérisoire face à la masse impressionnante du grand blanc. Une lame ridicule comparée aux dents de l'animal. Pourtant Alex se sentit un peu rasséréné. C'était mieux que rien.

Il regarda autour de lui. Hormis la grotte, il n'y avait aucune cachette possible. Et la grotte ne lui servirait à rien. L'entrée était trop large. S'il y entrait, le requin le suivrait. Toutefois, s'il parvenait jusqu'à l'échelle, il pourrait peut-être monter les barreaux de la Cheminée de l'Enfer et sortir à l'air libre, dans les jardins de la Villa d'Oro. Aussi redoutable que pût être le général Sarov, il ne pouvait l'être autant que le requin.

Alex prit sa décision. Lentement, sans quitter des yeux le grand blanc, il se déplaça vers l'entrée de la grotte. Pendant un instant, il crut que le requin s'était désintéressé de lui et s'éloignait. Mais c'était une ruse. La bête se retourna et s'élança comme une flèche dans sa direction. Alex plongea. Un gros rocher rond se trouvait à côté de l'entrée de la grotte et il se plaqua dans un recoin. Ce fut efficace. Le requin dévia sa course pour éviter le rocher. Au même instant, Alex se jeta en avant avec le couteau. Son bras vibra quand la lame entailla le flanc de l'animal, juste sous les deux nageoires avant. Le sang laissa une traînée dans son sillage, pareille à une fumée brunâtre. Mais Alex savait qu'il l'avait à peine entaillé. C'était tout juste un coup d'épingle. Il n'avait fait que l'enrager davantage.

Pire, lui-même s'était mis à saigner. Dans son mouvement de recul, il s'était écorché les bras et les jambes sur les coraux. Il n'avait pas mal. La douleur viendrait plus tard. Mais il avait commis une erreur. Il se signalait au requin comme s'il brandissait une enseigne publicitaire : viande fraîche et bien saignante ! Ce serait un miracle si une douzaine de copains du grand blanc ne venaient pas partager son festin.

Le requin avait momentanément pris le large. Alex n'avait maintenant plus d'autre choix que de se replier dans la grotte. L'entrée n'était qu'à quelques mètres sur sa gauche. Deux ou trois battements de palmes et il y serait. Ensuite, il devrait se faufiler entre les stalactites et les stalagmites jusqu'à l'échelle. L'atteindrait-il à temps ?

Alex nagea de toutes ses forces et, dans ses mouvements désespérés, lâcha le couteau. Il pesta mais, de toute façon, cela ne lui aurait été d'aucun secours. L'entrée de la grotte s'ouvrit devant lui...

Trop tard ! Le requin fondait sur lui à pleine vitesse. Ses yeux paraissaient énormes. Sa gueule était ouverte dans un rictus qui contenait toute la haine du monde. Et, dans la gueule, ses dents meurtrières hachaient l'eau. Alex se rejeta en arrière à la dernière seconde. Le requin le manqua de quelques centimètres et, emporté par son élan, s'engouffra dans la grotte. Déjà il faisait demi-tour pour lancer une nouvelle attaque. Cette fois, il ne se laisserait pas prendre au leurre du rocher. Alex était en plein dans son axe de vision.

C'est alors que la chose se produisit. Il y eut un bourdonnement métallique et, soudain, les stalagmites descendirent du sol de la grotte et les stalactites tombèrent du plafond. Leurs crocs acérés embrochèrent le requin. Le sang envahit l'eau. Alex vit les yeux effrayés du squale et sa tête qui se débattait follement. Il pouvait presque l'imaginer hurlant sa douleur. Le requin était totalement emprisonné dans les mâchoires d'un monstre encore plus terrifiant que lui. Que s'était-il passé ? Choqué et incrédule, Alex contemplait la scène. Peu à peu le sang se dissipa et il comprit.

C'était la seconde erreur commise par Turner et Troy. Contrairement à ce qu'ils avaient cru, Sarov connaissait l'existence de la Cheminée de l'Enfer et avait pris ses dispositions pour que personne ne pût y accéder. Les stalagmites et les stalactites n'avaient rien de naturel. Elles étaient en fer, non en pierre, et montées sur une sorte de ressort hydraulique. En entrant dans la grotte, le requin avait sans doute activé un rayon infra-rouge, qui avait à son tour déclenché le mécanisme. Sous le regard stupéfait d'Alex, les lances mortelles se rétractèrent dans le sol et le plafond, et le cadavre du requin fut aspiré dans une trappe. Il y avait même un système d'évacuation des déchets ! Alex commençait à comprendre la nature du propriétaire de la Villa d'Oro. Cet homme-là ne laissait rien au hasard.

Les deux agents de la CIA avaient connu le même sort que le requin. Alex en eut la nausée. Son seul désir était de filer d'ici au plus vite. Pas seulement hors de l'eau, mais hors du pays.

Un peu de sang continuait à flotter dans l'eau et Alex battit fébrilement des pieds, de peur de voir arriver d'autres squales. Mais il ne devait pas céder à la panique. Au contraire, il devait se forcer au calme et mesurer sa remontée à la surface. Lorsqu'un plongeur remonte trop vite, l'azote reste bloqué dans son sang et peut causer une maladie douloureuse et parfois mortelle, appelée maladie des caissons. C'était la dernière chose dont il avait besoin. Il resta cinq minutes à trois mètres de profondeur – dernier palier de sécurité – avant d'émerger à l'air libre. Le paysage avait totalement changé pendant qu'il était sous l'eau. Le soleil avait sombré derrière l'horizon et le ciel, la mer, la terre, l'atmosphère s'étaient teintés de grenat. Le bateau de Garcia n'était plus qu'une silhouette noire à une vingtaine de mètres. Alex nagea vers lui. Soudain il eut froid. Ses dents claquaient.

Mais peut-être claquaient-elles depuis sa rencontre avec le requin.

Il atteignit le bateau. Garcia était toujours assis sur le banc, une cigarette aux lèvres, mais il ne fit pas un geste pour l'aider.

— Merci, grommela Alex.

Il ôta son gilet de stabilisation et la bouteille d'oxygène et les mit dans le bateau avant de s'y hisser à son tour. Il grimaça de douleur. Hors de l'eau, la douleur des coupures que lui avaient infligées les coraux se réveilla. Mais il n'avait pas le temps de s'en occuper pour l'instant. Dès qu'il fut sur le pont, il défit sa ceinture de lestage et la laissa tomber en tas avec le masque. Il sortit une serviette du sac de Turner et se sécha. Puis il s'approcha de Garcia.

— Il faut partir. Turner et Troy sont morts. La grotte est un piège. Vous comprenez ? Ramenez-moi à l'hôtel.

Garcia ne répondit pas. Alex s'aperçut tout à coup que sa cigarette n'était pas allumée. Bizarre. Il toucha l'épaule du vieil homme. Celui-ci bascula lourdement en avant. Il avait un couteau planté dans le dos.

Brusquement, quelque chose de dur se pressa entre les omoplates d'Alex, et une voix qui avait beaucoup de mal à articuler chuchota derrière lui.

— Un peu tard pour se baigner, non ? Je te conseille de ne pas bouger.

Un hors-bord, amarré dans l'obscurité de l'autre côté du bateau de Garcia, s'anima subitement. Le moteur vrombit et des projecteurs s'allumèrent. Alex était pétrifié. Deux autres hommes montèrent à bord du vieux bateau et échangèrent quelques mots en espagnol. Alex eut juste le temps d'entrevoir les visages sombres et grimaçants des *macheteros* de Sarov, avant qu'ils ne lui mettent un sac sur la tête. Quelque chose lui toucha le bras, le piqua, et il comprit qu'on venait de lui injecter une drogue à l'aide d'une seringue hypodermique. Presque aussitôt, ses jambes se dérobèrent sous lui et il serait tombé si des mains invisibles ne l'avaient retenu.

Ensuite on le souleva sans ménagement. Il regretta presque d'avoir échappé au requin. Les hommes qui le transportèrent sur le hors-bord le manipulaient comme s'il était déjà mort.

11

Le broyeur

Alex était incapable de bouger.

Il était étendu sur le dos, sur une surface dure et visqueuse. Lorsqu'il voulut soulever ses épaules, son T-shirt resta collé. Il avait l'impression d'être englué dans quelque chose. La drogue qu'on lui avait injectée lui avait ôté toutes ses forces. Le sac lui recouvrait toujours la tête. Il savait qu'on l'avait ramené à terre sur le hors-bord. Ensuite on l'avait chargé dans une sorte de camionnette pour le conduire ici. Il avait entendu des bruits de pas, des mains brutales l'avaient saisi et porté comme un sac de pommes de terre. Il avait deviné la présence de trois ou quatre hommes, mais ceux-ci avaient très peu parlé. L'un d'eux était celui qui s'était adressé à lui sur le bateau. Il avait grommelé quelques mots en espagnol. Mais sa voix était si indistincte, ses paroles si confuses qu'Alex n'avait rien compris.

Des doigts frôlèrent sa nuque et le sac lui fut brusquement retiré. Il cligna des yeux. Il était allongé dans un entrepôt brillamment éclairé, ou une usine. La première chose qu'il vit fut l'infrastructure métallique qui supportait le toit, avec des lampes à arc suspendues sur des traverses. Les murs étaient en briques nues, blanchies à la chaux, le sol dallé de tommettes. Des machines encadraient Alex. Pour la plupart, des machines agricoles datant de plus de cent ans. Il y avait des chaînes, des seaux, et tout un système compliqué de poulies reliées à des roues métalliques qui semblaient sorties d'une gigantesque montre ancienne, à côté de deux chaudrons en terre cuite. Plus loin, il remarqua d'autres chaudrons, et un mécanisme de filtrage, avec des tuyaux partant dans toutes les directions. Alex s'aperçut qu'il était allongé sur un long tapis roulant. Il essaya de se redresser, de glisser sur le côté, mais son corps refusa de lui obéir.

Un homme entra dans son champ de vision.

Alex croisa deux yeux qui ne formaient pas véritablement une paire : ils n'étaient pas positionnés correctement sur le visage et l'un d'eux était injecté de sang. C'était à se demander si l'homme pouvait voir quelque chose. Il avait été horriblement accidenté. Une moitié de son crâne était chauve. Sa bouche pendait. Sa peau paraissait morte. Dans un concours de beauté, il n'aurait même pas pu égaler le grand requin blanc.

Deux ouvriers au teint mat et à la mine hostile se tenaient derrière lui. Mal vêtus, moustachus, coiffés d'un bandana, ils se taisaient et n'avaient pas l'air d'être intéressés par ce qui se passait.

— Ton nom ? questionna l'homme, dont les mouvements de la bouche ne coïncidaient pas avec les paroles qu'elle prononçait, au point qu'Alex avait l'impression de regarder un film mal doublé.

— Alex Gardiner.

— Ton vrai nom ?

— Je viens de vous le dire.

— Tu mens. Tu t'appelles Alex Rider.

— Pourquoi le demander si vous connaissez la réponse ?

L'homme hocha la tête comme s'il trouvait la question justifiée.

— Mon nom est Conrad. Nous nous sommes déjà vus.

— Ah oui ?

Alex s'efforça de rassembler ses souvenirs et la mémoire lui revint. C'était l'homme à lunettes de soleil et chapeau de paille qu'il avait aperçu clopiner sur le quai de Miami !

— Que viens-tu faire ici ? questionna Conrad.

— Je suis en vacances avec mes parents, répondit Alex, bien décidé à s'en tenir à la version du garçon de quatorze ans ordinaire et inoffensif. Où sont-ils ? Pourquoi m'avez-vous amené ici ? Qu'est-il arrivé au capitaine du bateau ? Je veux rentrer chez moi !

— Où habites-tu ?

— À Los Angeles. Las Flores Road, West Hollywood...

— Non, coupa Conrad sans la moindre hésitation. Ton accent est très convaincant mais tu n'es pas américain. Tu es anglais. Les gens qui t'accompagnaient s'appellent Tom Turner et Belinda Troy. Des agents de la CIA. Ils sont morts.

— Je ne sais pas de quoi vous parlez. Vous vous trompez de personne.

Conrad sourit. Ou plutôt un côté de sa bouche sourit. L'autre côté se tordit atrocement.

— Mentir est stupide et c'est une perte de temps. Je veux savoir pourquoi tu es ici. C'est une expérience inhabituelle d'interroger un enfant, mais j'en suis ravi. Tu es le seul survivant. Alors, Alex Rider, réponds-moi. Pourquoi es-tu venu à Skeleton Key ? Quels étaient tes plans ?

— Je n'avais aucun plan !

En dépit de tout, Alex refusait de céder. Il continuait de parler avec l'accent américain.

— Mon père est producteur de cinéma. Il n'a rien

à voir avec la CIA. Qui êtes-vous ? Et pourquoi m'avez-vous ligoté ?

— Je perds patience ! gronda Conrad, comme s'il faisait un effort surhumain pour parler. Réponds à mes questions !

— Je suis en vacances ! Je viens de vous le dire !

— Tu as menti. Maintenant je veux la vérité !

Conrad se pencha derrière le tapis roulant et prit un boîtier en métal muni de deux boutons – un rouge et un vert –, relié à un câble. Il appuya sur le bouton vert. Aussitôt, Alex sentit sous lui une vibration. Une sonnerie retentit. Quelque part dans l'usine, quelque chose vrombit. Une machine s'était mise en route. Quelques secondes plus tard, le tapis roulant s'anima.

Alex rassembla ses forces pour lutter contre la drogue qui lui paralysait le corps, et s'obligea à redresser la tête pour regarder par-dessus ses pieds. Ce qu'il vit lui causa un choc. Il eut un vertige et crut qu'il allait s'évanouir. Le tapis roulant l'entraînait vers deux énormes meules tournantes, à environ sept mètres devant lui. Elles étaient placées l'une au-dessus de l'autre, et si rapprochées qu'elles se touchaient presque. Le tapis roulant s'arrêtait juste avant le point de rencontre. Et Alex gisait totalement impuissant sur le tapis roulant qui progressait à une vitesse approximative de dix centimètres par seconde. Le calcul était simple. Il lui faudrait un peu plus d'une minute pour atteindre les meules. Là, il serait broyé.

— Sais-tu comment on fabriquait le sucre ? demanda Conrad. Cette usine où nous sommes est un moulin à sucre. Autrefois on utilisait des machines à vapeur. Aujourd'hui tout est électrique. La canne à sucre était apportée par les *colonos*, les fermiers. On la coupait et on la mettait sur un tapis roulant pour la défibrer. Ensuite on la filtrait et on attendait que l'eau s'évapore. Le sirop qui restait était alors versé dans des chaudrons, que l'on chauffait jusqu'à ce que se forment les cristaux.

Conrad s'interrompit pour reprendre son souffle.

— Toi, Alex, tu te trouves au début de la chaîne de fabrication. Tu vas passer dans le broyeur. Imagine les souffrances qui t'attendent. Tes orteils seront aspirés les premiers, puis ton corps tout entier, centimètre par centimètre. Après les orteils, les pieds. Les jambes. Les genoux. Combien de temps tiendras-tu avant de sombrer dans le soulagement de la mort ? Penses-y !

Conrad souleva le boîtier en métal en montrant à Alex les deux boutons.

— Dis-moi ce que je veux savoir et j'appuie sur le bouton rouge qui arrêtera la machine.

— Vous vous trompez ! cria Alex. Vous ne pouvez pas faire ça !

— Oh mais si ! Et je ne me trompe jamais. Je t'en prie, ne perds pas de temps. Il t'en reste si peu...

Alex redressa de nouveau la tête. Les meules de pierre se rapprochaient à chaque seconde. Il percevait leur vibration transmise par le tapis roulant.

— Que savaient les deux agents de la CIA ? Pourquoi étaient-ils ici ?

Alex laissa retomber sa tête. Il regarda les deux hommes derrière Conrad. Allaient-ils intervenir ? Leurs visages étaient inexpressifs.

— Je vous en prie... ! cria Alex.

Inutile. Cet homme n'avait aucune pitié. Alex serra les dents pour ravaler sa peur. Il avait envie de pleurer. Des larmes lui piquaient les yeux. Il n'avait jamais voulu ça. Il n'avait pas demandé à travailler pour le MI 6 ni pour la CIA. Pourquoi devrait-il subir le sort d'un espion ?

— Il te reste moins d'une minute..., l'avertit Conrad.

Alex prit sa décision. À quoi bon subir en silence une mort atroce ? Il ne jouait pas le rôle du héros dans un film d'espionnage. Il n'était qu'un collégien et tout le monde – Blunt, Mme Jones, la CIA – l'avait trompé pour l'attirer ici. De toute façon, Conrad connaissait déjà son vrai nom et savait que Turner et Troy étaient des agents américains. La seule information qu'il pouvait lui fournir était que la CIA recherchait une bombe nucléaire. Pourquoi ne pas l'avouer ? Cela convaincrait peut-être Sarov de ne pas l'utiliser.

— Ils cherchaient une bombe ! Une bombe nucléaire. Ils ont appris que Sarov a acheté de l'uranium. Ils sont venus sur l'île avec un compteur Geiger. Ils voulaient entrer dans la villa.

— Comment l'ont-ils appris ?

— Je ne sais pas...

— Quarante-cinq secondes.

Le grondement du broyeur était de plus en plus fort. Les meules étaient à moins de deux mètres. Alex sentait le souffle de l'air qui passait entre les deux pierres. Le fait qu'il ne fût pas attaché rendait sa situation plus terrifiante. Il ne pouvait pas bouger ! La drogue l'avait transformé en une pièce de viande vivante prête à être hachée menu. La sueur ruisselait sur son visage et son cou.

— C'est Turner qui l'a découvert ! cria Alex. Il l'a appris par le Commis Voyageur avec qui il était en contact sous un faux nom. La CIA sait qu'il a vendu de l'uranium et soupçonne la fabrication d'une bombe.

— Ils connaissent la cible ?

— Non ! Je n'en sais rien. Ils ne m'ont rien dit. Maintenant arrêtez cette machine et sortez-moi de là !

Conrad réfléchit un instant avant de répondre.

— Non.

— Quoi ? hurla Alex, qui entendit à peine sa voix couverte par le bruit des meules.

— Tu as été un vilain garçon, Alex. Et les vilains garçons doivent être punis.

— Mais vous disiez...

— J'ai menti. Comme toi. Je dois te tuer. Tu ne me sers plus à rien...

Alex crut devenir fou. Il chercha la force de se débattre et de fuir le tapis roulant. Son esprit savait ce qu'il voulait mais son corps refusait d'obéir. Il leva la tête. Ses pieds se rapprochaient des meules. Conrad recula d'un pas, savourant déjà le spectacle. Les deux ouvriers s'occuperaient ensuite du nettoyage.

— Non ! hurla Alex.

— Adieu, petit, grimaça Conrad.

C'est alors qu'une autre voix s'éleva, dans une langue inconnue d'Alex.

Conrad lui répondit mais Alex ne l'entendit pas à cause du vacarme. Il vit seulement ses lèvres bouger.

Ses pieds étaient à cinq centimètres des meules. Quatre centimètres. Trois centimètres, deux centimètres...

Un coup de feu claqua.

Des étincelles. Une odeur de fumée.

Les meules tournaient toujours, mais le tapis roulant s'était immobilisé.

Puis la voix inconnue reprit, mais en anglais cette fois :

— Mon cher Alex. Je suis désolé. Tu vas bien ?

Alex voulut crier le pire des jurons qu'il connaissait, mais il resta sans voix. Il ne pouvait même plus respirer.

Puis, avec un sentiment de gratitude, il s'évanouit.

— Je te demande de pardonner à Conrad. C'est un excellent assistant. Il m'est très utile de bien des façons, mais il est parfois un peu trop... enthousiaste.

Alex avait repris conscience dans la chambre la plus somptueuse qu'il eût jamais vue. Il était allongé sur un lit à baldaquin, face à un immense miroir dans un cadre doré. Tous les meubles étaient anciens et dignes de figurer dans un musée. Il y avait un coffre peint au pied du lit, une immense armoire avec des portes sculptées, un chandelier à cinq branches. La fenêtre, encadrée de doubles rideaux, était obstruée par une grille en fer forgé.

L'homme vêtu d'un costume sombre, qui s'était présenté comme le général Alexei Sarov, se tenait assis sur une chaise à côté du miroir. Il avait les jambes croisées, le dos droit. Alex examina son visage couronné de cheveux gris, ses yeux bleus intelligents. Il reconnut la voix du moulin à sucre et comprit que le général lui avait sauvé la vie. Il faisait nuit. Quelqu'un avait habillé Alex d'une chemise de nuit blanche qui lui descendait aux genoux. Il se demanda combien de temps il avait dormi. Et depuis combien de temps le Russe attendait son réveil.

— Tu as faim ? demanda-t-il.

— Non.

— Soif ?

— Oui.

Sarov prit une aiguière en argent posée sur la table de nuit et versa de l'eau dans un verre de cristal.

Alex tendit la main et constata avec soulagement que l'effet de la drogue s'était dissipé pendant son sommeil. Il but. L'eau était glacée.

— Conrad n'avait pas reçu l'ordre de t'éliminer, dit Sarov dans un anglais impeccable. Bien au contraire, dès que j'ai appris qui tu étais, j'ai eu très envie de te connaître.

Cela laissa Alex perplexe, mais il préféra ne pas approfondir le sujet pour l'instant.

— Comment avez-vous découvert qui j'étais ? demanda-t-il simplement, sachant qu'il ne servait plus à rien de feindre.

— Nous disposons d'un service de sécurité très élaboré, aussi bien ici qu'à La Havane, se borna à répondre le général. Tu as passé un sale moment.

— Les gens que j'accompagnais en ont connu de pires.

Le général chassa sa remarque d'un geste, comme si c'était un détail.

— Tes amis sont morts. Mais étaient-ils vraiment tes amis, Alex ? Quels imprudents ! Je connaissais évidemment l'existence de la Cheminée de l'Enfer lorsque j'ai emménagé à la Villa d'Oro. Et j'ai fait construire un système de défense. La plongée est interdite de ce côté de l'île. Aussi, lorsqu'un plongeur aventureux est assez fou pour pénétrer dans la grotte, il paye le prix de sa curiosité. On m'a dit qu'un requin avait été tué...

— Un grand blanc.

— Tu l'as vu ?

Alex se tut. Sarov joignit les mains et posa le menton sur le bout de ses doigts.

— Tu es à la hauteur de ta réputation, Alex. J'ai lu ton dossier. Tu es orphelin. Tu as été élevé par un oncle qui était lui-même un espion. Tu as été entraîné par le Special Air Service, et envoyé pour ta première mission dans le sud de l'Angleterre. Puis, quelques semaines plus tard, en France. Certains diraient que tu as une chance du diable mais je ne crois pas au diable. Pas plus qu'à Dieu. En revanche je crois en toi, Alex. Tu es un garçon exceptionnel.

Alex en avait assez de ces flatteries. Il y percevait quelque chose de sinistre et de menaçant.

— Pourquoi suis-je ici ? Que voulez-vous de moi ?

— La raison de ta présence est assez évidente. Conrad voulait te tuer, je l'en ai empêché. Mais je ne peux t'autoriser à retourner à l'hôtel, encore moins à quitter l'île. Considère-toi comme mon prisonnier, Alex. Si tant est que la Villa d'Oro soit une prison, j'espère que tu la trouveras confortable. Quant à ce que j'attends de toi... nous en reparlerons demain. Il est tard, dit Sarov en se levant.

— C'est vrai, cette histoire de bombe nucléaire ?

— Oui.

Une partie du puzzle se mettait en place.

— Vous avez acheté de l'uranium à un homme surnommé le Commis Voyageur. Ensuite vous avez donné l'ordre à Conrad de l'éliminer. C'est lui qui a fait exploser son bateau.

— Exact.

Ainsi donc, Alex ne s'était pas trompé. Conrad était bien l'homme qu'il avait aperçu à Miami, et qui avait placé un engin explosif sur le *Mayfair Lady*. C'était la dynamite et non le feu qui avait causé la destruction du bateau et la mort des matelots. Turner et Troy avaient accusé Alex à tort.

— Et cette bombe, poursuivit Alex, qu'est-ce que vous comptez en faire ?

— Tu as peur ?

— Je voudrais savoir, c'est tout.

Le général réfléchit.

— Pour l'instant, je vais juste te confier une chose, Alex. Je suppose que tu ne connais rien sur mon pays. Avant, c'était l'URSS. L'Union des républiques socialistes soviétiques. Aujourd'hui, c'est la Russie. J'imagine que l'on n'enseigne pas cela dans les écoles occidentales.

— Je sais que le communisme est mort, si c'est votre question. Et il est un peu tard pour un cours d'histoire.

— Mon pays était autrefois une grande puissance mondiale, continua Sarov sans tenir compte de sa remarque. C'était l'une des nations les plus influentes. Qui a envoyé le premier homme dans l'espace ? Nous ! Qui a accompli les plus grands progrès scientifiques et technologiques ? Quel pays était le plus redouté des autres ? Nous. Mais tu as raison, Alex, le communisme est mort. Et qu'y a-t-il à la place ?

Un éclair de colère traversa fugitivement le regard bleu de Sarov.

— La Russie est aujourd'hui une nation de seconde importance. Il n'y a plus ni loi ni ordre. Les prisons sont vides et les criminels contrôlent les rues. Des millions de Russes se droguent. Des millions ont le sida. Des femmes et des enfants se prostituent pour vivre. Et tout ça pour quoi ? Pour que les gens mangent des hamburgers chez McDonald's, s'habillent de jeans Levis, et utilisent leurs téléphones mobiles sur la place Rouge !

Le général Sarov se dirigea vers la porte et ajouta :

— Tu veux savoir mes intentions, Alex ? C'est

simple. Je vais tourner la page et réparer les dégâts des trente dernières années. Je vais rendre à mon pays sa fierté et sa position sur la scène mondiale. Je ne suis pas un homme mauvais, Alex. J'ignore ce que tes supérieurs t'ont dit de moi, mais mon seul désir est d'enrayer la maladie qui ronge mon peuple, et de rendre le monde meilleur. J'espère que tu me crois. J'aimerais beaucoup que tu en viennes à partager mes vues.

— Vous avez une bombe nucléaire, dit Alex lentement. Je ne comprends pas. Comment une bombe peut-elle vous aider à accomplir vos projets ?

— Tu le sauras... en temps voulu. Nous prendrons le petit déjeuner ensemble, demain matin. À neuf heures. Ensuite je te ferai visiter la propriété.

Le général Sarov fit un signe de la tête et sortit.

Alex attendit une minute avant de se glisser hors de son lit. Il jeta un coup d'œil par la fenêtre, qui donnait sur un patio, puis revint vers la porte. Bien entendu, elle était fermée à clé. Sarov n'avait pas menti en décrivant la Villa d'Oro comme une prison.

12

La maison des esclaves

Un coup frappé à la porte réveilla Alex peu après huit heures le lendemain matin. En s'asseyant dans le lit, il découvrit une femme en robe noire et tablier blanc qui apportait ses bagages. Sarov avait dû envoyer quelqu'un les chercher à l'hôtel. Alex attendit que la femme fût partie pour se lever et ouvrir la valise. Toutes ses affaires étaient là, ainsi que le porte-clé « Michael Owen » et les chewing-gums de Smithers. Seul le téléphone mobile manquait. Sarov ne voulait pas qu'il puisse entrer en contact avec l'extérieur.

Après les déclarations du général, la veille au soir, Alex préféra laisser son jean dans la valise et opta pour un short large, un T-shirt uni et des sandales. Il s'habilla et s'approcha de la fenêtre. Le patio qu'il avait vu plongé dans l'obscurité pendant la nuit se trouvait maintenant baigné de soleil. De forme rectangulaire, il était entouré d'arcades à colonnades et d'une allée dallée de marbre. Deux domestiques ratissaient le sable fin qui recouvrait le sol. Deux autres arrosaient les plantes. Alex leva les yeux sur la tour de guet qu'il avait aperçue du bateau. Une sentinelle y montait la garde, armée d'une mitraillette.

À neuf heures moins dix, on frappa de nouveau à la porte. Cette fois c'était Conrad, vêtu d'une chemise noire boutonnée jusqu'au cou, d'un pantalon noir et de sandales qui découvraient quatre orteils à un pied, et trois à l'autre.

— *Desayuno* ! annonça-t-il comme si ce simple mot lui écorchait la bouche.

Desayuno. Petit déjeuner, en espagnol.

Manifestement, Conrad n'était pas ravi de le voir. Il avait eu d'autres projets pour l'avenir d'Alex.

— Bonjour, Conrad ! dit Alex en se forçant à sourire.

Après les événements de la veille, il était bien décidé à lui montrer qu'il n'avait pas peur de lui.

— Tiens ! On dirait que vous avez oublié quelques-uns de vos orteils.

Il passa devant Conrad et sortit dans le couloir. Aussitôt, Conrad se colla derrière lui.

— Tu n'es pas tiré d'affaire, murmura-t-il. Le général peut encore changer d'avis.

Alex continua de marcher sans répondre. Il déboucha dans une large galerie qui surplombait un autre patio. En bas, des colonnes blanches entouraient une fontaine. L'air était parfumé. Le bruit cristallin de la fontaine résonnait dans toute la maison. Conrad fit un geste et prit un escalier qui descendait dans une pièce où l'on avait servi le petit déjeuner.

Le général Sarov, habillé d'un survêtement, était assis à une grande table vernie. Il mangeait des fruits. Il sourit à Alex et lui fit signe de s'asseoir. Alex avait le choix entre une douzaine de chaises.

— Bonjour, Alex. Excuse ma tenue. Je cours toujours avant le petit déjeuner. Trois tours de la plantation. Soit trente-cinq kilomètres. Je me changerai plus tard. Tu as bien dormi ?

— Oui. Merci.

— Sers-toi, je t'en prie. Il y a des fruits, des céréales, du pain frais, des œufs. Personnellement je mange mes œufs crus. C'est une vieille habitude. La cuisson ôte à la nourriture toutes ses valeurs nutritives. Elles partent en fumée ! L'homme est la seule créature de la planète à consommer la viande et les légumes cuits, grillés ou bouillis. Mais je peux te faire préparer les œufs à ta convenance.

— Non, merci. Je me contenterai de fruits et de céréales.

Sarov adressa un signe à Conrad, debout devant la porte.

— Je n'ai plus besoin de toi pour l'instant, Conrad. Je te verrai à midi.

L'œil intact de Conrad se plissa. Il hocha la tête et quitta la pièce.

— Je crains que Conrad ne t'aime guère, Alex, reprit Sarov.

— Ce n'est pas grave. Je ne raffole pas de lui non plus. Que lui est-il arrivé, au juste ? Il a mauvaise mine.

— Le pauvre devrait être mort. Il a explosé avec la bombe qu'il transportait. Conrad est une sorte de miracle scientifique. Il a plus de trente broches métalliques dans le corps, une plaque dans le crâne, des fils dans la mâchoire et dans la plupart des articulations.

— Il doit déclencher les sirènes d'alarme dans les aéroports.

— Je te déconseille de te moquer de lui, Alex. Il n'a pas perdu l'espoir de te tuer, dit Sarov en s'essuyant délicatement les lèvres avec sa serviette. Je ne le permettrai pas, bien sûr. Mais puisque nous abordons un sujet aussi déplaisant, laisse-moi t'expliquer certaines règles de la maison. J'ai confisqué ton téléphone mobile, et tous les postes de la maison nécessitent un code. Tu seras donc privé de tout contact avec le monde extérieur...

— Ma famille risque de s'inquiéter.

— D'après ce que je sais de Blunt et de ses collègues de Londres, c'est peu probable. Mais peu importe. Quand ils commenceront à se poser des questions, il sera trop tard.

Trop tard pour quoi ? Alex prit conscience qu'il ne savait toujours rien des projets de Sarov.

— La propriété est entourée d'une clôture électrifiée. Il n'y a qu'une seule entrée, et elle est gardée. Ne cherche pas à t'évader, Alex. Sinon tu risques de te faire tuer et je n'y tiens pas. Demain, tu devras déménager dans tes nouveaux quartiers. Comme tu le sais sans doute, j'attends des invités importants et il vaudrait mieux pour toi que tu aies ton propre « espace », comme disent les jeunes d'aujourd'hui, dans ton pays. Bien entendu tu pourras profiter à ta guise de la maison, de la piscine et du parc, mais je te demande de rester discret. Mes invités parlent très mal l'anglais et il ne te servirait à rien de les approcher. Si tu me causes le moindre embarras, je te ferai fouetter.

Le général Sarov s'interrompit pour prendre une tranche d'ananas.

— Mais assez parlé de choses désagréables. Nous avons toute la matinée devant nous, Alex. Tu sais monter à cheval ?

Alex hésita. L'équitation était loin d'être son sport favori.

— J'ai déjà monté.

— Excellent.

Alex se servit un quartier de melon et dit :

— Hier soir, je vous ai demandé ce que vous attendiez de moi. Vous ne m'avez toujours pas répondu.

— Chaque chose en son temps, Alex. Chaque chose en son temps.

Après le petit déjeuner, ils sortirent de la maison et Alex comprit d'où lui venait son nom. Les façades en briques jaune pâle semblaient, sous le soleil, recouvertes d'or. Il n'y avait que deux niveaux mais sa superficie était très vaste. Un grand escalier de pierre menait à un jardin français. Blunt avait décrit la villa comme un palais, or elle s'avérait plus élégante que majestueuse, avec ses portes et ses fenêtres aux formes subtiles, ses arcades et ses grilles finement décorées. Rien ne semblait avoir changé depuis sa construction, au début du XIXe siècle. Mais des gardes armés patrouillaient, il y avait des sirènes d'alarme et des projecteurs. Autant de rappels détestables et laids de l'ère moderne.

Ils se dirigèrent vers des écuries où un homme les attendait avec deux magnifiques chevaux. Un étalon blanc pour Sarov et un gris, plus petit, pour Alex.

Monter à cheval n'avait jamais été un plaisir pour lui. La dernière fois qu'il s'y était risqué, il avait failli se rompre le cou[1]. Il prit les rênes avec réticence et se mit en selle. Du coin de l'œil, il vit Sarov enfourcher son étalon avec une souplesse et une maestria dues à une longue pratique.

Ils partirent au pas et Alex s'efforça de ne pas montrer son manque de maîtrise. Par chance, son cheval semblait savoir où il allait.

— Autrefois c'était une plantation de canne à sucre, expliqua Sarov, répétant ce qu'Alex savait déjà. Des esclaves y travaillaient. Il y en avait près d'un million à Cuba et ici. Là, c'était la tour de guet. On y sonnait la cloche, à quatre heures et demie du matin, pour appeler les esclaves au travail. Ils étaient originaires d'Afrique de l'Ouest. Ils travaillaient ici et ils y mouraient.

Ils passèrent devant un bâtiment bas et rectangulaire, à quelque distance de la villa, dont l'unique porte et toutes les fenêtres étaient condamnées par des barreaux.

— C'est le *barracón*, dit Sarov. La maison des esclaves. Deux cents personnes dormaient ici, enfermées comme des animaux. Si on avait le temps, je te montrerais le baraquement des châtiments. Le pilori est toujours là. Tu t'imagines, Alex, avec les chevilles

---

1. Voir le deuxième épisode des aventures d'Alex Rider, *Pointe blanche*.

et les poignets attachés pendant des semaines, voire des mois ? Sans pouvoir bouger. Dévoré par la faim et la soif...

— Je préfère ne pas l'imaginer.

— Bien sûr. Le monde occidental préfère oublier les crimes qui l'ont enrichi.

Alex se sentit soulagé lorsqu'ils partirent au petit galop. Cela mettait fin à la discussion. Ils suivirent une piste qui les mena en bordure de mer. En bas, Alex reconnut l'endroit où le bateau était ancré la veille et cela lui remit en mémoire quelle était la véritable nature de l'homme avec qui il chevauchait. Sarov se montrait amical. Visiblement, la présence d'Alex le réjouissait. Pourtant, c'était un tueur. Un tueur qui possédait une bombe nucléaire.

Au bout de la piste, ils continuèrent à une allure plus lente, la mer à leur droite. La Villa d'Oro avait disparu derrière eux.

— J'aimerais te confier quelque chose à mon sujet, dit tout à coup Sarov. Je vais même t'en dire plus que je n'en ai jamais dit à quiconque.

Il se tut un moment puis reprit :

— Je suis né en 1940. Pendant la Seconde Guerre mondiale, un an avant que l'Allemagne attaque mon pays. Mon patriotisme vient sans doute de là. J'ai toujours fait passer mon pays en premier et consacré la majeure partie de ma vie à le servir, dans l'armée, en me battant pour mes convictions. Je le sers encore.

Il tira sur ses rênes et se tourna vers Alex, qui s'arrêta à côté de lui.

— Je me suis marié à l'âge de trente ans. Une année plus tard, ma femme m'a donné ce que j'avais toujours désiré. Un fils. Il s'appelait Vladimir. Dès l'instant où il a vu le jour, il a été ce que j'avais de plus précieux. En grandissant, il est devenu un beau jeune homme et je t'assure qu'aucun père n'aurait pu être plus fier que moi. Il travaillait très bien en classe, il était premier dans presque toutes les matières. Et c'était un athlète de haut niveau. Je pense qu'il aurait pu un jour participer aux jeux Olympiques. Mais cela n'a pu se réaliser...

Alex connaissait déjà la fin de l'histoire par Blunt.

— Il me paraissait juste que Vladimir serve son pays, comme je l'avais fait, poursuivit Sarov. Je voulais qu'il s'engage dans l'armée. Sa mère s'y opposait. Ce désaccord a mis fin à notre mariage.

— Vous avez quitté votre femme ?

— Non. Je lui ai ordonné de partir. Elle a quitté ma maison et je ne l'ai jamais revue. Vladimir est entré dans l'armée. Il avait seize ans. C'était en 1988. On l'a envoyé en Afghanistan, où l'on menait une guerre dure et difficile. Vladimir s'y trouvait depuis quelques semaines quand il est parti avec une patrouille de reconnaissance dans un village. Il s'est fait tuer par un tireur isolé.

La voix de Sarov se brisa un bref instant et il se tut. Puis il se ressaisit et continua d'un ton mesuré.

— La guerre s'est achevée un an après. Notre gouvernement, par faiblesse et par lâcheté, avait perdu l'esprit de combat. Il a retiré les troupes. Une guerre pour rien. C'est cela que tu dois comprendre, Alex. Crois-moi, c'est la vérité. Il n'y a rien de plus terrible en ce monde que la disparition d'un fils. Je pensais avoir perdu Vladimir pour toujours... Jusqu'à ce que je te rencontre.

— Moi ? sursauta Alex.

— Tu as deux ans de moins que Vladimir lorsqu'il est mort. Vous avez beaucoup de points communs, même si tu as été élevé en Europe de l'Ouest. D'abord, il y a une légère ressemblance entre vous. Mais ce n'est pas seulement dans l'apparence physique. Toi aussi tu sers ton pays. Quatorze ans et déjà espion ! Il est très rare de voir un adolescent prêt à lutter pour ses idées...

— Heu... c'est un peu exagéré, murmura Alex.

— Tu es courageux. Ton attitude dans l'usine et dans la grotte me le prouve, même si je n'avais pas lu le rapport détaillé de tes états de service. Tu parles plusieurs langues et un jour prochain tu pourrais apprendre le russe. Tu montes à cheval, tu plonges, tu te bats, et tu n'as pas peur. Je n'ai jamais rencontré un garçon comme toi. Sauf un. Tu es comme mon Vladimir, Alex, et j'espère que tu prendras sa place.

— Où voulez-vous en venir ?

Ils étaient toujours à l'arrêt et Alex commençait à ressentir l'effet de la chaleur. Le cheval transpirait et attirait les mouches. La mer était très loin en contre-bas et aucune brise ne montait jusqu'à eux.

— Tu ne comprends pas ? reprit Sarov. C'est pourtant clair. J'ai lu ton dossier. Tu as grandi tout seul. Tu avais un oncle mais tu n'as appris son métier qu'à sa mort. Tu n'as pas de parents. Je n'ai plus de fils. Nous sommes seuls.

— Nous vivons dans deux mondes différents, général.

— Cela peut se corriger. J'ai un projet qui va changer l'ordre des choses. Lorsque j'aurai atteint mon objectif, le monde sera meilleur, plus fort, plus sain. Tu es venu ici pour t'opposer à mes plans. Mais quand tu auras compris mes aspirations, tu verras que nous ne sommes pas ennemis. Bien au contraire ! Je souhaite t'adopter, Alex...

Alex en resta bouche bée.

— Tu seras mon fils, Alex. Tu prendras la place que Vladimir a laissée. Je serai un père pour toi et nous partagerons le nouveau monde que je vais créer. Ne dis rien maintenant ! Réfléchis d'abord. Si je te croyais vraiment mon ennemi, j'aurais laissé Conrad te tuer. Mais dès que j'ai découvert qui tu étais, j'ai compris que tu n'étais pas mon ennemi. Nous avons d'ailleurs le même prénom, toi et moi. Alexei et Alex.

Je vais t'adopter. Je deviendrai le père que tu as perdu.

— Et si je refuse ?

— Tu ne refuseras pas !

La violence s'était glissée dans le regard de Sarov telle de la fumée derrière une vitre. Son visage se crispa, comme sous l'effet d'une douleur. Il prit une profonde respiration et retrouva son calme.

— Dès que tu connaîtras mon plan, tu m'approuveras.

— Quand ? Quand me direz-vous ce que vous projetez, général ?

— Un peu de patience, Alex. Tu n'es pas encore prêt. Mais tu sauras tout. Très bientôt.

Le général Sarov éperonna son cheval, qui partit au galop, tournant le dos à la mer. Alex resta un moment figé, abasourdi, puis se lança à sa suite.

Ce soir-là, Alex dîna seul. Sarov s'était excusé en disant qu'il avait du travail. Seul Conrad lui tint compagnie, observant chacune de ses bouchées. Il ne dit pas un mot mais tout en lui exprimait sa colère et son hostilité. Dès qu'Alex eut fini, Conrad lui indiqua la porte d'un simple geste.

Alex le suivit dehors, jusqu'à la maison des esclaves, le *barracón* que lui avait montré Sarov dans la matinée. Apparemment ce serait sa nouvelle résidence. L'intérieur du bâtiment était divisé en cellules, avec des murs de briques nues, une porte massive percée d'un judas carré. Mais on avait modernisé les locaux. Il y avait l'électricité, l'eau courante et – miracle ! – l'air conditionné. Alex se savait nettement plus privilégié que les centaines de pauvres gens enfermés ici autrefois.

Dans la cellule, un paravent masquait un lavabo et une cuvette de W.-C. On avait apporté la valise d'Alex, qui était posée sur la couchette : simple cadre métallique avec un matelas mince mais relativement confortable. Sarov lui avait également fait parvenir des livres. Alex jeta un coup d'œil sur les titres. Uniquement des classiques russes traduits en anglais : Tolstoï et Dostoïevski. Sans doute les auteurs préférés du général.

— Bonne nuit, Conrad ! Je vous appellerai si j'ai besoin de quelque chose.

Il vit ciller l'œil injecté de sang de Conrad, et constata avec plaisir qu'il avait marqué un point. Conrad ferma la porte et la verrouilla.

Étendu sur la couchette, Alex réfléchit aux paroles de Sarov. Une adoption ! C'était tellement énorme qu'il n'arrivait pas à y croire. Une semaine plus tôt, Alex se demandait quelle serait sa vie s'il avait un père comme tout le monde, et il s'en était présenté deux ! D'abord Turner, et maintenant Sarov. Décidément, les choses allaient de mal en pis.

Soudain, dehors, la nuit s'illumina d'une lumière électrique et crue. Alex s'approcha des barreaux de la fenêtre. L'esplanade devant la maison grouillait de monde. Une douzaine de gardes s'étaient mis en rang, mitraillette plaquée contre la poitrine. Les domestiques s'étaient regroupés autour de l'entrée. Sarov, en uniforme vert sombre, le torse décoré de médailles, se tenait devant la porte, Conrad derrière lui.

Quatre limousines noires apparurent, roulant lentement sur la route de terre qui venait du portail principal, escortées de deux motards vêtus du même uniforme que Sarov. Le convoi soulevait dans son sillage un nuage de poussière qui tourbillonnait dans les faisceaux des projecteurs.

Les voitures s'arrêtèrent, les portières s'ouvrirent et une quinzaine d'hommes descendirent. Aveuglé par la lumière blanche, Alex put à peine entrevoir leurs visages. Il ne vit que des silhouettes. Mais il remarqua un homme, petit, mince et chauve, vêtu d'un costume, au-devant duquel s'avança Sarov. Les deux hommes se serrèrent la main et s'étreignirent. Aussitôt, toute l'assistance se détendit. Sarov fit un geste et les visiteurs se dirigèrent vers la maison, à l'exception des motards.

Alex était certain d'avoir déjà vu le petit homme chauve. Sans doute dans les journaux. Voilà pourquoi on l'avait enfermé dans la maison des esclaves, hors de portée. Quel que fût le plan de Sarov, la deuxième phase venait de commencer.

Le Président russe était arrivé sur l'île.

13

Battement de cœur

Alex put sortir de la maison des esclaves dès le lendemain matin. Apparemment il était autorisé à se déplacer à sa guise dans la Villa d'Oro... mais pas tout seul. Un garde armé avait reçu l'ordre de le surveiller. C'était un jeune homme d'une vingtaine d'années, aux joues mal rasées, qui ne parlait pas un mot d'anglais.

Il conduisit d'abord Alex à la cuisine pour le petit déjeuner. Pendant qu'Alex mangeait, le garde resta planté devant la porte sans le quitter des yeux. On aurait pu croire qu'il surveillait un feu d'artifice prêt à exploser.

— *Como se llama usted ?* lui demanda Alex. (Quel est votre nom ?)

— Juan, grommela le garde avec réticence, comme s'il répugnait à divulguer même une information aussi banale.

Et il répondit par monosyllabes ou par le silence aux autres questions d'Alex.

La journée s'annonçait caniculaire. Une de plus. L'île semblait la proie d'un été sans fin. Après le petit déjeuner, Alex se rendit dans le hall principal où des domestiques s'affairaient, comme à l'habitude. Les gardes étaient à leur poste, dans la tour de guet et aux abords de la villa. Alex se dirigea vers les écuries. Il se demandait si on lui permettrait de se promener à cheval et fut heureusement surpris de voir le palefrenier sortir l'étalon gris déjà sellé.

Il partit au pas, suivi de Juan qui montait une jument alezan. Alex n'avait pas particulièrement envie de se promener à cheval. Il avait encore les cuisses et les fesses endolories par la balade de la veille. Mais il s'intéressait beaucoup à la clôture d'enceinte mentionnée par Sarov. Une clôture électrifiée, avait-il précisé. Cependant, même les clôtures électrifiées laissent parfois passer des arbres sur lesquels on peut grimper... Et Alex avait la ferme intention de trouver un moyen de s'évader.

Il ignorait toujours tout des plans de Sarov. Le général russe voulait changer le monde. Le rendre meilleur, plus fort, plus sain. De toute évidence il se considérait comme une sorte de héros. Mais un héros armé d'une bombe nucléaire. En chevauchant sur l'herbe haute, Alex cherchait à deviner les intentions du général. Voulait-il faire sauter une grande ville américaine ? L'Amérique avait longtemps été le plus grand ennemi des Russes. Non, cela n'avait aucun sens. Des millions de morts ne changeraient pas le monde. En tout cas pas en mieux. L'Europe ? Utiliserait-il la bombe comme moyen de chantage pour obtenir des gouvernements occidentaux ce qu'il voulait ? C'était plus vraisemblable. Cependant Alex en doutait. Le plan de Sarov impliquait le Président russe.

« Je vais tourner la page et réparer les dégâts des trente dernières années. »

Subitement Alex prit conscience que, en dépit de leur amitié de jeunesse, Sarov détestait le Président russe et voulait prendre sa place. C'était cela, son but. Une nouvelle Russie, qui redeviendrait une grande puissance mondiale, avec Sarov à sa tête.

Et il comptait atteindre son objectif grâce à une explosion nucléaire.

Cette idée renforça la détermination d'Alex de s'évader. Il devait prévenir les Américains de la mort de Turner et de Troy, et des projets de Sarov. Ensuite, ce serait à eux d'agir. Pour l'instant, il lui fallait mettre le plus de distance possible entre lui et la Villa d'Oro. L'affection que lui portait Sarov et son désir de l'adopter l'inquiétaient autant que le reste. Le vieux général était un peu fou. Bien sûr il lui avait sauvé la vie, mais après l'avoir d'abord mise en danger. Malgré la chaleur matinale, Alex frissonna. Toute cette aventure prenait un tour qui échappait totalement à son contrôle.

Ils avaient atteint la limite de la plantation, à l'intérieur des terres. La clôture de fer était bien là, haute de cinq mètres, doublée de chaque côté par une clôture plus basse. Deux panneaux rouges imposants proclamaient : « PELIGRO » en lettres blanches. Même sans cet avertissement, la clôture puait le danger. Un bourdonnement sourd paraissait émaner du sol. Alex remarqua le squelette calciné d'un oiseau accroché aux barbelés. Le pauvre avait dû heurter la clôture et griller instantanément. En tout cas, une chose était sûre : la clôture était infranchissable. Elle s'étirait à travers la prairie sans un seul arbre en vue.

Alex dirigea son cheval vers l'extrémité de la plantation et le portail d'entrée. Il aurait peut-être plus de chance là-bas. Il leur fallut une demi-heure pour y parvenir, en allant au pas le long de la clôture. À l'entrée se dressait un poste de garde : une bicoque en pierre, sans vitres aux fenêtres et avec une porte à moitié dégondée. Deux hommes se tenaient à l'intérieur, un troisième dehors, à côté d'une barrière, armé d'une mitraillette. Au moment où Alex et Juan arrivaient, une voiture quittait la propriété. C'était l'une des limousines de la veille au soir. Cela lui donna une idée. Il n'y avait qu'une seule sortie, et une seule façon de la franchir. En voiture. On pouvait supposer que les hommes du Président feraient des allées et venues. Alex avait donc un petit espoir...

Ils regagnèrent les écuries et rendirent leurs chevaux. Alex se dirigea ensuite vers la maison, suivi pas à pas par Juan. Des voix lui parvinrent, et des bruits d'eau. Il traversa le patio et passa sous une arcade. La piscine était de l'autre côté, longue et rectangulaire, bordée de palmiers qui offraient un ombrage naturel aux tables et aux chaises longues. Plus loin, on apercevait un court de tennis tout neuf. Il y avait des vestiaires, un sauna, un bar de plein air. Vue de derrière, la Villa d'Oro ressemblait à la demeure d'un milliardaire.

Sarov était assis à une table avec le Président russe. Sarov buvait de l'eau, son invité un cocktail. Le Président avait revêtu un short rouge et une chemisette à fleurs qui pendait sur son corps frêle. Quatre hommes se tenaient un peu en retrait. Les gardes du corps présidentiels. Immenses, tout de noir vêtus, les yeux masqués par des lunettes de soleil identiques, le fil torsadé d'un écouteur sortant de l'oreille. La scène était assez risible : le petit homme en tenue de vacances et ses gigantesques gardes du corps en noir. Alex reporta son attention sur la piscine, au bord de laquelle de ravissantes jeunes femmes en bikini se prélassaient, les pieds dans l'eau. Des filles de l'île. Alex était étonné. Il croyait Sarov trop froid et trop strict pour se plaire en pareille compagnie. Mais peut-être les avait-il fait venir pour le plaisir du Président ?

Songeant que sa présence n'était peut-être pas souhaitée dans les parages, Alex s'apprêtait à rebrousser chemin lorsque Sarov l'aperçut et lui fit signe d'approcher. Piqué par la curiosité, Alex s'avança. Sarov glissa quelques mots rapides au Président, qui hocha la tête en souriant.

— Bonjour, Alex ! dit Sarov avec une chaleur qui ne lui était pas habituelle. On m'a dit que tu étais allé te promener à cheval, ce matin. Laisse-moi te présenter mon vieil ami, Boris Kiriyenko, Président de la Russie. Boris, voici le garçon dont je t'ai parlé.

Le président serra la main d'Alex. Son haleine empestait l'alcool. Quelle que fût la composition du cocktail, il en avait trop bu.

— Enchanté, dit Boris Kiriyenko avec un fort accent.

Il montra du doigt le visage d'Alex et dit quelques mots en russe à Sarov. Alex reconnut deux fois le nom de Vladimir.

Sarov répondit brièvement avant de traduire pour Alex.

— Boris dit que tu lui rappelles mon fils. Tu veux

te baigner, Alex ? Je crois que ça te fera bien. Tu as l'air d'en avoir besoin.

Alex jeta un coup d'œil aux trois jeunes femmes et dit :

— Drôles de gardes du corps.

Sarov éclata de rire.

— De la compagnie pour le Président. Après tout, il est en vacances, même si nous avons un peu de travail. La chaîne de télévision locale est très intéressée par notre distingué visiteur et Boris a accepté de donner une petite interview. L'équipe de télévision sera là d'une minute à l'autre.

Le Président hocha la tête mais Alex n'était pas certain qu'il eût compris.

— Tu auras la piscine pour toi tout seul, Alex, reprit Sarov. Nous allons à Santiago après déjeuner, mais j'espère que tu te joindras à nous pour le dîner. Le chef a prévu une petite surprise.

Il se produisit un brouhaha sous l'arcade qui menait dans la maison. Conrad avait fait son apparition et, avec lui, une femme à l'air sérieux en robe vert olive, ainsi que deux hommes portant une caméra et du matériel d'éclairage.

— Ah, les voilà ! s'exclama Sarov.

Il se tourna vers le Président russe et oublia complètement Alex.

Alex alla enfiler un maillot de bain et plongea dans la piscine. Après la promenade à cheval, c'était agréable et rafraîchissant. Il s'aperçut que les trois jeunes femmes le regardaient nager. L'une d'elles lui fit un clin d'œil, une autre gloussa de rire. Pendant ce temps, l'équipe de télévision installait son matériel à l'ombre des palmiers. Le Président russe fit signe à l'un de ses gardes du corps de lui apporter un autre cocktail. Alex s'étonnait qu'un homme d'apparence aussi insignifiante pût diriger un immense pays. Mais, à bien y réfléchir, la plupart des politiciens sont petits et mal fichus, de ceux qui se font chahuter à l'école. C'est d'ailleurs pour cela qu'ils deviennent politiciens.

Alex chassa Kiriyenko de ses pensées et se concentra sur la nage. Mais les paroles de Sarov lui revinrent en mémoire. Après déjeuner, ils iraient à Santiago. Cela signifiait que les voitures sortiraient de la propriété. C'était sa seule chance. Alex savait qu'il n'avait aucun moyen de quitter l'île. Dès sa disparition signalée, on donnerait l'alarme. Tous les gardes de l'aéroport seraient sur le qui-vive et il avait peu de chances de trouver un bateau. Mais il pourrait au moins téléphoner à la CIA, qui enverrait une équipe le chercher.

Il fit huit longueurs de piscine et, avant d'en entamer une neuvième, il glissa un coup d'œil vers le Président russe. Un technicien était en train de l'équiper d'un micro. Un peu plus loin, Juan attendait

Alex. Alex poussa un soupir. Il lui faudrait se débarrasser de son ange gardien.

L'interview commença. Sarov était très attentif, et Alex eut de nouveau l'impression que tout ceci représentait pour lui quelque chose de beaucoup plus important.

Alex sortit de la piscine et regagna la maison des esclaves pour se changer.

Il enfila un short propre et une chemise en coton léger, qu'il choisit pour leurs couleurs neutres, qui n'attiraient pas l'attention. Puis il glissa dans sa poche une tablette du chewing-gum de Smithers. Si tout se déroulait selon ses plans, ça lui serait utile.

Juan l'attendait devant la porte de la cellule. Alex commençait à se sentir nerveux. Sarov l'avait averti de ce qui lui arriverait s'il cherchait à s'évader. Il serait tué ou, au mieux, fouetté. Mais la menace de la bombe nucléaire l'emportait sur tout le reste. Il fallait arrêter Sarov coûte que coûte.

Alex se figea subitement et se mit à pousser des grognements de douleur, courbé en deux et titubant, le visage tordu par la souffrance. Affolé, Juan entra dans la cellule pour lui porter secours. Alex se redressa et, de la jambe droite, exécuta un coup de pied circulaire qui atteignit Juan en plein estomac. Le garde ne poussa même pas un cri. Le souffle coupé, il s'effondra sur le sol et ne bougea plus. Ce n'était pas la première fois qu'Alex remerciait son oncle pour les cinq ans de karaté qu'il l'avait encouragé à faire, et qui lui avaient permis d'obtenir une ceinture noire, premier *dan*. Sans perdre de temps, il tira le drap de la couchette et le déchira en bandes pour ligoter et bâillonner le garde. Ensuite il sortit de la cellule et verrouilla la porte. Il faudrait des heures avant qu'on découvre Juan. À ce moment-là, Alex serait loin.

Il quitta le *barracón*. Les limousines noires étaient toujours garées devant la villa, attendant le Président et ses hommes. Il n'y avait personne à proximité. Alex s'élança au pas de course. Sarov l'avait autorisé à se déplacer dans la plantation mais uniquement accompagné. Si on l'apercevait sans son garde personnel, cela éveillerait les soupçons. Alex atteignit l'angle de la maison et s'arrêta, hors d'haleine, le dos contre le mur. Cette petite course sous le soleil brûlant l'avait mis en nage. Il examina les voitures. Il y en avait trois. Celle qui était sortie le matin n'était pas revenue. Restait à savoir laquelle prendrait le Président. À moins que les deux autres l'accompagnent.

Alex était sur le point de quitter son abri lorsqu'il entendit, sur le côté de la maison, un bruit de pas qui venaient dans sa direction. Des gardes ou des domestiques. Dès qu'ils tourneraient l'angle, ils le découvriraient. C'est alors qu'il aperçut une petite porte près de lui qu'il n'avait pas encore remarquée. Il tourna la poignée. Par chance, elle n'était pas fermée à clé. Il eut tout juste le temps de se faufiler à l'intérieur avant que deux hommes armés, en uniforme militaire, surgissent à quelques mètres.

Le froid de l'air conditionné le fit frissonner. Alex regarda autour de lui. Il se trouvait dans une partie de la maison totalement différente du reste. Ici, pas de parquets ni de meubles anciens, mais un décor moderne et fonctionnel. Des lampes halogènes éclairaient un couloir assez court, bordé de portes vitrées. Intrigué, Alex s'avança jusqu'à la première porte pour jeter un coup d'œil.

Deux techniciens regardaient une rangée d'écrans de télévision. La pièce n'était pas très grande et ressemblait à un studio de montage. Alex ouvrit doucement la porte. Il y avait peu de risques que les techniciens l'entendent car ils avaient l'un et l'autre un casque sur les oreilles. Alex regarda les images qui défilaient sur les écrans.

Chaque pièce de la villa était sous vidéo-surveillance. Il reconnut la chambre dans laquelle il avait passé la première nuit. Puis la cuisine, la salle à manger, le grand patio où deux gardes du corps du Président faisaient les cent pas. Sur un autre écran, il eut la surprise de se voir en train de nager dans la piscine. La séquence avait été enregistrée. Ensuite il vit Sarov, assis, tenant un verre d'eau, tandis que le Président russe donnait son interview.

Alex mit quelques secondes avant de comprendre ce qu'il voyait. Tout avait été filmé et les deux techniciens s'occupaient maintenant de monter les images. Sur un écran, on assistait à l'arrivée de Boris Kiriyenko. Sur un autre, le Président vidait un verre de cognac – cela datait sans doute de la veille au soir. Sur un troisième, on présentait les jeunes femmes de la piscine à Kiriyenko. Elles souriaient, minaudaient, vêtues de robes minuscules qui ne laissaient aucune place à l'imagination. Si Kiriyenko les avait entraînées dans sa chambre, il était fort probable que cette scène-là aussi avait été filmée.

Un autre écran clignota et l'image du Président interviewé apparut. Les techniciens avaient dû obtenir une copie de la bande tournée par l'équipe de télévision. Kiriyenko s'adressait à la caméra comme le font tous les politiciens. Le visage grave, mais l'air un peu ridicule dans sa chemise à fleurs. Ailleurs, on le voyait en train de nager dans la piscine avec une des jeunes femmes.

Que signifiait tout ceci ? Pourquoi Sarov voulait-il garder une trace de ces images ? La Villa d'Oro était-elle un piège sophistiqué et alléchant dans lequel le Président russe était bêtement tombé ?

Alex ne pouvait s'attarder davantage. Tout ce qu'il venait de découvrir rendait son évasion plus urgente encore. Il devait prévenir la CIA au plus vite. S'il manquait le départ des limousines, il n'aurait pas de seconde chance.

Il revint sur ses pas et entrouvrit la porte pour regarder dehors. Les voitures étaient encore là mais les gardes avaient disparu. Il était deux heures. Le déjeuner n'était pas terminé mais c'était imminent, Alex devait agir maintenant. Il courut vers la voiture la plus proche et chercha la poignée du coffre en espérant qu'il ne serait pas verrouillé. À son grand soulagement, le coffre s'ouvrit. Alex se faufila à l'intérieur et s'y enferma. Aussitôt il fut englouti par les ténèbres et dut faire un gros effort pour maîtriser sa panique. Il avait l'impression d'être enterré vivant. Il se força au calme. Ça marcherait. Si personne n'avait la mauvaise idée d'ouvrir le coffre, la limousine le conduirait hors de la plantation et, une fois à Santiago, il s'enfuirait.

Bien sûr, le plus difficile était à venir. Alex était dans le noir absolu. Il ne voyait même pas sa propre main. Il devrait deviner le moment où le chauffeur et ses passagers quitteraient la voiture, et croiser les doigts. De l'intérieur, il était impossible d'ouvrir le coffre. C'est pourquoi il avait emporté le chewing-gum. Le moment venu, il s'en servirait pour forcer la serrure et s'échapper. Avec un peu de chance, il réussirait à se fondre dans la foule avant que quiconque s'en aperçoive.

Mais déjà il se demandait si c'était une bonne idée.

La chaleur était étouffante. Le soleil tapait sur la carrosserie et il se faisait l'effet d'un poulet mis au four. Il transpirait par tous les pores de la peau. Ses vêtements étaient trempés, et il entendait sa sueur goutter sur le plancher du coffre. Combien d'air contenait un coffre ? Quelle poisse ! Si Sarov et les autres ne partaient pas rapidement, il allait devoir sortir au vu et au su de tous, et en subir les conséquences.

Alex lutta contre l'affolement qui le gagnait et s'efforça de respirer aussi calmement que possible. Son cœur tambourinait dans ses oreilles. Il le sentait palpiter dans sa poitrine comme s'il pompait tout le sang de son corps. Les veines de son cou et son pouls battaient en rythme. Il avait envie d'étendre les jambes mais n'osait remuer de peur de faire bouger la voiture. Les minutes s'égrenaient, interminables. Enfin il entendit des voix. Les portières s'ouvrirent et la voiture oscilla sous le poids des passagers qui s'asseyaient. Recroquevillé comme un fœtus, Alex s'attendait avec terreur à voir le coffre s'ouvrir. Mais, apparemment, personne n'emportait de bagage. Le moteur ronronna, puis la voiture démarra et s'engagea sur l'allée. Alex fut bientôt secoué dans tous les sens par les cahots de la piste.

Au bout de quelques minutes, la voiture ralentit et Alex devina qu'ils arrivaient au poste de garde. Une nouvelle inquiétude s'empara de lui. Les gardes allaient-ils fouiller la voiture ? Puis il se rappela que la limousine qui était sortie le matin n'avait pas été contrôlée. La voiture s'arrêta. Alex ne fit pas un mouvement. Tout était noir. Il entendit des voix étouffées. Quelqu'un cria quelque chose mais il ne comprit pas un mot. L'attente lui parut interminable. Pourquoi était-ce si long ? Allez ! Roulez ! L'air se raréfiait. Il avait de plus en plus de mal à respirer.

La voiture redémarra et il poussa un soupir de soulagement. Il imagina la barrière se soulevant pour la laisser passer. Adieu la Villa d'Oro. À combien de kilomètres se trouvait Santiago ? Comment saurait-il s'ils étaient vraiment arrivés là-bas ?

La voiture s'arrêta de nouveau.

Et le coffre s'ouvrit.

Le soleil l'aveugla cruellement. Alex cligna des yeux et leva une main pour se protéger.

— Sors de là ! ordonna une voix.

Alex émergea du coffre, ruisselant de sueur. Sarov se dressait devant lui, à côté de Conrad qui brandissait un pistolet automatique, le regard brillant de plaisir. Alex regarda autour de lui. Ils n'avaient même pas quitté la propriété. La voiture avait roulé un peu avant de faire demi-tour. Deux gardes armés le surveillaient, le visage impassible. L'un d'eux tenait un appareil qui ressemblait vaguement à un mégaphone, comme ceux qu'utilisent les entraîneurs sur les terrains de sport. Il était relié par un long fil à une boîte placé à l'intérieur du poste de garde.

— Si tu avais envie de visiter Santiago, il te suffisait de le demander, dit Sarov. Mais je pense que tu ne voulais pas faire de tourisme. Je pense que tu voulais t'évader.

Alex garda le silence.

— Où est Juan ? reprit Sarov.

Nouveau silence.

Sarov contemplait Alex d'un air peiné. Il semblait ne pas comprendre pourquoi il lui avait désobéi, ni savoir comment réagir.

— Tu me déçois, Alex. Tu as pénétré dans un endroit interdit. Tu as vu mon système de sécurité. Crois-tu une seule seconde que je laisserais une voiture sortir d'ici sans vérifier qui elle transporte ?

Soudain, Sarov arracha le mégaphone de la main du garde. Il le pointa sur le torse d'Alex et appuya sur un bouton. Alex entendit une sorte de martèlement dont l'écho résonna alentour. Il lui fallut quelques secondes pour comprendre que c'était son propre cœur, dont les battements étaient amplifiés et retransmis sur le système de sonorisation caché dans le poste de garde.

— La voiture a été scannée en franchissant la barrière, expliqua Sarov. Grâce à cet appareil. C'est un détecteur sophistiqué mais très simple, en réalité. Le garde a entendu le son que tu entends maintenant.

Poum... poum... poum...

Alex entendait son propre cœur.

Tout à coup, Sarov se mit en colère. Rien dans son visage ne changea, mais ses yeux bleus prirent une teinte glacée.

— Tu as oublié ce que je t'ai dit, Alex ? murmura-t-il. En t'évadant, tu courais le risque d'être tué. Conrad a très envie de te liquider. Il croit que je suis fou de te garder ici en invité. Il a raison.

Conrad avança d'un pas, le pistolet pointé.

Poum... poum... poum... poum...

Le cœur d'Alex était comme un animal effrayé et incontrôlable, tapi à l'intérieur de lui. Il battait de plus en plus vite, de plus en plus fort dans les haut-parleurs.

— Je ne te comprends pas, Alex. Tu ne vois donc pas ce que je t'offre ? N'as-tu pas écouté un mot de ce que je t'ai dit ? Je te propose ma protection et tu me considères comme un ennemi ! Je veux faire de toi mon fils et tu m'obliges à te tuer !

Conrad pressa le canon du pistolet contre le cœur d'Alex.

Poum-poum-poum-poum-poum-poum...

— Écoute le son de ta peur, Alex. Tu l'entends ? Quand tu entendras le silence, dans quelques secondes, tu sauras que tu es mort !

L'index de Conrad se crispa sur la détente.

Sarov abaissa le détecteur.

Les battements se turent.

Alex se crut mort. Le silence soudain le frappa

comme un coup de marteau. Comme une balle de pistolet. Il tomba à genoux, vidé, incapable de respirer. Il resta là, agenouillé dans la poussière, les mains le long du corps. Il n'avait plus la force de se relever. Sarov baissa les yeux sur lui, le visage empreint d'une immense tristesse.

— Il a compris la leçon. Ramenez-le dans sa cellule.

Le général posa le détecteur et, tournant le dos au garçon agenouillé, remonta lentement dans la limousine.

14

La poubelle nucléaire

À sept heures ce soir-là, la porte de la cellule d'Alex s'ouvrit devant Conrad, en costume cravate. L'élégance de sa tenue amplifiait la laideur de son crâne à moitié chauve, de son visage difforme et rouge, de son œil injecté de sang et agité d'un perpétuel clignement. Il avait l'air d'un épouvantail accoutré d'un smoking.

— Tu es invité à dîner, annonça l'épouvantail.

— Non merci, Conrad. Je n'ai pas faim.

— C'est une invitation qui ne se refuse pas, insista Conrad en faisant pivoter son poignet pour regarder sa montre.

Les chirurgiens lui avaient raccommodé la main au

poignet de façon un peu approximative, ce qui l'obligeait à la tourner de cent quatre vingts degrés pour voir l'heure.

— Tu as cinq minutes pour te préparer, Alex. Tenue correcte exigée.

— Désolé, j'ai oublié mon smoking en Angleterre.

Conrad ignora sa remarque et ferma la porte.

Alex s'assit sur la couchette. Il n'avait pas quitté sa cellule depuis sa capture au poste de garde et se demandait ce qu'on allait faire de lui. Cette invitation à dîner était pour le moins inattendue. Juan n'avait pas reparu. On avait sans doute réprimandé et renvoyé le jeune garde pour avoir laissé échapper son prisonnier. Ou peut-être tué. On ne plaisantait pas à la Villa d'Oro. Alex commençait à en prendre vraiment conscience. Il ignorait quel sort l'attendait ce soir mais savait que, quelques heures plus tôt, c'est de justesse s'il avait eu la vie sauve. Sarov l'avait épargné parce qu'il s'était mis en tête de l'adopter. Sans sa ressemblance avec Vladimir, le fils du général, perdu à la guerre, Alex serait déjà mort.

Finalement, il jugea plus sage d'accepter l'invitation à dîner. Cela lui permettrait peut-être d'en apprendre davantage sur les projets de Sarov. Il se demanda si le dîner serait filmé et, si oui, dans quel but. En sortant de sa valise une chemise propre et un pantalon noir, Alex songea à d'autres caméras cachées : celles dont le Dr Grief, le directeur fou du

246

pensionnat de Pointe Blanche, se servait pour espionner les élèves. À la Villa d'Oro, l'usage des caméras était différent. Les films vidéo qu'Alex avait vus dans la salle de montage étaient coupés, remontés, trafiqués. Et cela dans une intention bien précise. Mais laquelle ?

Conrad vint le chercher très exactement cinq minutes plus tard. Alex était prêt. Ils quittèrent la maison des esclaves et se dirigèrent vers la villa. De l'intérieur leur parvenait de la musique classique. Dans le patio, un trio de musiciens – deux violonistes d'un certain âge et une dame rondelette au violoncelle – jouait un morceau de Bach, accompagné en sourdine par le gazouillis de la fontaine. Une douzaine de convives étaient réunis, buvant du champagne et mangeant des canapés que des serveuses en tablier blanc leur présentaient sur des plateaux d'argent. Les quatre gardes du corps se tenaient en demi-cercle dans un coin, sérieux et attentifs. Cinq autres membres de la délégation russe bavardaient avec les jeunes femmes de la piscine, étincelantes de strass et de paillettes.

Quant au Président, il s'entretenait avec Sarov, un verre dans une main, un cigare dans l'autre. Sarov lui dit quelque chose et Kiriyenko éclata d'un rire tonitruant. Sarov aperçut Alex et sourit.

— Ah, Alex ! Te voilà ! Que désires-tu boire ?

Les événements de l'après-midi semblaient

oubliés. En tout cas, personne n'y fit allusion. Alex demanda une orange pressée, qu'on lui apporta aussitôt.

— Je suis ravi que tu sois là, Alex, reprit Sarov. Je ne voulais pas commencer sans toi.

Alex se souvint d'une remarque que Sarov avait faite le matin, près de la piscine, à propos d'une surprise. Un mauvais pressentiment le saisit.

Le trio acheva le morceau de Bach, salué par des applaudissements. Puis un gong retentit, qui appelait les invités dans la salle à manger. C'était la pièce où Alex et Sarov avaient pris leur premier petit déjeuner ensemble, maintenant transformée en salle de banquet. Les verres étaient en cristal, la vaisselle en fine porcelaine blanche, le service en argent. La nappe aussi était blanche, visiblement neuve. Treize couverts étaient dressés – six de chaque côté de la table rectangulaire, un à l'extrémité. Alex compta les chaises avec un sentiment de malaise croissant. Treize à table. Ça portait malheur...

Chacun prit place. Sarov occupait celle du maître de maison, en bout de table, avec Kiriyenko à sa droite et Alex à sa gauche. Les portes s'ouvrirent et une escouade de serveuses entra, portant des coupelles remplies de minuscules œufs noirs qu'Alex identifia comme du caviar. Sarov l'avait probablement importé directement de la mer Noire, pour une somme exorbitante. Par tradition, les Russes boivent de la vodka avec le caviar, et les serveuses remplirent les petits verres à ras bord.

Sarov se leva.

— Mes amis, j'espère que vous me pardonnerez de m'adresser à vous en anglais, mais j'ai ici un invité qui n'a pas encore appris notre belle langue russe.

Il y eut quelques sourires et des hochements de tête en direction d'Alex. Celui-ci baissa les yeux sur sa serviette, ne sachant comment réagir.

— Cette soirée est pour moi d'une grande importance, poursuivit Sarov. Que pourrais-je dire de Boris Nikita Kiriyenko ? Il est mon plus proche et plus cher ami depuis cinquante ans ! Je me souviens très bien de lui quand nous étions enfants. Il s'amusait à taquiner les animaux, pleurait lorsqu'une bagarre éclatait, disait sans cesse de gros mensonges.

Alex glissa un regard vers Kiriyenko. Le Président russe fronçait les sourcils. Sarov plaisantait sûrement, mais sa plaisanterie ne faisait pas rire l'intéressé.

— Le plus étonnant, quand j'y pense aujourd'hui, continua Sarov, c'est que c'est à ce même homme qu'a été confié le privilège, l'honneur sacré de conduire les destinées de notre grand pays dans ces temps difficiles. Quoi qu'il en soit, Boris est venu ici passer des vacances. Je suis sûr qu'il en a grand besoin après tant de travail. C'est donc le toast que je porte ce soir. Aux vacances de Boris ! Qu'elles soient les plus longues et les plus mémorables dont il ait jamais rêvées !

Il y eut un bref silence. Visiblement, les invités étaient perplexes. Peut-être avaient-ils eu du mal à suivre le discours en anglais de Sarov, mais Alex devinait que c'était le fond du message qui les avait choqués, et non la forme. Ils étaient réunis ici dans l'espoir de partager un bon dîner. Or Sarov semblait insulter le Président de la Russie !

— Alexeï, mon vieil ami..., dit Kiriyenko, qui avait décidé de prendre les choses à la plaisanterie. (Il sourit et poursuivit en anglais avec son accent épais :) Pourquoi ne trinques-tu pas avec nous ?

— Tu sais que je ne bois jamais d'alcool, répondit Sarov. Et tu comprendras que, à quatorze ans, mon fils soit encore un peu jeune pour la vodka.

— J'ai bu ma première vodka à l'âge de douze ans ! s'esclaffa le Président.

Ce qui ne surprit nullement Alex.

Kiriyenko leva son verre et ajouta :

— *Zda vasha zdorova !*

C'étaient à peu près les seuls mots russes qu'Alex comprenait. « À votre santé ! »

— *Zda vasha zdorova...*, répondirent les autres en chœur.

Et chacun, comme c'est la coutume, vida son verre cul sec.

Sarov se tourna vers Alex et murmura :

— Cette fois, c'est parti.

Le premier à réagir fut l'un des gardes du corps. Il tendait le bras pour se servir du caviar lorsque, soudain, ses mains se mirent à trembler. Il lâcha son assiette et la cuiller. Toutes les têtes se tournèrent vers lui. Une seconde plus tard, de l'autre côté de la table, un deuxième homme bascula en avant, la tête dans son assiette, et sa chaise se déroba sous lui. Sous les yeux horrifiés d'Alex, tous les convives s'écroulèrent de façon similaire. L'un d'eux tomba à la renverse en entraînant la nappe avec lui. Vaisselle et couverts dégringolèrent en cascade. D'autres s'affaissèrent simplement sur leur siège. Un deuxième garde du corps parvint à se lever et tenta de dégainer son revolver, mais ses yeux se voilèrent et il s'effondra. Boris Kiriyenko fut le dernier à sombrer. Il était debout, titubant comme un taureau blessé, serrant les poings comme s'il comprenait qu'il avait été trahi et voulait frapper le coupable. Puis il se rassit lourdement. Sa chaise se renversa, et lui avec.

Sarov marmonna quelques mots en russe.

— Qu'avez-vous fait ? hoqueta Alex. Est-ce qu'ils sont... ?

— Non. Ils ne sont pas morts. Seulement inconscients. Plus tard, bien sûr, il faudra les éliminer. Mais pas tout de suite.

— Qu'avez-vous en tête, général ? Qu'est-ce que vous allez faire ?

— Un long voyage nous attend, Alex. Je t'expliquerai tout en route.

La propriété entière était illuminée. Des hommes – gardes et *macheteros* — couraient dans tous les sens. Alex avait encore les vêtements qu'il portait au dîner. Sarov, lui, avait revêtu un uniforme vert sombre, mais sans ses médailles. Une des limousines noires attendait. Conrad était arrivé au volant d'un camion militaire. Deux hommes apparurent à l'entrée principale de la Villa d'Oro et commencèrent à descendre le large escalier. Ils avançaient lentement, portant quelque chose entre eux. En les voyant, tout le monde se figea.

C'était une grande caisse en métal, de la taille d'une malle de voyage. Alex remarqua que le couvercle était lisse mais que, sur le côté, il y avait plusieurs boutons, un cadran, et une sorte de fente. Sarov surveilla de près le transport de la caisse et son chargement dans le camion. Tous les regards suivirent la procession avec une attention fascinée. On aurait dit qu'ils contemplaient deux enfants de chœur portant l'effigie d'un saint. Alex frissonna. Il n'avait pas besoin du compteur Geiger pour vérifier le contenu de la caisse.

C'était la bombe nucléaire.

— Viens, Alex, lui dit Sarov en ouvrant la portière de la limousine.

Alex obéit. Mécaniquement, comme dans un brouillard. Il savait que l'issue était proche. Sarov avait dévoilé son jeu et enclenché une série d'événements qui interdisaient tout retour en arrière. Et pourtant, à ce stade très avancé de la machination, Alex en ignorait encore les véritables objectifs.

Sarov s'assit à côté de lui dans la voiture. Un chauffeur prit place au volant et démarra aussitôt, suivi du camion conduit par Conrad. Au dernier moment, alors qu'ils franchissaient la barrière du poste de garde, Sarov jeta un bref coup d'œil en arrière et Alex comprit, à l'expression de son visage, qu'il n'avait pas l'intention de revenir à la Villa d'Oro. Mille questions lui brûlaient les lèvres, mais l'heure était mal choisie. Sarov était assis en silence, les mains sur les genoux, cependant son apparente impassibilité ne cachait pas la tension qui l'habitait. Des années de préparation minutieuse l'avaient conduit à cet instant.

Ils parcoururent les routes obscures de Skeleton Key. Seules quelques petites lumières, ici et là, témoignaient que l'île était habitée. Ils ne croisèrent aucune voiture. Au bout d'une dizaine de minutes, ils dépassèrent quelques bâtisses et Alex aperçut par la vitre des hommes et des femmes, assis devant leurs maisons, qui buvaient du rhum, jouaient aux cartes et fumaient des cigares sous le ciel nocturne. C'étaient les faubourgs de Santiago. Soudain, ils bifurquèrent. Alex reconnut la route de l'aéroport.

Cette fois, pas de file d'attente ni de contrôle de passeports. Ils n'entrèrent même pas dans le terminal. Deux gardes les attendaient à une grille, qui s'ouvrit devant eux. La limousine roula directement vers la piste d'envol, suivie par le camion. Par-dessus l'épaule du chauffeur, Alex aperçut un avion, un Lear Jet, garé à l'écart. La voiture s'arrêta.

— Descends, ordonna Sarov.

Une brise soufflait sur l'aéroport, chargée d'odeurs de kérosène. Debout sur le tarmac, Alex assista au chargement de la caisse dans la soute de l'avion, sous les ordres de Conrad. Il était difficile de croire qu'une chose d'apparence aussi banale puisse provoquer une destruction massive. Alex songea à des films qu'il avait vus. Des flammes et un souffle puissants qui dévoraient des cités entières et les réduisaient à néant. Des immeubles en miettes. Des gens transformés en cendres en l'espace d'un instant. Des voitures et des autobus volatilisés. Comment une bombe, à ce point redoutable et puissante, pouvait-elle être aussi petite ? Conrad referma lui-même la porte de la soute, puis il se tourna vers Sarov et hocha la tête. Le général esquissa un geste. Comme un robot, Alex avança et gravit les marches pour monter dans l'avion. Sarov était derrière lui, suivi de Conrad et des deux hommes qui avaient porté la bombe. La porte du Lear Jet fut fermée et verrouillée.

La cabine était d'un luxe inimaginable. Elle ne

contenait qu'une douzaine de sièges, ou plus exactement de fauteuils, tous recouverts de cuir. Une épaisse moquette tapissait le sol. Il y avait un bar généreusement garni, une cuisine et, devant le cockpit, un écran plat à plasma de soixante-dix centimètres. Alex ne demanda pas quel film était programmé. Il choisit un fauteuil près d'un hublot – d'ailleurs tous les sièges étaient près d'un hublot. Sarov s'assit à son niveau, de l'autre côté de l'allée, Conrad juste derrière lui, et les deux gardes au fond de la cabine. Pourquoi étaient-ils là ? Pour tenir Alex à l'œil ?

Mais au fait, vers quelle destination s'envolaient-ils ? Allaient-ils traverser l'Amérique ou l'océan Atlantique ?

Sarov avait dû deviner ses pensées car il dit :

— Je t'expliquerai tout dans une minute. Dès que nous serons en l'air.

En réalité, il fallut un quart d'heure avant que le Lear Jet ne s'élance sur la piste et prenne gracieusement son envol. On avait tamisé l'éclairage de la cabine pendant le décollage, mais les lumières revinrent dès que l'avion eut atteint trente mille pieds. Les gardes allèrent dans la cuisine et servirent du thé. Sarov s'autorisa un léger sourire, pressa un bouton dans l'accoudoir de son fauteuil, et pivota pour faire face à Alex.

— Tu te demandes sans doute pourquoi j'ai

décidé de ne pas te tuer, Alex. Pourtant, cet après-midi, quand je t'ai trouvé dans le coffre de la voiture... il s'en est fallu de peu. Conrad m'en veut encore. À son avis, je commets une erreur. Il ne me comprend pas. Je vais t'expliquer pourquoi tu es encore en vie. Tu travailles pour l'Intelligence Service. Tu es un espion. Et tu ne faisais que ton travail. C'est une chose que je respecte et c'est la raison pour laquelle je t'ai pardonné. Tu es loyal à ton pays comme je suis loyal au mien. Mon fils Vladimir est mort pour sa patrie. Je suis fier de voir que tu étais prêt à en faire autant pour la tienne.

Alex accusa le coup et préféra changer de sujet.

— Où allons-nous ?

— En Russie. À Mourmansk, pour être précis. C'est un port situé sur la presqu'île de Kola.

Mourmansk ! Alex fouilla dans ses souvenirs. Ce nom lui était vaguement familier. Il l'avait probablement entendu au journal télévisé, ou bien en classe. Pourquoi aller dans un port russe avec une bombe atomique ?

— Tu aimerais peut-être connaître notre itinéraire, poursuivit Sarov. Nous traversons l'Atlantique par la route nord, c'est-à-dire par le cercle arctique. En fait, nous prenons un raccourci puisque nous suivons la courbure de la terre. Nous devrons faire deux escales pour remplir les réservoirs. La première à

Gander, dans le nord du Canada. La seconde dans les îles Britanniques, à Édimbourg.

Sarov vit la lueur d'espoir dans les yeux d'Alex et il s'empressa d'ajouter :

— Eh oui, Alex. Tu seras chez toi pendant une heure ou deux demain soir. Mais ne te fais aucune illusion. Tu ne seras pas autorisé à descendre de l'avion.

— Demain soir seulement ? Pourquoi est-ce si long ?

— À cause de la première escale et du décalage horaire. Et puis nous devrons échanger quelques civilités diplomatiques avec les autorités canadiennes et britanniques. N'oublie pas que nous sommes dans l'avion privé de Kiriyenko. Nous avons communiqué notre plan de vol à Euro Control et, bien entendu, ils ont vérifié notre numéro de série. Ils pensent que le Président est à bord. Les officiels canadiens et britanniques seront ravis de nous offrir l'hospitalité, j'imagine.

— Qui est aux commandes de l'avion ?

— Le pilote de Kiriyenko. Il m'est fidèle. De nombreux Russes croient en moi, Alex. Ils préfèrent l'avenir que je leur offre à celui que d'autres leur proposent.

— Vous ne m'avez toujours pas dit quel est cet avenir, général. Pourquoi allons-nous à Mourmansk ?

— Je vais te l'expliquer. Ensuite nous dormirons. Une longue nuit nous attend.

Sarov croisa ses jambes. Le faisceau de la lumière, fixée juste au-dessus de sa tête, jetait des ombres sur ses yeux et sa bouche. À cet instant, il semblait à la fois très vieux et très jeune. Son visage était parfaitement inexpressif.

— Mourmansk est la base de la flotte sous-marine russe, commença le général. Ou du moins elle l'était. Aujourd'hui, c'est tout simplement la plus monstrueuse poubelle nucléaire de la planète. La fin de la Russie en tant que puissance mondiale a entraîné l'effondrement rapide de ses armées. Aussi bien l'armée de terre que l'aviation ou la marine. J'ai déjà essayé de t'expliquer ce qui s'est produit dans mon pays au cours des vingt dernières années. Comment il a sombré dans la pauvreté, la criminalité et la corruption, et comment la population a été saignée à blanc. Eh bien, c'est à Mourmansk que ce processus de décomposition est le plus flagrant.

— Une flotte de sous-marins nucléaires est amarrée dans le port. Je devrais dire « abandonnée », plutôt que « amarrée ». L'un d'eux, le *Lepse*, a plus de soixante ans et contient six cent quarante-deux grappes de barres de combustibles. On laisse les sous-marins pourrir et se délabrer. Tout le monde s'en moque. Personne ne trouve l'argent pour remédier à la situation. Il est clairement établi que ces vieux sous-marins représentent la plus lourde menace qui pèse sur le monde actuel. Il y en a cent ! Soit environ un cinquième du combustible nucléaire mondial. Cent bombes à retardement prêtes à exploser au moindre accident ! Un accident que j'ai décidé de provoquer.

Alex ouvrit la bouche mais Sarov leva la main pour lui imposer le silence et poursuivit :

— Laisse-moi te raconter ce qui se produira si un seul de ces sous-marins explose. Tout d'abord, un grand nombre de gens de la presqu'île de Kola et du nord de la Russie périront. Ainsi que de nombreux habitants des pays voisins. Finlande, Suède et Norvège. Mais ça ne s'arrêtera pas là, car il se produit actuellement un phénomène inhabituel en cette période de l'année. Le vent souffle de l'est vers l'ouest, si bien que le nuage radioactif dérivera au-dessus de l'Europe jusqu'à ton pays. Il y a fort à parier que Londres deviendra inhabitable. Au cours des années, des milliers de personnes tomberont malades et mourront à petit feu, dans d'atroces souffrances.

— Mais alors, pourquoi ? s'écria Alex. Pourquoi provoquer l'explosion ? Quel bénéfice en tirerez-vous ?

— Disons que je veux lancer un signal d'alarme au monde pour qu'il se réveille, répondit Sarov.

Demain soir, j'atterrirai à Mourmansk et je placerai la bombe au milieu des sous-marins.

Sarov sortit de sa poche une petite carte plastifiée, revêtue d'une bande magnétique semblable à celle des cartes de crédit.

— Voici la clé qui active la bombe, reprit le général. Tous les codes et données nécessaires sont contenus dans la bande magnétique. La seule chose que j'aie à faire est d'insérer la carte dans la bombe. Au moment de l'explosion, je serai en route pour Moscou, au sud, hors d'atteinte des retombées nucléaires.

» L'explosion aura des répercussions dans tous les pays du monde. Tu imagines le choc que cela va provoquer. Et personne ne saura que l'explosion a été causée par une bombe apportée délibérément à Mourmansk. On croira que c'est l'un des sous-marins. Le *Lepse* peut-être. Ou un autre. Je te l'ai dit, tout le monde sait qu'un accident peut se produire à tout instant. Et quand il se produira, personne ne soupçonnera la vérité.

— Bien sûr que si ! objecta Alex. La CIA sait que vous avez acheté de l'uranium. Elle va vite découvrir la mort de ses agents et...

— Personne ne croira la CIA, Alex. Personne ne croit jamais la CIA. De toute façon, lorsque les Américains auront réuni les preuves contre moi, il sera trop tard.

— Je ne comprends pas ! s'exclama Alex. Pourquoi voulez-vous tuer des milliers de Russes ? Dans quel but ?

— Tu es jeune, Alex. Tu ne connais pas mes compatriotes. Je vais essayer de t'expliquer. Lorsque le désastre surviendra, tous les pays s'accorderont pour condamner la Russie. Le monde entier nous haïra. Les Russes seront accablés de honte. Ils se lamenteront. « Ah, si seulement nous avions été moins insouciants, moins stupides, moins pauvres, moins corrompus ! Si seulement nous étions encore la superpuissance que nous étions autrefois ! » Ce jour-là, en Russie et ailleurs, tous les regards se tourneront vers Boris Kiriyenko, le Président russe. Et que verront-ils ?

— Le film que vous avez tourné sur lui..., murmura Alex.

— Tout juste. Ils le verront ivre au bord de la piscine. En short rouge et chemise à fleurs. Ils le verront s'amuser à demi-nu avec des femmes assez jeunes pour être ses filles ! Et ils verront l'interview...

— Que vous avez trafiquée.

— Évidemment. Notre journaliste l'a interrogé sur une grève des cheminots à Moscou. Kiriyenko, qui était déjà à moitié soûl, a répondu : « Je suis en vacances. J'ai autre chose en tête que de m'occuper de ça ! » Au montage, nous avons modifié la question : « Que comptez-vous faire pour l'accident de Mourmansk ? » Et Kiriyenko répondra...

— « Je suis en vacances. J'ai autre chose en tête que de m'occuper de ça. »

— Et le peuple russe découvrira qui est Kiriyenko. Un faible, un imbécile et un ivrogne. Ils le rendront responsable de l'accident de Mourmansk, et à juste raison. La flotte du Nord était autrefois la fierté de notre nation. Comment a-t-on pu la laisser devenir une décharge nucléaire mortelle ?

L'avion ronronnait. Conrad écoutait avec attention les paroles de Sarov, sa tête oscillant par à-coups sur ses épaules. Dans le fond de la cabine, les deux gardes s'étaient assoupis.

— Vous disiez que vous seriez à Moscou, général, dit Alex à voix basse.

— Le gouvernement tombera en moins de vingt-quatre heures, répondit Sarov. Il y aura des émeutes dans les rues. De nombreux Russes pensent que la vie était bien meilleure dans l'ancien temps. Ils croient encore au communisme. Cette fois, leur colère sera entendue. Personne ne pourra l'endiguer. Et moi je serai là pour l'alimenter, pour l'exploiter afin de prendre le pouvoir. J'ai de nombreux fidèles qui n'attendent que l'occasion d'agir. Avant même que soit retombé le nuage atomique, je serai maître du pays. Mais ceci n'est que le début, Alex. Ensuite je reconstruirai le mur de Berlin. Il y aura de nouvelles guerres. Je n'aurai de repos que lorsque le communisme régnera sur le monde.

Il y eut un long silence.

— Vous êtes prêt à tuer des millions de Russes pour atteindre ce but ? demanda Alex, atterré.

— Des millions de gens meurent en Russie en ce moment, répondit Sarov avec un haussement d'épaules. Ils n'ont pas les moyens de se nourrir, d'acheter des médicaments.

— Et moi, que m'arrivera-t-il ?

— J'ai déjà répondu à cette question, Alex. Je crois que notre rencontre n'est pas une coïncidence. C'est le destin qui t'a conduit à moi. Il était écrit que je ne serais pas seul pour accomplir ma tâche. Tu seras avec moi demain et, une fois la bombe amorcée, nous partirons ensemble. Après Mourmansk, Moscou. Ne vois-tu donc pas ce que je t'offre ? Tu ne seras pas seulement mon fils, Alex. Tu auras le pouvoir. Tu vas devenir l'un des personnages les plus puissants de la planète.

L'avion, qui avait déjà atteint les côtes américaines, vira au nord. Alex se renversa contre le dossier de son siège, étourdi par les paroles de Sarov. Comme pour se rassurer, il mit la main dans la poche de son pantalon, où il avait eu le temps de glisser une tablette du chewing-gum « spécial Smithers », ainsi que le porte-clés avec la figurine de Michael Owen qui se transformait en grenade paralysante.

Alex ferma les yeux et essaya de réfléchir.

15

Vigile nuisible

Les heures s'écoulèrent dans une étrange pénombre, qui n'appartenait ni au jour ni à la nuit ; le temps semblait figé sur le toit du monde, à la fois immobile et fulgurant. Alex dormit pendant la première partie du voyage ; il se sentait fatigué et aurait besoin de toutes ses forces. Il avait conscience de ses responsabilités et, cette fois, il les avait acceptées. À Skeleton Key, il avait été tenté de rester passif. Après tout, on l'avait envoyé là sans lui demander son avis et cette histoire ne le concernait pas.

Depuis, les choses avaient changé. Il imaginait avec une précision terrifiante une explosion atomique sur la presqu'île de Kola. Il la visualisait. Des milliers de personnes périraient en quelques secondes, et des dizaines de milliers d'autres plus tard, lorsque les particules radioactives se répandraient à travers l'Europe, notamment en Grande-Bretagne. Alex devait empêcher ce désastre. Il n'avait plus le choix.

Mais sa marge de manœuvre était réduite. Sarov lui avait peut-être pardonné sa tentative d'évasion manquée dans le coffre de la voiture, mais il ne lui faisait plus confiance. Alex le savait. Il ne pouvait se permettre une nouvelle erreur. S'il était repris en train de fuir, il n'y aurait pas de pitié. Alex était lucide : il ne croyait pas possible d'échapper au général et à son assistant rapiécé. Sarov était en éveil, comme s'il était dans l'avion depuis dix minutes et non depuis des heures. Et Conrad ne quittait pas Alex de son œil rouge et clignotant. Il avait l'air d'un chat guettant une souris.

Et pourtant...

Alex avait sur lui les deux gadgets de Smithers. Et l'avion allait atterrir en Grande-Bretagne ! La seule pensée de se poser sur le sol de son pays, au milieu de gens qui parlaient sa langue, lui redonnait courage. Il avait un plan. Ça marcherait. Il fallait que ça marche.

Il avait dû dormir pendant l'escale de ravitaillement à Gander et plusieurs heures après, car, lorsqu'il rouvrit les yeux, les deux gardes débarrassaient les plateaux d'un petit déjeuner constitué de fruits frais et de yaourts. Alex jeta un coup d'œil par le hublot. On ne voyait que des nuages.

Sarov s'aperçut qu'il était réveillé.

— Tu as faim, Alex ?

— Non. Merci.

— Bois au moins quelque chose. On se déshydrate en avion.

Il glissa quelques mots en russe à l'un des gardes, qui disparut dans la cuisine et revint avec un verre de jus de pamplemousse. Alex eut une hésitation, se souvenant de ce qui était arrivé à Kiriyenko. Sarov sourit.

— Ne t'inquiète pas, Alex. Ce n'est que du jus de pamplemousse. Sans additif.

Alex but. Le jus de fruits était frais et désaltérant.

— Nous atterrirons à Edimbourg dans une trentaine de minutes, reprit Sarov. Nous sommes déjà dans l'espace aérien britannique. Quel effet cela te fait-il d'être chez toi ?

— Si vous voulez bien me déposer, je prendrai un train pour rentrer à Londres.

— Je crains que ce ne soit pas possible, répondit Sarov en secouant le tête.

Ils entamèrent leur descente quelques minutes plus tard. Le pilote, qui était en communication radio avec la tour de contrôle, avait confirmé que c'était une escale de ravitaillement en carburant. Il ne débarquerait ni n'embarquerait aucun passager, et n'avait donc pas besoin d'autorisation spéciale. Tout avait été réglé avec l'aéroport. C'était aussi simple que l'arrêt d'une voiture dans une station service. Malgré les craintes de Sarov, les officiels britanniques n'avaient pas invité les supposés VIP du Lear Jet à venir prendre un petit déjeuner diplomatique à Édimbourg !

L'avion traversa la couche de nuages, et Alex, le front collé contre la vitre du hublot, vit soudain surgir des maisons et des voitures miniatures. L'éclatant soleil des Caraïbes avait cédé la place à la lumière grisâtre et au climat incertain de l'été britannique. Alex éprouva un sentiment de soulagement. Il était chez lui ! Pourtant il savait que jamais Sarov ne l'autoriserait à quitter l'avion. Une escale au Groenland ou en Norvège aurait été moins cruelle. Alex avait juste le droit de jeter un dernier coup d'œil à son pays. Bientôt, celui-ci serait contaminé pour plusieurs générations. Alex plongea la main dans sa poche et serra entre ses doigts la figurine de Michael Owen. Le moment approchait...

Le signal indiquant d'attacher les ceintures clignota. Un instant plus tard, Alex sentit la pression dans ses oreilles. L'avion perdait rapidement de l'altitude. Il vit un pont, fin et délicat vu d'en haut, qui reliait les deux rives d'un estuaire. Sans doute le Forth Road Bridge. Puis Édimbourg apparut, avec son château dominant la ville. L'aéroport se précipita à leur rencontre. Alex aperçut brièvement une aérogare moderne et étincelante, avec des avions en attente sur l'aire de stationnement, entourés de camionnettes et de chariots. Les roues rebondirent en entrant en contact avec la piste, puis il y eut le rugissement des moteurs en poussée inverse. L'avion ralentit. Ils avaient atterri.

Guidé par la tour de contrôle, le Lear Jet roula jusqu'à l'extrémité de la piste pour rejoindre l'aire de ravitaillement en carburant, très loin du terminal principal. Avec un serrement de cœur, Alex regarda défiler les bâtiments de l'aérogare. Plus ils s'en éloignaient, plus il lui faudrait parcourir de chemin pour donner l'alarme – à supposer bien sûr qu'il parvienne à descendre de l'avion. Il serrait dans le creux de sa main la figurine de Michael Owen. Qu'avait dit Smithers, déjà ? Ah oui... Tourner deux fois la tête dans un sens, et une fois dans l'autre, pour armer le mécanisme. Attendre dix secondes, la lâcher, et partir en courant. L'espace confiné de la cabine de l'avion semblait l'endroit idéal pour tenter l'expérience. Restait à savoir si Alex réussirait à éviter de s'intoxiquer lui-même.

L'avion s'immobilisa. Presque aussitôt, un camion-citerne démarra à leur rencontre. Manifestement, Sarov avait tout préparé à l'avance. Un véhicule-passerelle suivait le camion-citerne et se colla devant la porte du Lear Jet. Intéressant. Il semblait que quelqu'un voulait monter à bord.

Sarov observait Alex.

— Ne dis rien, Alex. Pas un mot. Avant de songer à ouvrir la bouche, je te conseille de surveiller tes arrières.

Conrad était venu s'asseoir juste derrière Alex, un journal posé sur ses genoux. Quand Alex se tourna vers lui, Conrad souleva le journal pour découvrir l'énorme pistolet automatique noir, muni d'un silencieux, pointé sur lui.

— Personne n'entendra rien, précisa Sarov. À la moindre tentative suspecte de ta part, Conrad tirera et la balle traversera le dossier pour pénétrer droit dans ton épine dorsale. La mort sera instantanée mais tu auras simplement l'air de dormir.

Alex devinait que ce ne serait pas aussi simple que Sarov le prétendait. Une personne abattue d'une balle dans le dos n'a pas l'air de dormir. Sarov prenait un grand risque. Mais toute l'entreprise était risquée. L'enjeu était crucial. Alex savait que s'il tentait de prévenir quelqu'un, il serait tué aussitôt.

La porte de l'avion s'ouvrit et un rouquin en salopette bleue entra, tenant à la main une liasse de formulaires. Sarov se leva pour l'accueillir.

— Vous parlez anglais ? demanda le rouquin avec un accent écossais.

— Oui...

— J'ai ici quelques documents à vous faire signer.

Alex tourna légèrement la tête. L'homme le vit et le salua d'un signe. Alex répondit de la même manière. Il pouvait presque sentir le canon du pistolet pressé contre son dossier. Il ne dit rien. C'était fini. Sarov avait signé les papiers et rendu son stylo au rouquin.

— Voici votre reçu, dit ce dernier en lui tendant un double. On va vous faire redécoller très vite.

— Merci, répondit Sarov.

— Vous voulez descendre vous délasser un peu ? Il fait un temps magnifique. Venez au bureau, on vous offrira du thé et des biscuits.

— Non, merci. Nous sommes un peu fatigués. Nous attendrons ici.

— À votre guise. Dans ce cas, je vais faire retirer la passerelle...

On allait retirer la passerelle et Sarov ferait aussitôt refermer la porte ! Alex n'avait plus que quelques secondes pour agir. Il attendit que le rouquin soit parti et se leva, les mains jointes devant lui, la figurine Michel Owen cachée dans sa paume.

— Assis ! siffla Conrad entre ses dents.

— Du calme, Conrad, répondit Alex. Je ne vais nulle part. Je me dégourdis seulement les jambes.

Sarov s'était rassis et examinait le formulaire que l'employé écossais lui avait remis. Alex passa devant lui sans hâte. Il avait la bouche sèche et le cœur battant à tout rompre. Heureusement, le détecteur qui l'avait trahi à la grille de la Villa d'Oro n'était pas dans l'avion. Sinon, le bruit aurait été assourdissant. C'était sa dernière chance. Alex calcula avec soin chacun de ses pas. Il n'aurait pas été plus crispé s'il s'était avancé vers l'échafaud.

— Où vas-tu, Alex ? demanda Sarov.

— Nulle part, répondit-il en tournant deux fois la tête de Michael Owen dans un sens.

— Qu'est-ce que tu tiens dans les mains ?

Alex hésita. S'il prétendait ne rien avoir, Sarov serait encore plus soupçonneux qu'il ne l'était déjà. Il montra la figurine.

— C'est ma mascotte. Michael Owen...

Il avança d'un autre pas et, en même temps, tourna la tête du joueur dans l'autre sens.

Dix... neuf... huit... sept...

— Assied-toi, Alex..., dit Sarov.

— J'ai la migraine. Je voudrais juste respirer un peu d'air frais.

— Je t'interdis de sortir.

— Je sais, général.

Alex avait atteint la porte et la brise écossaise lui caressait le visage. Le remorqueur commençait déjà à retirer la passerelle. Alex vit l'écart s'agrandir entre les marches et la porte.

Quatre... trois... deux...

— Alex ! Reviens t'asseoir !

Alex lâcha la figurine et se jeta en avant.

Conrad bondit comme un serpent en colère, le pistolet à la main.

La figurine explosa.

Alex sentit le souffle derrière lui. Il y eut un éclair et un bang assourdissant, mais aucune vitre n'explosa et il n'y eut ni fumée ni feu. Pendant un quart de seconde, ses oreilles sifflèrent et il fut aveuglé. Mais il était à l'extérieur de l'avion. Il y était déjà lorsque la grenade avait explosé. La passerelle s'éloignait devant lui. Il allait la manquer ! La piste d'asphalte de l'aire de ravitaillement se trouvait cinq mètres plus bas. Assez pour se casser une jambe. Heureusement, il avait sauté juste à temps. Il atterrit à plat ventre sur la plus haute marche de la passerelle, les jambes dans le vide. Sans perdre une seconde, il se redressa. En bas, le rouquin levait vers lui un regard étonné. Alex dévala les marches en courant. Quand il sentit le sol sous ses pieds, une bouffée de joie l'envahit. Il était chez lui. Apparemment, la grenade paralysante avait fait mouche. Dans l'avion, personne ne bougeait.

— Mais qu'est-ce que tu fais ? s'exclama l'Écossais rouquin.

Alex l'ignora. Ce n'était pas le bon interlocuteur. Et puis il devait mettre le plus de distance possible entre lui et l'avion. D'après Smithers, la grenade avait une durée incapacitante de quelques minutes seulement. Sarov et Conrad reprendraient donc bientôt conscience et se mettraient aussitôt à sa poursuite.

Alex s'élança au pas de course. Du coin de l'œil, il aperçut le rouquin sortir un talkie-walkie de sa poche, mais c'était sans importance. Les techniciens qui s'apprêtaient à remplir les réservoirs de l'avion avaient probablement entendu l'explosion, eux aussi. Et même si Alex était capturé par la sécurité écossaise, l'avion ne serait pas autorisé à décoller.

Toutefois il n'avait pas l'intention de se laisser capturer. Il avait déjà remarqué une rangée de bâtiments administratifs en bordure du terrain et courait vers eux. Il atteignit une porte et tira le battant. Verrouillée ! Il regarda par la vitre. Il y avait un hall d'entrée et, au fond, un téléphone public. Cependant, pour une raison quelconque, le bâtiment était fermé à clé. L'espace d'une seconde, Alex fut tenté de briser la vitre, mais cela lui aurait pris trop de temps. En pestant à voix basse, il abandonna la porte pour courir vers le bâtiment suivant.

Celui-là était ouvert. Il tira la porte et se retrouva dans un couloir bordé, de chaque côté, de bureaux et de pièces de rangement. Apparemment, il n'y avait personne. Tout ce dont il avait besoin, c'était d'un téléphone. Il essaya une porte. Elle donnait sur une pièce remplie d'étagères, avec une photocopieuse et des fournitures de papeterie. La porte suivante était fermée à clé. Alex commençait à perdre son sang-froid. À la troisième porte, il eut plus de chance. Il y avait un bureau et, sur le bureau, un téléphone. Et personne dans la pièce. Il se rua pour décrocher le récepteur.

C'est seulement à cet instant qu'il prit conscience d'un détail essentiel : il ignorait quel numéro appeler. Le téléphone mobile remis par Smithers était équipé d'une touche spéciale pour joindre le MI 6. Mais personne ne lui avait donné le numéro d'une ligne directe. Que faire ? Appeler les renseignements pour demander l'Intelligence Service ? On le prendrait pour un dingue.

Il n'y avait pas de temps à perdre. Sarov était déjà revenu à lui. Il était même probablement à sa recherche. Heureusement, la fenêtre de la pièce donnait sur l'arrière et on ne pouvait donc pas l'apercevoir de l'avion ni de la piste. Alex prit sa décision et appela le numéro des urgences.

Une voix de femme répondit après deux sonneries.

— Vous avez demandé les urgences. Quel service voulez-vous ?

— La police.

— Je vous mets en relation...

Il entendit la sonnerie... puis plus rien.

Une main venait de s'abattre sur le téléphone pour couper la communication. Alex fit volte-face, s'attendant à voir Sarov ou, pire, Conrad et son pistolet.

Ce n'était ni l'un ni l'autre. C'était un vigile de l'aéroport qui faisait sa ronde. Environ cinquante ans, des cheveux grisonnants, un menton qui disparaissait dans le cou. Son estomac débordait par-dessus sa ceinture, et son pantalon s'arrêtait deux centimètres au-dessus de ses chevilles. Il avait un émetteur-radio attaché au revers de sa veste. Son nom – George Prescott – figurait sur son badge, sur la poche de poitrine. Il toisait Alex d'un regard sévère, et Alex reconnut en lui un garde de sécurité de la pire espèce : un sans-grade affublé d'un uniforme, suffisant et obtus.

— Qu'est-ce que tu fiches ici, petit ?

— Il faut que je passe un coup de fil.

— C'est ce que je vois. Mais ce n'est pas une cabine publique, c'est un bâtiment privé. Tu n'as pas le droit d'être là.

— Vous ne comprenez pas, monsieur, se défendit Alex. C'est une urgence...

— Tu m'en diras tant ! Et quel genre d'urgence ? ricana Prescott.

— Je ne peux pas vous l'expliquer. Laissez-moi juste téléphoner.

Le vigile sourit, visiblement ravi. Il passait son temps, cinq jours par semaine, à aller d'un bureau à un autre, à vérifier si les portes étaient fermées et les lumières éteintes. Enfin une distraction ! Il prenait un vif plaisir à rudoyer un plus petit que lui.

— Tu ne toucheras pas ce téléphone avant de m'avoir dit ce que tu fais ici. C'est un bureau privé. Tu n'as pas fouillé les tiroirs, au moins ? Tu n'as rien pris ?

Alex était au bord de la crise de nerfs mais il se força au calme.

— Non, monsieur Prescott. Je n'ai touché à rien. Je viens de descendre de l'avion qui a atterri il y a quelques minutes...

— Quel avion ?

— Un avion privé.

— Tu as ton passeport ?

— Heu... non.

— C'est très grave, ça. Tu ne peux pas entrer dans le pays sans passeport.

— Mon passeport est dans l'avion.

— Dans ce cas, nous allons retourner le chercher ensemble.

— Non !

Alex avait conscience des secondes qui filaient. Que dire à cet homme borné pour le convaincre de le laisser téléphoner ? Son esprit turbinait à toute vitesse. Soudain, sans réfléchir davantage, il lâcha la vérité.

— Écoutez, monsieur. Je sais que c'est difficile à croire, mais je travaille pour le gouvernement britannique. Si vous me laissez téléphoner, on vous le confirmera. Je suis un agent secret...

— Un agent secret, hein ? ironisa Prescott avec un sourire sardonique. Quel âge tu as ?

— Quatorze ans...

— Un espion de quatorze ans ! Tu regardes trop la télévision, petit.

— C'est la vérité !

— Je ne te crois pas une seconde.

— Je vous en supplie, écoutez-moi. Un homme vient d'essayer de me tuer. Il est dans l'avion qui se trouve sur la piste. Si vous ne me laissez pas téléphoner, beaucoup de gens vont mourir.

— Qu'est-ce que tu me chantes là ?

— Il a une bombe atomique, bon Dieu !

Grossière erreur. Prescott se mit en colère.

— Je te prie de ne pas invoquer le nom du Seigneur à tort et à travers ! Maintenant, ça suffit. Je ne sais pas comment tu es arrivé ici, ni à quoi tu joues, mais tu vas venir avec moi au bureau de la sécurité de l'aéroport. Allez, viens ! ajouta-t-il en tendant la main vers Alex. J'en ai assez de ces bêtises...

— Ce ne sont pas des bêtises, monsieur. Il y a dans l'avion un homme qui s'appelle Sarov. Il détient une bombe nucléaire. Il projette de la faire exploser à Mourmansk. Je suis le seul à pouvoir l'arrêter. Je vous en supplie, monsieur Prescott. Laissez-moi prévenir la police. Je n'en ai que pour une minute. Vous pourrez me surveiller et écouter ce que je dis. Laissez-moi leur parler. Ensuite, vous m'emmènerez où vous voudrez.

Mais le vigile resta intraitable.

— Tu ne touches pas à ce téléphone et tu me suis immédiatement.

Alex n'avait plus le choix. Il avait plaidé, imploré, avoué la vérité. En vain. Il ne lui restait que la manière forte. Le vigile contourna le bureau pour se rapprocher. Alex banda ses muscles, en équilibre sur la pointe des pieds, les poings serrés. Il savait que le vigile faisait son travail et il ne voulait pas le blesser, mais il ne pouvait faire autrement.

C'est alors que la porte s'ouvrit.

— Ah, te voilà, Alex ! Je m'inquiétais...

C'était Sarov. Escorté par Conrad. Ils n'avaient pas l'air en forme : le teint pâle, le regard un peu vitreux.

— Qui êtes-vous ? questionna Prescott.

— Je suis le père de ce garçon, répondit Sarov. N'est-ce pas, Alex ?

Alex hésita. Il s'aperçut qu'il était encore en position de combat, prêt à frapper. Lentement, il baissa les bras. C'était fini. Il sentit dans sa bouche le goût amer de la défaite. Il n'y avait plus rien à faire. S'il désavouait Sarov devant Prescott, le Russe les abattrait tous les deux. Et s'il essayait de se battre, le résultat serait le même. Il ne lui restait plus qu'un espoir infime. S'il suivait docilement Sarov et Conrad, le vigile raconterait peut-être son aventure à quelqu'un qui préviendrait le MI 6. Ce serait sans doute trop tard pour Alex, mais la catastrophe serait évitée.

— N'est-ce pas, Alex ? répéta Sarov.

— Oui, papa.

— Alors qu'est-ce que c'est que cette histoire de bombe et d'espions ? demanda Prescott.

Alex le maudit en silence. Quel imbécile, ce vigile ! Il ne pouvait donc pas se taire ?

— C'est ce que Alex vous a raconté ? dit Sarov.

— Oui, et bien d'autres sottises encore.

— A-t-il téléphoné ?

— Ah non ! se rengorgea fièrement Prescott. Ce petit galopin avait décroché quand je suis arrivé, mais je l'ai arrêté tout de suite.

— Très bien, dit Sarov, soulagé. Mon fils a une imagination débordante. Il n'est pas très bien, depuis quelque temps. Il a des problèmes psychologiques. Parfois il a du mal à distinguer le rêve de la réalité.

— Comment est-il arrivé jusqu'ici ? demanda Prescott.

— Je suppose qu'il est descendu de l'avion quand personne ne faisait attention. Il n'a d'ailleurs pas l'autorisation de mettre le pied sur le sol britannique.

— Il est anglais ?

— Non, non, répondit Sarov en saisissant le bras d'Alex. Nous devons remonter dans l'avion, maintenant. Il nous reste un long voyage à faire.

— Une petite minute ! intervint le vigile, qui n'était pas prêt à abandonner sa proie aussi facilement. Je suis désolé, monsieur, mais votre fils était en zone interdite. Et vous aussi, par la même occasion. Vous n'avez pas le droit de vous promener dans l'aéroport d'Édimbourg comme ça ! Je vais devoir faire un rapport.

— Je comprends parfaitement, assura Sarov, qui ne semblait pas du tout perturbé. Je vais remonter dans l'avion avec mon fils, mais je vous laisse mon assistant pour régler avec vous les formalités. Si besoin est, il vous accompagnera auprès de votre supérieur. Je vous remercie d'avoir empêché mon fils de téléphoner, monsieur Prescott. Cela aurait été très embarrassant pour nous tous.

Sans attendre la réponse du vigile, Sarov lui tourna le dos et quitta la pièce en entraînant Alex.

Une heure plus tard, le Lear Jet décolla pour la dernière partie de son voyage. Alex avait réintégré son siège, mais cette fois il y était menotté. Sarov ne l'avait pas brutalisé. Il paraissait même ignorer sa présence. En un sens, c'était plus effrayant. Alex s'était attendu à une explosion de colère, de violence, et même à une mort brutale par les bons soins de Conrad. Or Sarov n'avait pas bougé. Depuis l'instant où ils étaient remontés dans l'avion, le Russe ne lui avait pas jeté un seul regard. Bien sûr, la grenade et la fuite précipitée d'Alex leur avaient causé quelques problèmes. Le pilote avait dû répondre aux questions de la tour de contrôle. Ils avaient attribué le bruit de l'explosion à une défaillance du four à micro-ondes. Et l'adolescent ? Le général Alexei Sarov, aide de camp du Président russe, voyageait avec son neveu. C'était un garçon turbulent. L'incident était regrettable, mais tout était maintenant rentré dans l'ordre...

S'il s'était agi d'un avion privé ordinaire, la police serait intervenue. Mais l'appareil était enregistré au nom de Boris Kiriyenko, Président de la Russie, qui jouissait de l'immunité diplomatique. Les autorités jugèrent donc plus sage et plus facile de fermer les yeux.

Le cadavre de George Prescott fut découvert quatre heures plus tard, recroquevillé dans un placard de fournitures. Il avait un air étonné, et un petit trou rond entre les deux yeux.

À ce moment-là, le Lear Jet était déjà dans l'espace aérien russe. Lorsque, enfin, l'alarme fut donnée et la police prévenue, l'avion virait au-dessus de la presqu'île de Kola pour entamer sa descente.

16

Le bout du monde

Tous les aéroports du monde se ressemblent, mais celui de Mourmansk avait atteint un degré de laideur exceptionnel. Construit au milieu de nulle part, il avait l'air, vu d'en haut, d'une monstrueuse erreur. Vu au ras du sol, il se réduisait à un unique terminal, trapu, fait de verre et de ciment gris, surmonté de huit lettres blanches :

МУРМАНСК

Alex déchiffra les caractères russes. Mourmansk. Une ville de plusieurs milliers d'habitants. Combien d'entre eux seraient encore vivants dans une douzaine d'heures ?

Menotté à l'un des gardes qui les avaient accompagnés depuis Skeleton Key, Alex fut entraîné sur la piste déserte. Il avait plu. L'asphalte était humide et graisseux, parsemé de flaques d'eau sale. Il n'y avait aucun autre avion en vue. En fait, l'aéroport semblait hors d'usage. Quelques lumières jaunâtres brûlaient faiblement derrière les vitres du terminal. Mais il semblait n'y avoir personne. L'unique porte d'arrivée était verrouillée et bloquée par une chaîne, comme si on avait abandonné tout espoir de voir débarquer des passagers.

Néanmoins, un comité d'accueil les attendait. Trois camions militaires et une berline maculée de boue étaient garés sur la piste. Une douzaine d'hommes strictement alignés attendaient au garde-à-vous, vêtus d'uniformes kaki, la taille sanglée de gros ceinturons noirs et chaussés de bottes qui leur montaient aux mollets. Chacun tenait une mitraillette en travers de la poitrine. Leur commandant, qui portait le même uniforme que Sarov, s'avança et salua. Les deux hommes se serrèrent la main et se donnèrent l'accolade. Ils échangèrent quelques mots, à la suite de quoi le commandant aboya un ordre. Deux soldats coururent vers l'avion et entreprirent de décharger la caisse argentée, qui fut ensuite transportée dans l'un des camions. Les militaires étaient parfaitement disciplinés. Aucun d'eux ne tourna la tête au passage de l'engin capable de détruire un continent.

Une fois la caisse en place, ils firent demi-tour et se dirigèrent au pas vers les deux autres camions, dans lesquels ils montèrent. Alex fut poussé sans ménagement sur la banquette avant du premier camion, à côté du conducteur. Personne ne semblait se soucier de lui. Le chauffeur du camion avait un visage lisse, inexpressif, un regard bleu et dur. Un soldat de métier. Alex se tourna juste à temps vers la vitre pour voir Sarov et Conrad monter dans la voiture.

Le convoi démarra. À l'extérieur de l'aéroport, il n'y avait absolument rien, sinon un paysage plat et désertique où les arbres eux-mêmes trouvaient le moyen d'avoir l'air rabougri et morne. Alex frissonna et essaya de lever ses mains pour se frictionner et se réchauffer les épaules. Le cliquetis de ses menottes lui attira le regard furieux du chauffeur.

Ils roulèrent pendant une quarantaine de minutes sur une route creusée de trous. Quelques bâtisses surgirent, modernes et anonymes. L'entrée de Mourmansk. Était-ce la nuit ou le jour ? Le ciel était encore clair et pourtant les réverbères étaient allumés. Sur les trottoirs marchaient quelques piétons, mais ils semblaient n'aller nulle part, déambulant comme des somnambules. Personne ne prêta attention au convoi qui cheminait sur la route à quatre voies. Un boulevard en plein centre de la ville, parfaitement rectiligne, bordé de chaque côté d'édifices impersonnels et ternes. Mourmansk se composait d'interminables rangées d'immeubles presque identiques, pareils à des boîtes d'allumettes juxtaposées. Apparemment, il n'y avait ni cinémas, ni restaurants, ni magasins, rien qui pouvait donner un peu de gaieté à la vie.

Et pas de faubourgs. La ville s'arrêtait net. Soudain ils se retrouvèrent au milieu d'une toundra aride, roulant vers un horizon morne et plat. À mille kilomètres du pôle Nord, il n'y avait vraiment pas grand-chose à voir. Des habitants sans vie et un soleil sans chaleur. Alex songea à son long voyage. De Wimbledon à la Cornouaille, puis de Londres à Miami et à l'île du Squelette. Pour finir ici. Finir était le mot juste. Mais quel horrible endroit pour terminer ses jours ! Le bout du monde.

La route était nue et vide. Pas une seule voiture et pas le moindre panneau. Alex cessa de s'interroger sur leur destination. Trente minutes plus tard, ils commencèrent à ralentir puis quittèrent la route goudronnée pour s'engager sur une piste de graviers qui crissaient sous les pneus. Était-ce là que les Russes gardaient leurs sous-marins ? C'est à peine si un grillage de cage à poule clôturait la base. Une cabane en bois déglinguée essayait de se faire passer pour un poste de garde. Ils stoppèrent devant une barrière rouge et blanche. Un homme sortit de la guérite, vêtu d'un ample caban bleu foncé sous lequel on apercevait une tunique et un maillot rayé. Un marin russe. Il avait à peine vingt ans et l'air déconcerté. Il accourut vers la voiture.

Conrad l'abattit d'une seule balle. Alex aperçut sa main jaillir par la fenêtre et l'éclair du revolver, mais tout se passa si vite qu'il douta de ce qu'il avait vu. Le jeune marin russe fut projeté en arrière. Conrad fit feu une deuxième fois. Dans la guérite, un second marin qu'Alex n'avait pas remarqué poussa un cri et s'effondra. Pas un mot n'avait été prononcé. Deux soldats sautèrent du premier camion pour aller lever la barrière. Était-ce véritablement l'entrée d'une base de sous-marins ? Les parkings des supermarchés anglais avaient un système de sécurité plus sophistiqué ! Les soldats soulevèrent tout simplement la barrière et le convoi se remit en route.

Ils suivirent une piste cahoteuse, sinueuse, qui descendait une colline en direction de la mer. La première vision d'Alex fut une flotte de bateaux briseglace amarrés à environ huit cents mètres, énormes blocs d'acier silencieux émergeant de l'eau. Il semblait contraire à toutes les lois de la nature que de tels monstres puissent flotter. Aucune lumière à bord, aucun mouvement. De l'autre côté, une bande de terre lugubre s'étirait, striée de blanc. Mais il était impossible de savoir si c'était du sel ou des plaques de neige.

Les camions finirent de descendre la piste en tressautant sur les cahots et soudain ils débouchèrent dans un port, entouré de grues, de portiques, d'entrepôts, de hangars. Un mécano diabolique d'acier tordu et de ciment, de crochets et de chaînes, de poulies et de câbles, de bidons, de palettes de bois, d'immenses conteneurs en fer. Des navires rouillés gisaient sur l'eau ou sur cale, perchés sur un écheveau d'étais. Des voitures, des camions et des tracteurs, certains à l'état d'épaves, étaient disséminés çà et là, désœuvrés. Sur un côté s'alignaient de longs baraquements en bois, dont chacun s'ornait d'un numéro peint en jaune et gris. En les voyant, Alex songea aux baraques de prisonniers que l'on voit dans les vieux films sur la Seconde Guerre mondiale. Si c'était le cantonnement des marins, ils devaient tous être au lit. Le port était désert. Rien ne bougeait.

Le convoi s'arrêta et, aux mouvements du camion, Alex comprit que les soldats descendaient. Il les vit faire le tour du véhicule, mitraillettes pointées, et se demanda s'il devait les suivre. Mais le conducteur lui fit signe de rester où il était. Les soldats se déployèrent très vite en direction des baraquements. Aucune trace de Sarov. Sans doute attendait-il dans la voiture garée de l'autre côté.

Après un long temps mort, quelqu'un émit un signal. Soudain, une porte fut enfoncée dans un fracas de bois éclaté, suivi par un crépitement dense et saccadé de mitraillettes. Un cri fusa. Une sonnerie électrique se mit à carillonner, mais trop faible et inefficace. Trois hommes à demi vêtus sautèrent d'un baraquement et s'élancèrent à toutes jambes pour essayer de s'abriter derrière les conteneurs. Nouvelles détonations. Les deux premiers fuyards s'abattirent, puis le troisième, atteint dans le dos, les doigts griffant le vide comme pour s'y agripper. Un seul coup de feu fut tiré en riposte d'une des fenêtres d'un baraquement. Un homme tentait de se défendre. Aussitôt, une grenade décrivit un arc de cercle et atterrit sur le toit. L'explosion fit voler en éclats la moitié du mur. Quand Alex put distinguer quelque chose, il s'aperçut que la fenêtre et probablement le tireur embusqué derrière s'étaient volatilisés.

L'attaque avait été déclenchée par surprise. Les hommes de Sarov étaient bien armés, bien entraînés, et, en face d'eux, ils n'avaient qu'une poignée de marins endormis. La sonnerie s'arrêta. De la fumée s'échappait du baraquement endommagé. Un cadavre flottait dans l'eau, le long du quai. Sarov était maître du port.

Le chauffeur sauta du camion et en fit rapidement le tour pour venir ouvrir la portière à Alex, qui descendit maladroitement, entravé par ses menottes. Les hommes de Sarov avaient entamé la deuxième phase de l'opération. Alex aperçut des corps de marins qu'on emportait hors de vue. Le second camion fit marche arrière pour se rapprocher du quai. Le commandant cria un ordre et les soldats se dispersèrent pour prendre leurs positions, apprises depuis des mois. Personne ne semblait en mesure de donner l'alarme, mais si des renforts arrivaient de Mourmansk, ils trouveraient la base solidement défendue. Sarov se tenait un peu à l'écart avec Conrad. Il observait quelque chose. Alex suivit son regard.

Les sous-marins !

Alex retint son souffle. L'objectif était là. Quatre monstres de fer bouffis, à demi immergés dans la mer, amarrés avec des cordages aussi gros qu'un bras d'homme. Chacun mesurait la hauteur d'un immeuble couché sur le flanc. Les submersibles ne portaient ni drapeau ni marque d'aucune sorte. Ils paraissaient enduits de goudron. Leurs tourelles étaient fermées et compactes. Alex frissonna. Jamais il n'aurait imaginé qu'une machine puisse avoir l'air diabolique. Pourtant c'était le cas de ces sous-marins. Aussi noirs et glacials que l'eau qui clapotait autour d'eux, ils ressemblaient aux bombes qu'ils étaient devenus.

Trois étaient alignés près du quai, le quatrième un peu plus loin, dans la rade. Alex remarqua une grue, à l'extrémité du quai, toute proche de l'eau. Jadis, elle avait dû être jaune, mais la peinture s'était écaillée. La cabine n'était qu'à une dizaine de mètres du sol, reliée par une échelle. Le bras de la grue se dressa, puis s'inclina, comme le cou et la tête d'un oiseau. À la place du crochet habituel, un épais disque de métal pendait sous le bras, attaché par une chaîne et connecté à toute une série de câbles électriques. Conrad cria quelque chose au chauffeur du camion en lui indiquant une balustrade, au bord du quai, qui avait visiblement été placée là pour empêcher quiconque de tomber, et qui était solidement fixée au sol. Le chauffeur ôta une des menottes d'Alex et, tirant la chaîne, l'entraîna comme un chien jusqu'à la balustrade, sur laquelle il referma la menotte. Alex se trouva ainsi abandonné au beau milieu de l'action. Il tira sur la chaîne mais c'était inutile. Il ne risquait pas de s'échapper.

Il pouvait juste rester debout et observer ce qui se passait. Deux soldats déchargèrent la caisse du camion avec d'infinies précautions et la portèrent au bord du quai, à quelques mètres à peine de la grue. Ils avaient le visage crispé. Sarov s'approcha de la caisse, suivi de Conrad qui clopinait derrière lui. En passant, Conrad jeta un regard noir à Alex, et un coin de sa bouche se tordit en un rictus.

Sarov sortit de sa poche portefeuille la carte plastifiée qu'il avait montrée à Alex dans l'avion. Il la tint en l'air un instant, puis se pencha pour l'insérer dans la fente appropriée sur le côté de la caisse métallique. Aussitôt celle-ci s'anima. Une série de voyants rouges se mirent à clignoter sur un panneau. Ensuite, huit chiffres apparurent sur un écran à cristaux liquides : heures, minutes, secondes. Le compte à rebours avait commencé, activé par la bande magnétique de la carte. Quelque part, à l'intérieur de la caisse, des rouages électroniques s'étaient mis à tourner. Le processus de mise à feu de la bombe était enclenché.

Sarov s'approcha d'Alex.

Il resta là, sans bouger, l'examinant comme s'il le voyait pour la première et la dernière fois. Comme toujours, son visage ne révélait rien. Néanmoins Alex détecta quelque chose dans ses yeux. Quelque chose que Sarov aurait farouchement nié si on le lui avait fait remarquer. Pourtant c'était bien de la tristesse qu'il y avait dans son regard. Une véritable tristesse.

— Nous voici parvenus à destination, Alex. Tu te trouves dans le chantier naval des sous-marins atomiques de la base de Mourmansk. Tu seras peut-être intéressé d'apprendre que les soldats qui nous ont accueillis à l'aéroport ont servi sous mes ordres dans le passé et me sont restés loyaux. La base tout entière est désormais sous mon contrôle et, tu l'as vu, la bombe est amorcée. Je crains de ne pouvoir rester avec toi plus longtemps. Je dois retourner à l'aéroport organiser le départ pour Moscou. Je laisse à Conrad le soin de placer la bombe sur le sous-marin, juste au-dessus du réacteur nucléaire qui se trouve encore à l'intérieur. Il est possible que le détonateur de la bombe déclenche aussi le réacteur, ce qui doublera ou triplera la puissance de l'explosion. Tu ne t'en apercevras même pas car tu seras volatilisé instantanément, avant même que ton esprit ait le temps d'enregistrer ce qui se passe. Conrad est très déçu. Il espérait que je le laisserais te tuer de ses propres mains.

Comme Alex ne répondait rien, Sarov poursuivit :

— Je regrette d'avoir surestimé ton intelligence, Alex. Tu es plus stupide que je ne le croyais. J'aurais dû m'en douter, de la part d'un jeune Occidental, né et élevé en Grande-Bretagne, un pays qui n'est lui-même plus que l'ombre de ce qu'il était. Tu n'as donc pas vu la chance que je t'offrais ? Pourquoi as-tu refusé ta place dans un monde neuf ? Tu aurais pu être mon fils. Tu as préféré être mon ennemi. Et voilà où cela t'a mené.

Suivit un nouveau silence prolongé. Sarov pinça doucement la joue d'Alex, plongea une dernière fois ses yeux dans les siens, puis il tourna les talons et s'éloigna. Alex le regarda monter dans la voiture et démarrer.

Les autres soldats se trouvaient assez loin, chacun posté à la place qui lui était affectée sur le chantier naval. Mais ici, au cœur de l'action, près de la grue, des sous-marins et de la bombe, Alex et Conrad étaient isolés. Ils avaient le port pour eux tout seuls.

Conrad s'approcha d'Alex, tout près, presque jusqu'à le toucher, et éructa d'une voix rauque :

— J'ai un petit boulot à faire. Mais après nous aurons un peu de temps, tous les deux. C'est bizarre, mais Sarov se préoccupe encore de toi. Il m'a dit de te laisser tranquille. Pourtant, cette fois, je crois que je vais désobéir au général. Tu es à moi. Et j'ai bien l'intention de te faire souffrir...

— Vous entendre parler est déjà une torture, répondit Alex.

Conrad l'ignora. Il se dirigea vers la grue et gravit l'échelle. Une fois dans la cabine, il se mit aussitôt aux commandes. Alex vit le gros disque de métal se balancer, se positionner au-dessus de la bombe, puis descendre. Conrad manœuvrait la grue avec adresse. Le disque descendit rapidement, puis ralentit pour entrer doucement en contact avec le haut de la caisse. Il s'y plaqua avec un cliquetis. Quelques secondes plus tard, la caisse se mit à osciller et quitta le sol. Alex comprit. Le disque était un électro-aimant extrêmement puissant. Conrad manœuvrait une sorte de monte-charge magnétique, qu'il utilisait pour hisser la bombe au-dessus de l'eau et la déposer sur le sous-marin. L'opération lui prendrait environ trois minutes. Ensuite il reviendrait s'occuper d'Alex.

Pour Alex, le temps était donc compté. Il lui fallait agir maintenant.

La tablette de chewing-gum de Smithers était dans sa poche droite. Mais seule sa main gauche était libre. Il perdit ainsi plusieurs précieuses secondes à récupérer le chewing-gum, à le sortir du papier, et à le mettre dans sa bouche. Sarov n'aurait sûrement pas apprécié une telle futilité. Que faisait un jeune Occidental face à la mort ? Il ne songeait qu'à mâcher du chewing-gum !

Alex mastiqua. Pour ce qui était du goût, Smithers n'avait pas menti : le chewing-gum était parfumé à la fraise. Mais combien de temps devait-il le garder dans la bouche ? La salive était supposée activer la réaction chimique, mais quelle quantité de salive fallait-il ? Il mâcha jusqu'à ce que le chewing-gum devienne mou et que le goût de fraise s'estompe. Puis il le cracha dans sa main et l'enfonça dans le trou de serrure de la menotte.

Pendant ce temps, la caisse métallique avait survolé l'eau et se balançait doucement au-dessus du sous-marin. Alex vit Conrad se pencher en avant pour surveiller sa manœuvre. Lentement, il abaissa la caisse jusqu'à ce qu'elle repose sur la surface en acier du sous-marin. Les câbles et les chaînes se détendirent mollement, puis remontèrent en abandonnant la bombe.

Le chewing-gum de Smithers était en pleine

action. Il se passait quelque chose à l'intérieur des menottes. Il y eut d'abord un sifflement discret. Puis la gomme gonfla, gonfla, et commença à se répandre hors de la serrure. Il en ressortait plus qu'il n'en était entré. Et, soudain, un claquement sec. Le métal avait éclaté. Alex ressentit une douleur. Un morceau de métal lui avait tailladé le poignet. Mais il était libre !

Conrad avait tout vu. Déjà il dévalait l'échelle. Il n'avait même pas pris le temps d'éteindre les commandes de la grue. Le disque de l'électro-aimant poursuivait lentement sa course de retour, quelques mètres au-dessus de l'eau. La bombe était maintenant hors d'atteinte, sur le sous-marin. Conrad sauta les derniers barreaux de l'échelle et s'élança vers Alex, qui cherchait fébrilement une arme autour de lui. Soudain ils furent face à face.

Conrad sourit. Du moins du côté de son visage capable de bouger. L'autre moitié demeura inerte. Alex s'aperçut que Conrad, en dépit de ses terribles blessures et handicaps, était parfaitement sûr de lui. Et il comprit pourquoi quelques secondes plus tard en voyant Conrad se déplacer avec une rapidité surprenante : il se mit en position de combat et, en une fraction de seconde, décocha une attaque. Alex reçut son pied en pleine poitrine. Tout se mit à tournoyer devant ses yeux et il se retrouva brutalement à terre, la respiration coupée. Pendant ce temps, Conrad

296

avait souplement repris son équilibre. Il n'était même pas essoufflé.

Alex se releva péniblement. Conrad avança aussitôt pour lui assener un autre coup. Par chance, son pied manqua d'un centimètre Alex, qui se rejeta en arrière et fit plusieurs roulades jusqu'au bord du quai. Conrad le rejoignit en une seconde et tendit une main pour agripper sa chemise et le relever. Alex vit les atroces marques des agrafes qui avaient recousu le poignet à la main. Conrad le gifla avec une force phénoménale. Alex sentit le goût du sang dans sa bouche. Conrad le lâcha. Alex tituba, chercha une parade.

Mais il était impuissant. Conrad l'avait vaincu et s'apprêtait à lui donner le coup de grâce. Cela se lisait dans ses yeux.

Soudain, comme surgissant du néant, la sonnerie d'alarme retentit de nouveau. Presque aussitôt des détonations crépitèrent, bientôt suivies d'une explosion. On avait lancé une grenade. Conrad se figea et tourna la tête. D'autres coups de feu éclatèrent. Cela paraissait impossible, et pourtant le port était attaqué.

Ragaillardi, Alex se jeta en avant. Il avait aperçu une barre de fer gisant sur le sol parmi d'autres débris. Il s'en saisit et la brandit, heureux d'avoir dans les mains quelque chose qui ressemblait à une arme. Conrad lui fit face. Le mitraillage s'était intensifié. Les coups de feu semblaient maintenant provenir de deux directions. Apparemment les hommes de Sarov se défendaient contre un ennemi venu de nulle part. Au loin, on entendit un crissement de pneus. Alex aperçut une Jeep qui défonçait le fragile grillage de la clôture. La Jeep s'arrêta et trois hommes en descendirent d'un bond pour se mettre à couvert. Ils étaient vêtus de bleu. Incroyable ! La marine russe contre l'infanterie ? Qui avait donné l'alarme ?

Même si on avait découvert les plans de Sarov et monté une opération de secours, le danger n'était pas écarté. Conrad se tenait sur la pointe des pieds, cherchant une parade à la barre de fer d'Alex. Et la bombe nucléaire ? Comment savoir si Sarov avait programmé l'explosion dans cinq heures ou cinq minutes ? Le connaissant, ce pouvait être l'un ou l'autre.

Conrad bondit en avant. Alex fit un pas de côté et abattit la barre de fer sur l'épaule de son adversaire. Mais son sourire de satisfaction s'estompa aussitôt car Conrad empoigna la barre de fer à deux mains. Il s'était laissé frapper dans le seul but de s'en emparer. Alex tira de toutes ses forces, mais Conrad était beaucoup trop fort pour lui. Il lui arracha brutalement son arme improvisée des mains et s'en servit comme d'une faux. Alex poussa un cri de douleur quand la barre de fer lui heurta la cheville, et il s'effondra de nouveau à terre, incapable de bouger.

Les tirs n'avaient pas cessé. Malgré sa vision un peu embrumée, Alex vit deux autres grenades fendre l'air, atterrir près d'un des navires et exploser en une énorme boule de feu. Deux des hommes de Sarov furent projetés en l'air. En même temps, deux ou trois mitraillettes se mirent à crépiter simultanément. Il y eut des cris. Des flammes.

Conrad se pencha au-dessus d'Alex.

Il semblait avoir oublié ce qui se passait autour de lui. Ou bien il s'en moquait, uniquement concentré sur sa haine. Il retroussa une manche, puis l'autre, se laissa tomber à califourchon sur le torse d'Alex, et lui serra la gorge de ses deux mains.

Lentement, avec un plaisir évident, il commença à l'étrangler.

Alex ne pouvait déjà plus respirer. Des points noirs s'agitaient devant ses yeux. Pourtant il avait vu une chose que n'avait pas vue Conrad. Et cette chose avançait vers eux. C'était le disque aimanté. Dans sa précipitation à rejoindre Alex, Conrad avait abandonné les commandes de la grue. Était-il possible que... ? Alex se rappela ce que Sarov lui avait dit au sujet de son assistant : Conrad avait des broches métalliques dans tout le corps, des fils métalliques dans la mâchoire et une plaque de métal dans le crâne. L'aimant approchait, irrésistiblement attiré. Alex était près de suffoquer. Il n'avait plus que quelques secondes.

Avec l'énergie du désespoir, il projeta ses deux poings en avant et se souleva. Conrad fut surpris. Il se redressa et ses mains relâchèrent un peu leur pression sur la gorge d'Alex. Le disque aimanté était juste au-dessus de lui. Alex vit son visage se déformer lorsque toutes les broches métalliques dont les chirurgiens lui avaient truffé le corps entrèrent dans le champ magnétique du disque. Conrad poussa un hurlement et fut aspiré comme par des mains invisibles. Son dos heurta violemment le disque avec un bruit horrible et il s'immobilisa aussitôt, épinglé par les épaules, bras et jambes pendantes. Et la grue poursuivit son mouvement de rotation, entraînant le corps inerte au-dessus du quai.

Alex hoqueta, reprit son souffle et ses esprits.

— Décidément, ce Conrad est un homme très attrayant, murmura-t-il.

Il se releva lentement et approcha en titubant de la balustrade où il avait été menotté. Il s'y agrippa, incapable de tenir debout sans soutien. Il y eut une nouvelle mitraillade, plus longue et plus puissante que les précédentes. Un hélicoptère venait d'apparaître, volant au ras de l'eau. Alex aperçut un homme assis devant la porte ouverte, les jambes ballantes, un bazooka posé sur les genoux. L'un des camions de Sarov fut littéralement soufflé et explosa en flammes.

La bombe...

Alex aurait le temps plus tard de comprendre qui

tirait sur qui. Mais personne ne serait sauf tant que
la bombe ne serait pas désamorcée. Sa gorge le brû-
lait encore. Respirer lui coûtait des efforts doulou-
reux. Il rassembla ses forces et courut vers la grue.
Par chance, il en avait déjà manipulé une[1] et savait
que ce n'était pas trop difficile. Il grimpa jusqu'à la
cabine et prit les commandes. Un des hommes de
Sarov l'avait aperçu et tira sur lui. Une balle perfora
la tôle de la cabine. Alex se baissa instinctivement et
actionna le levier.

Le disque magnétique arrêta sa course et se
balança doucement, avec Conrad suspendu dessous
comme une poupée désarticulée. Alex poussa la
deuxième manette et le disque descendit vers la mer.
Non ! Ce n'était pas ce qu'il voulait ! Il tira la
manette dans l'autre sens et le disque stoppa brutalement. Comment faire pour le démagnétiser ? Alex
regarda le tableau de bord et aperçut un bouton. Il
le pressa. Une lumière s'alluma au-dessus de sa tête.
Erreur ! Un autre bouton se trouvait sur le levier de
commande. Alex l'essaya. Cette fois, Conrad tomba
comme une pierre dans l'eau noire et glacée, et som-
bra immédiatement. Avec toute la ferraille qu'il avait
dans le corps, ça n'avait rien d'étonnant. Il était
lesté !

Alex tira la manette vers lui et le disque remonta.

---

1. Voir *Pointe Blanche*, Alex Rider n° 2.

Un soldat courait sur le quai en direction de la grue. Un coup de feu retentit en provenance de l'hélicoptère et le soldat s'effondra. Maintenant, Alex devait se concentrer ! Il essaya un deuxième levier. Cette fois, le disque se dirigea de nouveau vers le sous-marin. Cela lui parut durer des heures. Alex avait à peine conscience de la bataille qui faisait toujours rage autour de lui. Apparemment, les autorités russes étaient arrivées en force et les hommes de Sarov croulaient sous le nombre. Pourtant ils luttaient avec acharnement. Ils savaient qu'ils n'avaient plus rien à perdre.

Le disque arriva à l'aplomb du sous-marin. Alex le fit descendre sur la caisse métallique, se souvenant de la délicatesse avec laquelle Conrad avait effectué la manœuvre. Il était moins expérimenté que lui et fit la grimace quand l'aimant heurta le haut de la caisse. Nom d'un chien ! Il risquait de tout faire exploser lui-même s'il ne prenait pas garde. Il pressa pour la seconde fois le bouton sur le levier de commande. L'aimant s'anima et saisit la caisse. Alex tira ensuite le levier pour hisser la bombe.

Centimètre par centimètre, il fit pivoter le bras de la grue au-dessus de l'eau pour emporter la bombe vers le port. Une deuxième balle atteignit la cabine et brisa la vitre, juste à côté de la tête d'Alex. Il poussa un cri et reçut une douche d'éclats de verre. Il crut avoir été aveuglé. Mais il rouvrit les yeux et

vit la bombe au-dessus du quai. Il avait presque terminé.

Il abaissa doucement la caisse. Lorsque celle-ci
toucha le sol, une autre explosion retentit, plus
bruyante et plus proche que les précédentes. Mais ce
n'était pas une explosion nucléaire. L'un des entrepôts avait volé en éclats. Un autre était en feu. Un
deuxième hélicoptère était arrivé en renfort et
mitraillait le sol. Il était difficile de l'affirmer, mais les
hommes de Sarov semblaient céder du terrain. Leur
résistance faiblissait. De toute façon, dans quelques
secondes, cela n'aurait plus d'importance. Il ne restait plus à Alex qu'une chose à faire : enlever la carte
plastifiée de la bombe.

Il neutralisa le disque magnétique, descendit de la
grue et courut à la caisse. La carte dépassait à moitié
de la fente dans laquelle Sarov l'avait insérée. Les
voyants clignotaient toujours et les numéros défilaient. Alentour, les tirs étaient moins nourris. Alex
jeta un coup d'œil par-dessus son épaule et aperçut
d'autres hommes en bleu qui investissaient progres-
sivement le chantier naval, venant de tous les côtés.
Il tira la carte plastifiée. Aussitôt les clignotants et les
chiffres s'éteignirent. Il avait réussi !

— Remets-la !

Les deux mots furent prononcés d'une voix douce
mais lourde de menace. Alex leva la tête et découvrit Sarov debout devant lui. Averti de l'attaque du

port, il avait décidé de faire demi-tour. Combien de temps s'était écoulé depuis son départ ? Trente minutes ? Une heure ? En tout cas, pendant ce laps de temps, Sarov avait changé. Il paraissait plus petit, rétréci. Ses yeux avaient perdu leur éclat et son teint déjà peu coloré était devenu terreux. Il avait été blessé. Sa veste était déchirée et s'imprégnait lentement de rouge. Son bras gauche pendait, inerte.

Mais sa main droite tenait un revolver.

— C'est fini, général, dit Alex. Conrad est mort. L'armée russe est ici. Quelqu'un a dû les renseigner.

Sarov secoua la tête avec obstination.

— Je peux encore déclencher la bombe. Il y a un système de secours. Toi et moi allons mourir. Mais le résultat sera le même.

— Un monde meilleur ?

— C'est ce que j'ai toujours désiré, Alex. Toute ma vie, j'ai lutté pour mes convictions.

Alex sentit une immense lassitude l'envahir. Quelle aventure étrange ! Des mers chaudes à la banquise. Un si long voyage pour en arriver là...

Sarov leva son revolver. Il saignait abondamment et vacillait.

— Donne-moi la carte ou je te tue.

Alex leva la carte et, d'une pichenette, la lança de l'autre côté. Elle tournoya en l'air puis disparut dans l'eau.

— Allez-y, général. Tuez-moi, si c'est ce que vous voulez. Tirez !

Les yeux de Sarov fixèrent un instant l'endroit où avait disparu la carte puis revinrent sur Alex.

— Pourquoi... ? murmura-t-il.

— Je préfère être mort que d'avoir un père tel que vous.

Non loin d'eux, il y eut des cris. Puis des bruits de pas qui approchaient en courant.

— Adieu, Alex, soupira Sarov.

Il leva son arme et tira un seul coup de feu.

17

Après Alex

— Nous avons perdu Alex Rider, dit Mme Jones. Je suis désolée, Alan. Je sais que ce n'est pas ce que vous espériez entendre. Mais c'est terminé.

Le chef des Opérations spéciales du MI 6 et son adjointe déjeunaient dans un restaurant proche de la station de métro de Liverpool Street. Ils y prenaient fréquemment leurs repas, mais rarement ensemble. La salle du restaurant était en sous-sol, avec un plafond bas et voûté, des murs de briques nues et un éclairage tamisé. Blunt aimait les nappes blanches amidonnées et le service à l'ancienne. De plus, la cuisine était si médiocre que les clients ne se bousculaient pas. Très pratique lorsqu'on voulait avoir une conversation discrète.

— Alex a très bien travaillé, marmonna Blunt.

— Oui. J'ai reçu un message de Joe Byrne, en Virginie. Il est évidemment désolé de la perte de ses deux agents dans cette grotte sous-marine, mais il ne tarit pas d'éloges sur Alex. Il nous doit une faveur. Ça pourra toujours être utile un jour. (Mme Jones prit un morceau de pain et le rompit en deux avant de poursuivre :) Je ne serais pas étonnée de voir la CIA commencer à entraîner ses propres agents juniors. Les Américains copient toujours nos idées...

— ... quand ce n'est pas nous qui copions les leurs.

— Exact, admit Mme Jones.

Ils se turent pendant que le serveur approchait avec les entrées. Sardines grillées pour Mme Jones, potage pour Blunt. Aucun des plats n'était appétissant, mais cela n'avait pas importance. Ni l'un ni l'autre n'avait d'appétit.

— J'ai feuilleté les rapports et je crois avoir une idée générale de la situation, dit Blunt. Mais vous pourriez peut-être me fournir quelques détails. En particulier, comment les autorités russes ont découvert à temps les projets de Sarov.

— À cause de l'incident de l'aéroport d'Édimbourg, répondit Mme Jones en examinant son assiette, sur laquelle quatre sardines entières (avec la tête et la queue) étaient alignées côte à côte.

S'il était possible pour des poissons d'avoir l'air malheureux, c'était le cas de ceux-là. Elle pressa un citron, et le jus forma des larmes sous leurs yeux fixes et ronds.

— Alex est tombé par mégarde sur un vigile du nom de George Prescott, après s'être enfui de l'avion de Sarov grâce à un gadget de Smithers.

— Je ne me rappelle pas avoir autorisé Smithers à...

— Alex cherchait un téléphone, le coupa Mme Jones. Il voulait nous appeler pour nous prévenir des plans de Sarov à Mourmansk. Mais ce vigile, Prescott, l'en a empêché.

— Regrettable.

— Et horripilant. Alex lui a dit qu'il travaillait pour nous, mais Sarov les a surpris au mauvais moment. Prescott a été tué et Sarov a filé. Les choses en seraient restées là sans un coup de chance extra-ordinaire. Prescott avait un émetteur radio attaché au revers de sa veste. Or cet émetteur est resté branché pendant sa conversation avec Alex. Ses collègues, au bureau, ont tout entendu. Évidemment, eux non plus n'ont pas cru Alex. Ensuite, l'émetteur s'est tu. Plus tard, quand on a retrouvé le corps de Prescott avec une balle dans la tête, les agents de sécurité ont fait le rapprochement et nous ont contactés aussitôt.

C'est moi qui ai prévenu les autorités de Mourmansk. Je dois dire que les Russes ont réagi très vite. Ils ont envoyé un commando de fusiliers marins et deux hélicoptères de combat sur la base.

— Et la bombe ?

— Ils l'ont récupérée. Selon eux, elle pouvait creuser un joli cratère dans la presqu'île de Kola. Les retombées atomiques auraient contaminé la Scandinavie et une grande partie de la Grande-Bretagne. Quant aux retombées politiques, il est probable que Kiriyenko aurait perdu le pouvoir. De toute façon, il n'est pas très aimé.

— Où est Kiriyenko ? demanda Blunt, dont le potage, d'un goût indéterminé, était presque froid.

— Les autorités cubaines l'ont découvert enfermé à double tour avec sa suite, quelque part sur Skeleton Key. Il a braillé comme un putois et blâmé tout le monde. Sauf lui-même, bien sûr. Maintenant il est rentré à Moscou. Sarov lui a flanqué une peur bleue, mais à nous aussi. Sans Alex, Dieu sait ce qui aurait pu arriver.

— Quelle est la position des Cubains ?

— Ils ont désavoué Sarov. Ça n'a rien à voir avec eux. Ils ignoraient tout de ses projets. Le plus terrifiant est qu'il a failli réussir et s'en sortir indemne !

— Merci Alex !

Ils finirent chacun leur assiette en silence, puis Alan reprit :

— Au fait, où est-il ?

— Chez lui.

— Comment est-il ?

— Très choqué. D'après ce que j'ai compris, Sarov s'est suicidé devant lui. L'ennui avec vous, Alan, c'est que vous n'avez jamais eu d'enfant et vous refusez d'admettre qu'Alex est très jeune. Il a déjà subi plus d'épreuves que n'importe quel garçon de son âge. Non seulement cette dernière mission a sans doute été la plus dure, mais en plus il a vu Sarov se tuer sous ses yeux !

— Sarov ne voulait pas être capturé vivant.

— J'aimerais que ce soit aussi simple. En réalité, je crois que Sarov s'était pris d'affection pour Alex. Il voyait en lui le fils qu'il avait perdu. Alex l'a rejeté et Sarov a très mal supporté ce rejet. Je pense que c'est le véritable motif de son geste. Il n'avait plus aucune raison de vivre.

Blunt fit signe au serveur qui approcha pour leur servir du vin. Les deux maîtres espions buvaient rarement du vin à midi, mais Blunt avait commandé une bouteille de chablis qui reposait à côté d'eux dans un seau à glace. Un second serveur apporta le plat principal, mais ni Blunt ni Mme Jones ne toucha à son assiette.

— Et cette histoire de triades ? demanda Blunt.

— C'est réglé. Nous avons quelques-uns de leurs

hommes dans nos prisons et j'ai négocié un échange. Ils laisseront Alex tranquille.

— Alors pourquoi dites-vous que nous l'avons perdu ?

— Nous n'aurions pas dû l'employer pour cette mission.

— Ce n'est pas nous. C'est la CIA.

— Vous savez très bien que cela ne fait aucune différence, dit Mme Jones en goûtant le vin. C'est moi qui ai recueilli le témoignage d'Alex, à son retour. Et je peux vous assurer que... il n'est plus le même. Je sais, je vous ai déjà dit ça la dernière fois. Mais je m'inquiète sérieusement pour lui, Alan. Il était tellement silencieux et replié sur lui-même. Il a été terriblement blessé.

— Quelque chose de cassé ?

— Décidément, vous êtes impossible ! Il y a différentes façons de blesser un enfant !... Excusez-moi, je me suis emportée. Mais je suis sérieuse. Nous ne devons plus l'utiliser. C'est injuste...

— La vie est injuste, ma chère, objecta Blunt en prenant son verre. Vous semblez oublier qu'Alex vient de sauver le monde. Ce garçon est en passe de devenir l'un de nos meilleurs agents. Et notre arme la plus secrète. Nous ne pouvons pas nous permettre d'être sentimentaux. Qu'il se repose ! Il doit avoir un peu de travail scolaire à rattraper. Ça lui changera les idées. Et puis ce sont les vacances d'été. Vous savez aussi bien que moi que, si le besoin se présente, nous aurons de nouveau recours à lui. Encore et encore. Chaque fois qu'il le faudra...

— Je n'ai plus faim, tout d'un coup, soupira Mme Jones en posant sa fourchette.

Blunt lui jeta un regard acéré.

— J'espère que vous ne commencez pas à avoir une conscience ? Si vous êtes réellement inquiète au sujet d'Alex, amenez-le-moi. Nous aurons une petite conversation à cœur ouvert.

— Pour ce qui est du cœur, je crains qu'Alex ait du mal à voir le vôtre, dit Mme Jones en regardant son patron droit dans les yeux.

Le lendemain était un samedi. Alex se leva tard, se doucha, s'habilla, et descendit prendre son petit déjeuner. Jack Starbright, sa gouvernante et amie, lui avait préparé tout ce qu'il aimait. Mais il mangea à peine et resta silencieux. Jack se faisait beaucoup de soucis pour lui. La veille, elle avait voulu l'emmener chez un médecin et, pour la première fois, Alex s'était violemment rebiffé. Maintenant elle ne savait plus quoi faire pour l'aider. Si les choses ne s'arrangeaient pas, elle se promettait d'en parler à cette femme, Mme Jones. Jack n'était pas censée savoir ce qui se passait, mais elle avait sa petite idée. Elle les obligerait à agir. On ne pouvait pas laisser Alex dans cet état.

— Qu'est-ce que tu fais, aujourd'hui ? demanda Jack.

Alex haussa les épaules. Il avait un bandage à la main et de multiples contusions au visage. Les plus douloureuses étaient les marques de strangulation autour de son cou. Conrad avait laissé son empreinte.

— Tu as envie d'aller au cinéma ?

— Non. Je pensais sortir faire une balade.

— Je t'accompagne, si tu veux.

— Non. Merci, Jack. Je préfère être seul.

Alex sortit de la maison peu avant midi. La météo avait annoncé une journée ensoleillée, mais le ciel était bas et nuageux. Dans la rue, il prit à droite, en direction de King's Road. Il avait envie de se perdre dans la foule. Il n'avait aucun but précis. Juste besoin de réfléchir.

Sarov était mort. Alex avait détourné les yeux quand le général avait pointé l'arme sur son propre cœur. Il ne voulait pas voir ça. Quelques minutes plus tard, toute l'opération était terminée. Le chantier naval sous le contrôle de l'armée russe et la bombe en lieu sûr. Alex avait été évacué en hélicoptère, puis emmené à l'hôpital, à Moscou. Là, un émissaire du Président était venu lui annoncer que Kiriyenko souhaitait le recevoir. Il était question de lui remettre une médaille. Alex avait décliné l'offre. Il voulait juste rentrer chez lui, à Londres.

Tout s'était bien terminé. Il était un héros ! Alors

pourquoi était-il dans cet état ? Et d'ailleurs, comment qualifier cet état ? Était-il déprimé ? Épuisé ? Les deux, sans doute. Mais, bien pire, il ressentait un vide immense. Il avait l'impression d'être mort dans le chantier naval de Mourmansk, et d'être rentré à Londres comme un fantôme. La vie s'animait autour de lui mais il n'en faisait pas partie. Même couché dans son propre lit, dans sa propre maison, il ne se sentait pas chez lui.

Beaucoup de choses lui étaient arrivées mais il avait refusé d'en parler. Même avec Jack. Elle aurait été horrifiée, révoltée, et, de toute façon, elle ne pouvait rien pour lui. Alex avait manqué deux semaines d'école, mais il savait qu'il avait perdu beaucoup plus. Les amitiés changent, elles aussi. Avant, ses camarades le trouvaient déjà étrange. Bientôt, plus personne ne lui adresserait la parole.

Jamais il n'aurait de père. Jamais il n'aurait une vie normale. Il s'était lui-même pris au piège. Un fantôme. Voilà ce qu'il était devenu.

Alex n'entendit pas la voiture s'arrêter derrière lui, au bord du trottoir. Ni la portière s'ouvrir puis se fermer. Quelqu'un courut vers lui et, soudain, une main se posa sur son épaule. Il fit volte-face.

— Alex !

— Sabina !

Sabina Pleasure était devant lui, un peu essoufflée, vêtue d'un jean et d'un T-shirt, un sac d'osier aux couleurs vives sur l'épaule. Son visage rayonnait de joie.

— Enfin je te retrouve ! Ça fait des semaines que je te cherche. Tu ne m'as pas donné ton numéro de téléphone mais, heureusement, je connaissais ton adresse. Mes parents m'ont accompagnée... (Elle adressa un signe de main à ses parents qui attendaient dans la voiture.) Je passais voir si tu étais chez toi et je t'ai aperçu de loin. Tu as une mine épouvantable ! Tu as eu un accident de voiture ?

— Pas exactement...

— Encore des mystères ! En tout cas, je suis fâchée contre toi, dit Sabina. Je te rappelle que je t'ai sauvé la vie, en Cornouaille. J'avoue que te faire du bouche-à-bouche sur la plage a été le moment le plus excitant des vacances. Ensuite tu as disparu ! Tu t'es volatilisé ! Je n'ai même pas reçu une carte de remerciement.

— Eh bien... disons que j'ai été un peu... occupé.

— À jouer les James Bond, je suppose ?

— C'est-à-dire...

— Tu me raconteras ça plus tard, le coupa Sabina en lui prenant le bras. Papa et maman t'invitent à déjeuner, et nous voulons te parler du sud de la France.

— Pourquoi le sud de la France ?

— Nous y allons cet été. Et toi aussi. Des amis

nous prêtent une maison avec une piscine. Ça va être génial... Ne me dis pas que tu as d'autres projets ?

— Non, Sabina, répondit Alex en souriant. Je n'ai aucun projet.

— Alors c'est réglé. Bon, maintenant, qu'est-ce qui te plairait comme genre de restaurant ? Italien ? Tiens, à propos d'Italien, j'en ai rencontré un qui me plaît beaucoup. Mais il ne me regarde même pas. Il faudra que je me contente de toi !

Sabina éclata de rire.

Ils revinrent sur leurs pas côte à côte. Alex leva les yeux vers le ciel. Les nuages s'étaient dissipés et le soleil brillait.

Finalement, la journée serait belle.

TABLE

« Pour l'éditeur, le principe est d'utiliser des papiers composés de fibres natu-
relles, renouvelables, recyclables et fabriquées à partir de bois issus de forêts qui
adoptent un système d'aménagement durable. En outre, l'éditeur attend de ses
fournisseurs de papier qu'ils s'inscrivent dans une démarche de certification
environnementale reconnue. »

Composition Jouve - 53100 Mayenne
N° 346188v
Achevé d'imprimer en Italie par G. Canale & C. S.p.A.
32.10.2465.6/04 - ISBN : 978-2-01-322465-9
Loi n° 49-956 du 16 juillet 1949 sur les publications destinées à la jeunesse
Dépôt légal : janvier 2010